KB124966

무협영화를 보는 밤

이종철 지음

어문학사

차례

무협영화를 보는 밤

1.

쌀쌀한 냉기에 눈이 떠졌다. 침대가 아닌 거실의 소파 위였다. 자리에 누운 채로 거실을 둘러보니 창문이 반쯤 열려 있다. 시계를 보니 새벽 5시 반을 막 넘기고 있었다. 일어나 거실 창문을 닫고 소파에 앉았다. 목이 칼칼했다. 다시 냉장고로 걸어가 물을 꺼내 한 컵 들이켰다. 멍했던 정신이 천천히 제정신으로 돌아오는 거 같다. 안방의 아내, 그리고 각자 방을 하나씩 차지하고 있는 아들과 딸애는 아직 한창 꿈속을 헤매고 있을 시간이다.

그러고 보니 이제 새벽 공기가 차가워지는 계절이다. 달력을 보니 벌써 9월 말이다. 끝날 것 같지 않게 이어지던 그 여름이 드디어 자취를 감춘 셈이다. 올여름, 정말 유난히 덥고 긴 여름이었다. 숨을 턱턱 막는 그 기록적인 더위로 지난 몇 달간 연일 날씨가 화제였다. 관측 이래 가장 더웠다는 1994년보다 더 심한 더위였다는 말들이 많았다. 여름을 딱히 좋아하지도 싫어하지도 않았지만, 지난 여름은 정말 넌더리가 나도록 지독했고, 여름이 정말 힘들다는 생각을 하게 되었다. 가을이, 시원한 바람이 그렇게 반가울 줄 몰랐다.

더위가 천천히 물러나면서 시작된 2학기가 벌써 한 달 가까이 지나고 있다. 내 직업은 대학교수다. 수도권의 한 사립대학에서 학생들에게 중국어와 중국문학을 가르치고 있다. 올해 마흔여덟이고, 대학 강단에 선지 올해로 만 15년이 되었다. 돌아보니 박사학위를 막 끝낸 패기 넘치던 30대 초반의 남자는 어느새 수분이 빠져나가 쭈글쭈글해진 나무껍질 같은 중년이 되었다. 새삼 시간의 빠름을 실감하고 있고, 체력의 급격한 저하를 피부로 느끼고 있으며, 그리고 수시로 찾아드는 공허함과 쓸쓸함을 끼고 살고 있다. 돌아보면 그래도 보람이 없었던 것은 아니다. 또한 현재의 위치도 크게 욕심을 부리지 않는다면 그런대로 안정적이라고 할 수 있을 것이다. 그동안 많은 제자들을 키워냈고, 나름 자리 잡고 잘 사는 그들을 보며 선생으로서 뿌듯함을 느낀다. 그런 보람이 적지 않다. 또한 아직 어디 내세울 만한 수준은 아니지만, 그래도 전공 분야에서 인정받는 중견으로 자리를 잡아가고 있어 다행이다 싶다. 남들보다 조금 늦은 30대 중반에 가정을 꾸려 아이들이 아직 좀 어린 편이지만, 건강하게 별문제 없이 잘 커주는 것도 고마운 일이다. 중학교 2학년인 큰 아들과 초등학교 5학년짜리 딸애를 두고 있다. 그리고 이제 막 80대가 되신 부모님 두 분도 다행히 나이에 비해 건강하신 편이니 그 또한 정말 고마운 일이라고 할 수 있다.

다시 잠을 청하기엔 좀 머쓱한 시간이고 아직 가족들이 곤히 잘 시간이니 크게 소리 내어 움직이기도 뭣한 애매한 시간이다. 기지개를 크게 한번 키면서 창가에 슬쩍 다가가 본다. 어젯밤에 내린 블라인드를 걷어 올린다. 아파트 19층에서 내려다보는 전망이 꽤 그럴싸하다. 이른 시간인지 도로는 비교적 한적하다. 출퇴근 시간에는 자동차로 가득 메워지는 도로인데 차가 드물게 다니니 마치 다른 공간처럼 느껴진다. 아직 동이 환하게 밝은 건 아니라 좀 뿌옇다. 보아하니 아침 안개와 미세먼지가 뒤섞여있는 듯하다. 그리고 보니 요즘은 매일 대기가 미세먼지로 뒤덮여 맑은 하늘과 풍경 보기가 참 어려워졌다. 우리가 언제부터 미세먼지 수치를 따져가며 살았나 싶어 좀 씁쓸한 기분이 든다. 창밖을 바라보며 이런저런 생각이 이어지자 문득 담배 한 대가 생각났다. 사실 담배는 2년 전에 끊었다. 딱히 흡연 욕구가 막 생기는 건 아닌데, 가끔 그저 한 대 구수하게 피우고 싶을 때가 있다.

거실에도 조금씩 빛이 들어와 막 일어났을 때보다는 한결 밝아졌다. 거실을 한번 둘러본다. 35평 아파트 공간, 크진 않지만 네 식구 살기에 또 크게 부족하지도 않은 공간인 것 같다. 방과 욕실, 다용도실 등 적절한 공간 배치가 이루어져 있고, 거실의 크기도 적당하다. 편의성이 잘 고려된 주방 공간과 식탁, 그리고 적당히 고급스러운 소파와 탁자, 책장 등도 잘 배치되어 있다. 세련된 디자인, 스마트한 기능으로 무장한 여러 가전제품들이 거실과 집안 곳곳에 잘 위치하고 있고, 아내의 감각과 품이 많이 들어간 여러 다양한 인테리어가 나름 잘 조화를 이루고 있다. 마흔이 되던 해에 이 아파트를 사서 들어왔으니 벌써 8년이란 시간이 지났다. 열심히 돈을 모으고 약간의 대출을 더해 마련한 온전한 마이 홈, 이 아늑한 우리들의 공간에서 아이들은 건강히 잘 자라주었고, 나와 아내도 별 걱정 없이 잘 살 수 있었다. 그런 생각들이 이어지면서 왠지 모를 애틋함과 뿌듯함이 밀려들었다.

오늘은 목요일, 오후에 2시간짜리 수업이 하나 있을 뿐, 다른 특별한 일은 없으니 학교엔 천천히 나가도 된다. 조금 일찍 점심을 먹고 집을 나서도 괜찮으니 한결 마음의 여유가 있다. 소파에 비스듬히 앉아 텔레비전을 틀어본다. 볼륨은 낮춘다. 6시가 가까워 오는 시간이니 채널마다 아침 뉴스들이 나오고 있다. 간밤에 일어난 사건, 사고들, 매일 그 얘기가 그 얘기인 정치권 이야기들이 평소와 다름없이 이어지고 있다. 별 생각 없이 채널을 이리저리 돌려본다. 여러 홈쇼핑 채널에서는 다양한 상품을 가지고 경쟁이 치열하다. 이 이른 시간에 방송을 시작하려면 몇 시에 나와 준비를 하는 걸까. 목도 잠기고 얼굴 붓기도 빠지지 않을 시간일 텐데 다들 참 부지런하다. 다시 채널을 돌린다. 계속 채널을 돌리다 한 영화채널에 시선이 꽂힌다. 붕붕 날아다니는 철 지난 중국 무협영화가 한 편 나온다. 예전에 얼핏 본 영화인 것도 같고, 또 처음 보는 영화인 것도 같다.

- 그래 이걸 보면 되겠다.

아내가 아침을 하러 나올 때까지 이 무협영화를 보면 될 것 같다.

2.

임청하라는 배우가 있었다. 은퇴한 지 20년이 넘었고 이제는 벌써

60대지만, 한때 그녀는 아시아 일대에서 엄청나게 큰 인기를 끌었다. 많은 영화에서 주연을 맡았지만, 특히 여러 무협영화에서 뛰어난 무예 실력을 갖고 있는 고수로 등장해 강렬한 인상을 주었다. 그녀만의 신비롭고 독특한, 중성적인 이미지는 남녀 모두에게 인기가 많았다. 저 70년대의 무협 명작 〈협녀〉부터 시작하여 2000년 세계 영화계를 놀라게 했던 〈와호장룡〉 속 여러 여성 협객들까지, 무협영화에는 종종 매력적인 여성 고수 캐릭터가 등장하여 관객들을 열광시킨다. 대개 무협영화 속 여성 캐릭터는 별 비중 없이 수동적이거나 또는 갈등을 불러일으키는 단초를 제공하는 등 부정적인 이미지로 그려지는 경우가 많은데, 임청하는 〈동방불패〉, 〈백발마녀전〉, 〈동사서독〉 등에서 절대 무공을 자랑하는 강렬한 여성 협객으로 관객들에게 신선한 충격을 주었던 것 같다. 남자들의 사랑을 독차지할 것만 같은 빼어난 외모로 무적의 절대고수를 표현하니, 그 엇박자에서 비롯되는 쾌감이 그만큼 더 컸던 것 같다. 현실에서는 예나 지금이나 여성으로 살아가기가 참 힘든 세상인데, 무협영화 속 여성 협객은 참으로 시원시원하다.

삼 남매 중 장남인 나는 부모님과 같은 아파트 단지 내에 살고 있다. 직접 모시고 사는 것만큼이야 못하겠지만, 나름대로 장남의 역할을 하려고 노력하는 편이다. 매일은 아니더라도 출퇴근길에 수시로 들러 안부를 살피고, 시간이 되는대로 함께 식사도 한다. 아내도 그만하면 시부모에게 잘하는 편이다. 누나와 남동생도 멀지 않은 곳에 살면서 1, 2주마다 한 번씩은 부모님을 찾아뵌다. 고령이긴 해도 아직 두 분 다 건강하신 편이고, 당신들의 노후를 챙길 정도의 자산은 가지고 계시니 특별히 신경을 쓸 일은 없어 보인다. 하지만 어디 그럴까. 몸 여기저기가 둔해지고 불편해지는 건 둘째 치고, 수시로 찾아오는 노년의 쓸쓸함, 지나온 세월에 대한 회한, 친구, 지인들을 하나둘 떠나보내며 느끼는 슬픔과 상실감 등은 자식이 대신해줄 수 없는 부분일 것이다. 그래도 박사까지 오래 공부했고 또한 중문학을 전공하면서 공맹(孔孟)을 깊이 있게 공부한 편이니, 항상 효를 잊지 않으려고 노력하지만 부모에게 자식은 항상 부족한 존재인 것 같다.

  - 이박사, 내일 시간 돼? 한 30분만 시간 내주면 되는데.

  - 예? 무슨 일 있어요? 내일 언제요?

  여름이 막 시작되던 지난 6월 중순의 어느 날, 저녁을 먹고 산책 삼아 근처에 사시는 부모님 집에 들렀다. 거실에서 TV를 보시던 아버지는 나를 보자마자 대뜸 앞뒤 없이 그렇게 물으셨다.

  - 아니, 별건 아니고 나 혼자 가도 되는데, 자꾸 자녀를 데려오라는구
    만. 경찰서에서.

  그렇게 아버지는 멋쩍은 웃음을 지으며 말을 흐렸다. 경찰서라니, 평생 답답하리만치 원리 원칙 잘 지키고 법 없이도 살 어른이 갑자기 경찰서를 들먹이니 적잖이 놀랐다.

  - 아니, 경찰서에서 왜요? 무슨 일이 있었어요?

  얘기를 들어보니 한마디로 어이없는 일이었다. 그러니까 며칠 전 아버지가 자전거를 타고 가시다가 골목길에서 차와 부딪히는 사고가 있었고, 그게 경찰서에 접수가 되어 아버지를 오라고 한 것 같았다. 그런 일이 일어난 것도 자식으로서 속상한 일인데, 며칠이 되도록 가족들 누구에게도 알리지 않았다는 게 또 화가 났다. 아마 아버지 본인은 별일 아니라고 생각했던 모양이다. 아니 그것을 어찌 별일 아니라고 생각했

을까. 요즘 교통사고 관련해서는 경중을 떠나 무조건 병원부터 가고 보는 상황 아니던가. 차에 부딪혀 잠시 정신을 잃을 정도였으면서도 괜찮다며 그냥 그 자리를 벗어난 아버지의 처신이 화가 났고, 그렇다고 그냥 보낸 경찰이나 119 대원, 그리고 상대 운전자에게도 화가 났다. 80대 노인이라고 우습게 본 것은 아닌가 싶어 생각할수록 화가 났다.

- 아니, 아버지는 그런 일이 있으면 바로 전화를 하지 그랬어요? 당
  연히 병원에 가야지. 아, 알았어요. 그럼 내일 10시까지 모시러 올
  께요.

아버지는 매일 아침 운동 삼아 자전거를 타고 집에서 한 2, 30분 떨어진 호수공원에 가신다. 거기서 친구 분들과 우드볼도 치시고 공원에 비치된 각종 운동기구도 이용하면서 한나절 시간을 보내고 점심까지 드시고 오신다. 은퇴 후 거의 매일 그랬으니 20년 가까이 이어지는 일상이다. 평생 근면, 성실함이 몸에 밴 어른이라 특별한 일이 없는 한, 아버지의 자전거 타기는 거의 매일 동일한 시간에 반복되었다. 85세의 고령이지만 아직 큰 병치레 없이 건강을 지켜오고 있는 비결은 바로 그 성실함이 뒷받침된 꾸준한 운동일 것이다. 아버지가 매일 자전거를 타고 가시는 그 공원은 꽤 큰 호수를 끼고 있어 경치가 인근에서는 이름난 공원이다. 수원이 낳은 예술가 나혜석도 이곳에 와서 그림을 그렸다.

아버지는 평소 자신의 건강문제나 기타 개인적인 속내를 가족들에게도 잘 하지 않는 편이다. 아주 가끔 당신 본인이 먼저 이야기를 꺼내기도 하지만, 가족이 물어봐도 잘 이야기하지 않는 편이었다. 도대체 왜 그러느냐 하는 질문에 언젠가 한번은 "몸이 아프면 의사에게 이야기해야지 괜히 가족들에게 이야기해서 걱정시킬 일이 뭐가 있느냐"라는 식

으로 대답을 하신 적이 있다. 자기관리가 워낙 철저하고 또 어느 정도 자신이 있으니 한 말이겠지만, 이제는 노쇠하여 자식들의 보호도 필요한 나이가 아니던가.

아들로서 일단 속이 상했다. 그런 일이 있었으면 그날 바로 알렸어야 하는 것 아닌가. 그만하기 다행이지 만약 크게 다쳤으면 어쩔 뻔 했나. 이제 고령이라 어딜 다치게 되면 잘 회복도 되지 않으니 작은 사고도 더 신경 써야 할 나이가 아니던가. 예전에야 별로 그런 걱정을 하지 않았지만, 부모님이 고령이 되갈수록 자식들은 불안해지기 마련이다.

- 아드님이신가요?
- 네, 이게 도대체 어찌 된 일입니까. 아니, 그런 일이 있으면 당장 가족들에게 연락해야 하는 거 아닙니까!

경찰서에 들어서며 나도 모르게 목소리가 높아졌다. 내 아버지가 워낙 고지식하고 고집이 센 노인이라는 건 알지만, 경찰이라면 어떻게든 아버지를 설득하여 병원으로 안내했어야 하는 게 아닌가.

- 아드님, 흥분하지 마시고 얘기 좀 들어보세요. 바로 그래서 저희가 자녀분을 데려오라고 한 겁니다. 아버님이 좀체 고집을 부리셔야죠.
- 아니, 아무리 그래도 그렇지. 85세 노인이 다쳤는데 그냥 보내는 법이 어딨습니까.

고집 센 아버지, 맞는 말이다. 본인 생각을 절대로 굽히지 않는 양반이다. 아마 그 자리에 있던 경찰도, 119 대원도, 그리고 운전자도 아버지 고집에 난감했을 것이다. 80대 노인이 자전거를 타고 가다 자동차와 부딪혀 정신을 잃고 쓰러졌다면 일단 병원부터 모시고 가보는 것이 상식일 것이다. 경찰의 이야기를 들어보니 당연히 두 번 세 번 아버지께 병원에 가서 검사할 것을 권유했는데 아버지가 한사코 뿌리쳤다는 것이다. 추측해 보건대 아버지는 그저 빨리 그 자리를 모면하고 싶어 했던 것 같고, 그래서 괜찮다며 병원가기를 거부했던 것 같다. 또한 아버지 본인 생각에는 당신 본인도 별로 다친 데가 없고, 자동차 범퍼도 별로 훼손되지 않았으니 그 자리만 벗어나면 문제가 없을 거라고 여긴 것 같다. 젊은 시절에도 과연 그랬을까 싶을 정도로 아버지는 어떤 면에서는 세상 물정을 모르고 너무 고지식하다. 반면 그 운전자는 행여라도 자기가 무슨 큰 책임이라도 질까봐 경찰서 신고는 물론 119까지 불렀고, 경찰서에 가서 사건 경위서를 쓰고 정식으로 교통사고 사건 접수를 했던 것이다. 자신은 규정 속도를 준수하며 천천히 운전을 했고, 시야 확보가 안 되는 좁은 골목에서 자전거를 탄 아버지가 갑자기 달려나왔다며 자신의 자동차 블랙박스를 경찰서에 제시한 상태였다. 쌍방과실이지만 아버지 쪽 잘못이 더 큰 것 같다는 경찰의 설명에 아버지는 무슨 소리냐며 역정을 내셨다.

전화를 걸어 운전자와 통화를 했다. 잘잘못을 떠나 일단 노인을 병원에 모시고 갔어야 하는 거 아니냐는 말에 자신은 모든 조치를 다했는데 아버지가 고집을 부렸고, 혹시라도 뭐가 잘못되었을까봐 며칠간 계속 불안했으며 계속 경찰서에 전화를 걸어 사건을 빨리 해결해 달라고 했다는 것이다. 그래, 상대로서는 그럴 수도 있겠다 싶었다. 계속해서 황당함과 억울함을 주장하는 그에게 훼손된 범퍼 수리비를 물어주는 정도로 합의를 했다.

  - 아버지, 자전거 조심해서 타시고 다음부터 그런 일 있으면 바로바로 얘기하세요.

- 그런 나쁜 놈이 있나. 아니 범퍼 멀쩡한데 무슨... 생긴 건 꼭 족제
  비처럼 생겨가지고...

3.

얼마 전 중국 무협소설의 전설 김용이 타계했다. 중화권의 모든 언론
에서 일제히 애도의 기사를 쏟아냈고, 김용 소설에 대한 수많은 열혈독
자가 있는 우리나라에서도 많은 이들이 그를 추억하며 아쉬워했다. 나
의 소감도 같다. 무협의 거목으로 100세를 넘어 오래오래 건재하길 바
랐는데, 아쉽고 또한 슬프다. 흔히들 하는 표현처럼, 그와 함께 또 한
시대가 저문 거 같은 기분이 든다. 마침 그 즈음 수업시간에 학생들과
『사기』속『유협열전』을 읽고 있던 터라 그런 기분이 더 짙게 드는 것
같다.

중국문화에서 이 '협(俠)' 문화를 빼놓을 수 없다. 2000년 전 역사가
사마천은 다음과 같이 정의를 내렸다. "그 행동이 비록 정의와 궤를 같
이 하지 않아도, 그러나 그 말은 반드시 지켰으며 그 행동에 과단성이
있었다. 일단 승낙을 하면 성의를 다했고, 몸을 아끼지 않았으며 다른
사람의 어려움에 뛰어들 때는 생사를 돌보지 않았다. 그러면서도 자신
의 능력을 과시하지 않았고, 그 공덕을 자랑하는 것을 부끄럽게 여겼
다." 법가를 대표하는 사상가 한비자는 또 이런 말을 남겼다. "유가는
문(文)으로 법을 어지럽혔고, 협객은 무(武)로써 금령을 이겼다." 고대
의 협객은 말하자면 돈 없고 힘없는 서민들이 기댈 수 있는 마지막 보

루였다. 예나 지금이나 살면서 억울하게 당하는 억울한 일이 적지 않을 텐데, 공권력은 너무나 멀고 또 그들은 약자들의 소리를 제대로 들으려하지 않는다. 자 그럴 때 그들 편에 서줄 수 있는 이가 바로 협객이었을 것이다. 즉 강자의 횡포를 두고 보지 않고 약자의 편에 과감히 뛰어드는 사람, 그가 바로 협이다. 그들은 민중들의 지지를 받았고, 그 속에서 나름의 명성을 가지고 있었다. 그리하여 춘추전국 이래로 이 협과 그 정신은 면면이 이어졌다. 물론 때로는 변질되어 권력의 밑에서 기생을 하기도 하고, 범죄 집단으로 변모되기도 했지만 중국 역사에서 협은 언제나 존재했다. 현대의 무협소설 이전에도 협의소설이라는 이름을 단 소설들이 예전부터 존재했을 만큼 그 영향력은 컸다. 재밌는 사실 하나, 세계적으로도 널리 알려진 중국의 폭력조직인 삼합회는 자신들이 고대 협객의 후예라고 주장한다. 물론 말도 안 되는 억지 주장에 불과하지만, 그들이 나름의 지향성을 갖는다는 것은 흥미롭다.

자, 김용과 그의 무협소설에 대한 찬사, 그리고 그 영향력 등에 대해서는 기왕에 수많은 이야기가 있으니 반복해서 말할 필요는 없을 것 같고, 그저 김용 소설을 읽은 개인적인 이야기나 조금 해 볼까 한다. 김용의 무협소설을 이야기하자면 우선 30년 전인 고등학교 때로 거슬러 올라가야 한다. 아마 내 또래라면 당시 고려원 출판사에서 나온 『영웅문』이라는 책을 기억할 것이다. 그 책은 김용의 무협소설 15편 중 『사조영웅전』, 『신조협려』, 『의천도룡기』를 한데 묶어서 '영웅문 3부작'이라는 이름으로 출간한 것이다. 저작권도 무시하던 시절에 이름도 제멋대로 붙인 케이스지만, 우리 입맛에 딱 맞춘 기획이었고 엄청난 판매고를 기록했다. 어쨌거나 그 시절 밤 12시까지 계속되던 고등학교의 지루한 자율학습 시간을 시간가는 줄 모르게 만들어준 책 중의 하나가 바로 그『영웅문』이었다. 알다시피 김용의 작품들은 수없이 드라마화 되고 영화화 되었고, 영화를 좋아하는 나도 꽤 여러 편을 보았는데 이상하게도 김용 소설만큼은 영상화된 것보다 책 자체가 더 좋았던 것 같다. 즉 고등학교 자율학습 때 책으로 읽으며 만끽했던 그 재미와 감동을 못 따라간다고 할까. 특히나 답답했던 고교시절, 김용 소설 속 주인공들의 활약은 나에게 적지 않은 위로를 주었는데 요컨대 이런 것이었다. 즉 그들은 완벽하고 매끄러운 천하무적의 영웅이라기보다 많은 상황에서 흔들리고 갈등하며 방황하는, 즉 어찌 보면 평범한, 인간적인 매력이 넘치는 그런 인물들이었다. 그리하여 왠지 그 주인공들이 한편으로는 답답한 교실에서 불만과 불안의 시간을 보내는 내 자신의 모습과도 닮은 것 같은, 그런 동질감도 꽤 느꼈던 것 같다. 동시에『영웅문』은 그 대륙적 스케일과 낭만적 분위기로 나로 하여금 중국에 대한 관심을 갖게 한 하나의 강력한 매개체였다.

　김용에 대한 또 한 번의 인상적인 기억은 중국 유학시절에 있다. 2000년대 초반 김용은 자신의 고향 항저우에 있는 절강대학의 인문대학 학장을 맡고 있었다. 당시 상하이에서 유학하던 나는, 비록 실행에 옮기진 못했지만 한 번쯤 그를 찾아가 무협에 대해, 인생에 대해 이것저것 묻고 싶었다. 또한 그즈음 김용이 자신의 무협소설의 주요 무대이기도 한 산시성 화산에 올라 전국의 무협인사들과 무협소설에 대한 토론을 한다는 흥미로운 소식도 있었다. 졸업을 할 무렵이던가, 김용에 대한 또 하나의 놀라운 소식을 들었는데, 80대 고령의 나이에 캠브리지 대학 박사과정에 진학했다는 것이었다. 김용이 세운 여러 가지

기록들, 엄청난 성공도 물론 놀랍고 흥미롭지만, 또 한편으로는 그의 무협소설을 제대로 평가해주고 인정해주는 중국의 문학계, 문화계의 분위기도 무척 인상적이었다. 가령 많은 일급 평론가들이 김용의 소설을 연구하며 관련 논문과 책들을 펴내고, 최고 명문 베이징대학에서 김용의 소설을 전문으로 다루는 강좌를 개설하는 상황이 낯설면서도 신선했다. 한국에서는 좀처럼 상상하기 어려운 상황이 아닌가. 유학시절 도서관에서 베이징대학의 한 교수가 쓴 평론집을 재밌게 읽었는데, 그중 김용 무협소설에 대한 글이 특히나 흥미롭고 인상적이었다. 신필 김용, 무협의 전설, 그가 떠났다. 그의 무협소설을 좋아했던 한 사람으로 명복을 빈다.

김용의 타계로 그의 소설을 탐독하던 고등학교 시절이 떠올랐는데, 희한하게도 무슨 텔레파시가 통했는지 며칠 전 모교 고등학교에서 중국 관련 특강을 할 기회가 있었다. 아마도 동문회를 통해 연결이 된 모양으로 학교 교무주임이 강의를 부탁해왔고, 이에 흔쾌히 응했다. 최근 들어서 이런저런 기관에서 강의를 의뢰해오는 경우가 더러 있고, 학교를 넘어 보다 다양한 계층과 만나는 것도 의미가 있겠다 싶어 가능하면 다 수락을 하고 있다. 타 지역 대학에서 연락을 해오는 경우도 있었고, 도서관 및 관공서, 그리고 기업체에서도 종종 강의를 의뢰해왔다. 크게는 모두 중국에 관한 이야기지만 그때그때 다양한 주제를 정해 강의했다. 30년 만에 고등학교 교실에 다시 들어가 보니 여러모로 감회가 새로웠다. 고향 수원을 떠나지 않고 계속 살고 있으니 졸업한 그 고등학교를 자주 지나다니긴 했지만 막상 학교에 들어갈 일은 없었다. 졸업 후 딱 한 번, 그러니까 박사학위를 마치고 여기저기 교수 공채에 지원할 무렵, 지원했던 한 학교에서 고교 생활기록부까지 제출하라고 해서 잠깐 행정실에 다녀간 적이 있었다. 그때가 벌써 한 십여 년 전이었다.

내가 고교 졸업을 한 게 1991년이니, 근 30년 만에 학교 교실에 다시 들어가 보는 셈이었다. 인문학 특강을 담당하는 젊은 남자 선생님이 준비를 하고 기다리고 있었고, 학교 중국어 선생님도 자리에 참석했다. 그리고 안면이 있는 교감 선생님도 시작 전에 오셔서 학교에 대해 이런저런 소개를 해주시기도 했다. 선생님들의 소개를 받으며 교실과 복도를 좀 둘러보았는데, 아, 가물가물했다. 내가 공부했던 교실이 몇 층인지, 어느 위치였는지… 학생들 몇몇이 복도를 지나가며 이야기를 하는 모습을 바라보고 있자니, 30년 전 그 어느 한쪽에서 친구들과 떠들고, 장난치고, 또 수업을 하고, 공부를 하던 10대의 내 모습이 어렴풋하게 떠오르는 것도 같고, 그런 생각이 이어지면서 아련해지고 또 가슴이 짠해졌다. 허, 30년이라니. 참으로 실감나지 않는 시간이다.

7시에서 9시까지 이어진 그날의 특강은 미리 공지가 되고 학생들 스스로 자율적으로 신청을 해서 온 자리였다. 늦은 시간이었는데도 피곤한 기색도 없이 눈을 반짝이며 내 이야기에 귀를 기울여 주는 후배들이 고맙고 또 대견스럽기도 했다. 중간중간 30년 전의 학교와 학교생활 이야기를 농담 삼아 들려주자, 믿기 힘들다는 반응을 보이기도 했는데, 말하는 나로서도 참으로 격세지감이었다. 강연을 마치고 질문을 받아 보니 남녀 학생 할 것 없이 적극적이고 진지한 질문들이 쏟아졌다. 강의의 내용에 관한 것부터, 요즘 하고 있는 이런저런 고민들, 그리고 궁금한 대학 생활에 대한 질문까지, 나는 하나하나 나름대로 정성껏 대답을 해주었다. 애틋하고 뿌듯한 저녁이었다. 교과서를 벗어난 이야기가 잠시나마 재밌고 유익했을지, 조금이나마 도움이 되었을지, 또 선배로서의 격려가 약간이나마 힘이 됐을지...

학교 건물을 나와 운동장 한쪽에 있는 주차장으로 걸어가면서 나는 환하게 불이 켜진 학교를 돌아보았다. 그리고 고생하시는 선생님들과 무럭무럭 성장하고 있을 후배들의 안녕과 발전을 기원했다. 그리고 학교 구석구석에 새겨져 있는 내 고등학교 시절의 추억에게도 인사를 건넸다. 고맙고 또 그립다고...

4.

김용이 무협소설의 전설이라면, 호금전과 장철은 즉 무협영화의 전설이라고 할 수 있을 것이다. 6, 70년대 홍콩 무협영화의 전성기를 이끈 주역으로 이른바 홍콩 무협영화라는 하나의 장르를 안착시켰고, 그들이 연출한 영화들은 홍콩을 넘어 중화권 전체, 나아가 아시아 일대에서 엄청난 인기를 구가했다. 〈외팔이〉, 〈협녀〉, 〈복수〉, 〈자마〉, 〈용문객잔〉 등등의 전설적인 무협영화들은 현재까지도 많이 회자되고 있으며, 계속 리메이크되고 있다. 6, 70년대 홍콩영화가 아시아 일대에서 큰 인기를 구가하며 경쟁력을 갖고, 나아가 세계 영화계에서도 나름의 독특한 위치를 점한 것에는 바로 이 무협영화가 큰 역할을 했다고 봐야 한다.

당시 호금전과 장철은 홍콩 최대의 영화사 쇼브라더스에 소속되어 많은 영화를 찍었는데, 거의 모든 영화들을 정교하게 만든 세트 안에서 찍었다. 지금의 기준으로 보면 영화가 전체적으로 좀 엉성하고 조악해 보이지만, 당시로서는 그런 영화들이 획기적인 비주얼과 현란한 액션으로 자리매김하며 큰 화제를 모았다. 인기에 힘입어 수많은 무협영화들이 제작되었는데 세트 안에서 만들다 보니 빠르고 효율적으로 영화를 찍을 수 있었다.

홍콩 무협영화가 아시아 전역에서 큰 인기를 끌면서 여러 명의 슈퍼스타들을 배출했다. 가장 먼저 거론할 만한 인물은 바로 그 유명한 왕우다. 아마도 중년세대 이상의 사람들에게 중국 무협영화하면 첫 번째로 떠오르는 배우가 왕우일 것이다. 왕우는 6, 70년대 홍콩 무협영화의 전성기를 이끈 당대 최고의 배우였고, 홍콩을 넘어 아시아 전역에서 큰 인기를 끌었던 슈퍼스타였다. 당시 홍콩의 최대 영화사인 쇼브라더스의 간판배우로 최고의 흥행 보증수표였고, 장철 감독의 페르소나로도 유명했다. 또한 배우를 넘어 실제 홍콩 영화계에서 막강 파워를 과시하던 파워맨이기도 했다. 왕우를 범아시아권 최고 스타로 만든 영화는 바로 그 유명한 〈외팔이〉 시리즈인데, 최악의 상황에서 모든 역경을 딛고 마침내 복수를 완성하는 왕우의 모습에 사람들은 열광했다. 목표를 향해 한 치의 망설임도 없이 과감하게 행동하고, 임무를 완성하고는 뒤도 돌아보지 않고 떠나가는 그의 모습은 복작거리는 현실에서 쳇바퀴 돌듯 살아가는 현대인들에게 시원한 청량감을 선사했던 것이다. 그런 의미에서 무협영화는 어른들을 위한 동화이면서, 답답한 현실을 시원하게 뛰어넘는 판타지인 것이다.

그리하여 무협영화는 중국영화의 한 대표 장르가 되어 계속해서 끊임없이 만들어지고 있고, 최근에는 더욱 거대한 자본과 기술력을 투입하여 더욱 크고 화려하게 만들어 내고 있다. 중화권의 한다하는 감독들은 너도나도 무협영화에 뛰어들어 자신만의 새로운 무협영화를 완성하려 한다. 하지만 무협영화라는 장르 안에서 자신만의 확실한 인장을 찍기는 결코 쉽지 않다. 대부분 의욕만을 앞세울 뿐, 두고두고 회자될 수작을 만나기는 정말 어렵다.

　- 야, 진짜 드럽고 치사해서 회사 못다니겠다. 나 왜 이러고 살아야
　　되냐 증말!

퇴근 무렵 고등학교 동창 인석이가 전화를 걸어와 회사 생활이 힘들다는 하소연을 했다. 괄괄한 성격인지라 이래저래 사람들과 부딪히는 경우가 많은 친구다. 40대 후반이면 웬만한 직장에서는 상급자로 부하직원들을 이끌 나이고, 그런 만큼 좀 둥글둥글 부드럽게 지내면 좋으련만 그게 또 막상 쉽지 않은 게 우리네 현실이다. 한편으론 인석이의 푸념이 이해도 되고 안쓰럽기도 하다. 내 경우는 어떤가. 대학교수는 일반 직장인들에 비해 그런 대인관계로 인한 직접적인 스트레스는 많지 않은 편이지만, 어느 조직이든 있게 마련인 이런저런 갈등이 있어 가끔 짜증스러운 경우가 있다.

　- 아 그 자식, 왜 또 그러는데, 야 그러지 말고 만나서 밥이나 같이 먹자!

5.

유난히 무더웠던 여름이 지날 무렵, 그러니까 그 지독한 더위가 물러가 이제 좀 살 만하구나 싶은 마음이 들 즈음, 아버지의 몸에 또 이상

이 생겼다. 전립선에 문제가 생겼고 그것이 또한 신장에도 영향을 준 상황이었다. 며칠째 대소변을 못 보는 상황이 계속되었는데, 어머니에게도 제대로 말하지 않은 모양이었다. 당연히 먹지도 못하는 상황으로 이어졌는데, 늘 혼자 판단하고 결론을 내리는 아버지는 처음엔 단순히 체한 걸로 생각하여 며칠을 그냥 끙끙 앓았던 것이다. 소변이 제대로 나오지 않자 중간에 비뇨기과에 가서 전립선 약을 처방받았지만 상황은 나아지지 않았다. 결국 동네 내과병원에 가서 진찰을 받게 되었고, 의사는 진단서를 끊어주며 빨리 대학병원으로 가보라고 했다.

각종 검사와 진찰을 받은 결과 전립선 쪽과 신장 쪽에 문제가 있었다. 배뇨가 되지 않으면서 신장에 요독이 차게 되었고, 그것이 신장에 악영향을 주었던 것이다. 조금만 더 지체했으면 심각한 상황이 왔을 거라는 담당의의 설명을 들었다. 빨리 조치를 했으면 간단했을 문제였는데 병을 키운 셈이었고, 따지고 보면 또 아버지의 고집과 고지식함이 만든 결과였다. 속상했고 또 답답했다. 또 한편으로는 이번에도 그만하기 다행이다 싶었다. 우선은 병원에 몇 주 입원하여 신장 쪽을 먼저 치료하고 이어서 전립선을 치료하기로 했다.

대학병원 6층에 있는 5인실 병동에는 주로 신장, 혹은 비뇨기 쪽의 환자가 입원해 있었다. 각 침대 옆에 보호자를 위한 기다란 간이의자가 하나씩 있어서 환자의 보호자들이 그 위에서 쪽잠을 자며 환자들을 간병하고 있었다. 낮에는 주로 어머니와 누나가 번갈아 가며 간호했고, 밤에는 어머니와 나, 그리고 동생이 번갈아 가며 자리를 지켰다. 식염수를 계속 신장으로 투여하여 씻어내는 과정이 이어졌고, 다행히 신장은 빠르게 회복이 되고 있었다.

12시가 넘어 잠이 들었다가 어깨가 저려와 눈을 떴다. 핸드폰을 보니 1시 20분이었다. 아버지를 보니 편안히 주무시고 있었다. 소변 주머니가 3분의 2정도 차 있었다. 눈을 뜬 김에 소변 주머니를 비우고 복도 한쪽에 마련된 휴게실로 갔다. 정수기에서 물을 한잔 받아 마셨다. 시원한 물이 목을 타고 내려가자 정신이 맑아지는 기분이 들었다. 휴게실에는 두 명이 있었는데 한 명은 의자에 누워 자고 있었고, 한 사람은 텔레비전을 보고 있었다. 병원 입원병동은 24시간 불이 켜져 있고 당직 의사와 간호사들이 계속 왔다 갔다 하니 심야시간도 별로 밤처럼 느껴지지 않는다. 병실 안의 딱딱한 간이의자보다 휴게실 의자가 안락했다. 잠시 휴게실에 있다가 들어갈 참으로 의자에 앉았다. 무심결에 텔레비전에 눈이 갔다. 아마도 영화 채널을 틀어 놓은 모양인데, 가만보니 몇 해 전 극장에서 보았던 무협영화였다. 홍콩의 거장 감독 서극이 오랜만에 선을 보인 무협영화로, 꽤 흥행을 한 〈적인걸〉이라는 영화였다. 별 기대를 안 했는데 꽤 재밌게 본 영화였다.

한때 서극은 홍콩의 스필버그라는 별명으로 불렸다. 홍콩영화가 전성기를 누리던 8, 90년대 그 한복판에서 막강한 영향력을 가지고 홍콩영화계를 쥐락펴락했던 인물이다. 그는 여러 장르에서 많은 히트작을 냈지만, 가장 빛을 발한 장르는 역시 무협영화였다. 그런데 서극의 무협영화는 기존의 정통 무협영화라기보다는 특수효과가 대거 들어간 이른바 SF 무협이었다. 첨단의 기술력과 판타지적인 요소를 결합하여 새롭고 신기한 느낌을 주었는데, 즉 예전에는 볼 수 없었던 다양한 특수효과가 들어간 여러 무협영화들이 많은 이들에게 환영을 받았다. 또한 서극 영화 특유의 그 그로테스크한 화면과 분위기 역시도 깊은 인상을 주었던 것 같다. 한 시대를 풍미했던 그도 홍콩영화의 쇠락과 함께 점차 사람들의 기억에서 멀어져 갔는데, '어, 서극 아직 살아있네'라는 느낌을 갖게 한 영화가 바로 〈적인걸〉이었다. 이제는 어느새 중년이 된 관록의 세 배우, 유덕화, 양가휘, 유가령의 불꽃 튀는 연기대결이 또한 인상적이었다.

- 다행히 아버님의 상태가 생각보다 빠르게 좋아지셨네요. 아마도 급성으로 온 상황이라 회복도 빠르게 된 거 같네요. 일단 신장은 잘 치료가 됐으니, 이제 전립선 쪽을 담당 선생님과 상의하시면 될 것 같습니다. 전립선도 큰 문제는 없을 거 같구요.

- 아, 네 감사합니다. 정말 다행이네요. 수고 많으셨습니다.

전립선 전문의는 일주일 후 수술을 하자고 했다. 수술은 크게 걱정할 것 없는, 비교적 간단한 수술이라고 했다. 가족들 모두 한시름 놓았다. 입원 후 2주일 남짓한 시간이 지났을 뿐인데 몇 달은 지난 듯한 느낌이 들었다. 아버지는 수척해지셨지만 몸과 마음은 한결 가벼워진 듯했다. 퇴원 후 집에서 일주일간 보낸 뒤 다시 수술을 위해 입원했다.

- 아버지, 간단한 수술이라니까 걱정하지 마세요.

아버지를 모시고 병원에 가는 차 안에서 나는 아버지에게 그렇게 말했다.

- 그래, 뭐 별것도 아니라던데. 걱정마라.

수술은 잘 되었고 며칠 뒤 아버지는 퇴원하셨다. 이후 비교적 빠르게 건강을 회복해 가는 중이다. 가족들은 한시름을 놓았지만 이번 아버지의 병원행에 다들 적잖이 놀랐다. 누나, 동생과도 부모님 좀 더 자주 찾아뵙고 신경을 더 쓰자고 의견을 나눴다. 퇴원 후 아버지는 아프시기

전과 별 다름없이 식사를 하시면서도 입맛이 없다는 말을 반복적으로 하고 있다. 지나가는 말로 잉어를 한 마리 고아 먹고 싶다고 한 것도 같다. 그리하여 나는 낚시를 취미로 삼는 몇몇 친구들에게 깨끗한 물에서 잉어를 한 마리 잡아오라고 연락을 해 두었다.

6.

오후 수업을 마치고 연구실로 들어왔다. 목이 좀 칼칼했다. 습관처럼 커피포트 물을 올리고 컴퓨터를 부팅시켰다. 컴퓨터가 부팅되는 동안 책장 위에 놓아둔 어항에 눈길을 준다. 2년째 키우고 있는 금붕어 2마리가 먹이를 달라고 내 쪽을 향해 빠르게 헤엄을 친다.

- 짜식들, 알았어 기달려.

먹이를 주니 정신없이 달려들어 먹는다. 그 모습을 물끄러미 보고 있자니 기특하고 또 애틋하다. 유학시절 혼자 집을 얻어 살던 시절, 집에 나 혼자 있는 것이 적막하고 싫어서 금붕어 몇 마리를 키웠다. 금붕어에게 먹이를 주며 친구에게 대하듯 얘기도 나누고 나름의 정을 나눴다. 그때 그 추억 때문일까. 연구실에 금붕어를 놓고 키우니 연구실이 조금 더 생기가 돌고 정겨운 것 같다. 중국인들은 특히나 집에 금붕어를 많이 키우는데, 금붕어를 가리키는 금어(金魚)라는 중국어 단어에 일단 금이 들어가고, 물고기 어(魚)의 중국어 발음이 또한 '남다', '여유롭다'의 여(餘)와 발음이 같아서 두루두루 좋은 의미를 갖기 때문이다. 이메일을 체크하기 위해 들어가니, 부고를 알리는 메일이 와 있었다. 지방의 한 대학에서 교편을 잡고 있는 동료의 부친상이었다. 대학은 달랐지만 비슷한 전공에 비슷한 연배였기 때문에 대학원 시절에 이 런저런 모임에서 자주 만나고 어울리던 사이였다. 나이가 들고 각자 교편을 잡고 나서는 예전처럼 자주 보진 못했지만, 가끔씩 소식을 전하고 마음속에 늘 관심을 두던 동료였다. 메일을 확인하는 순간 그의 얼굴이 떠올라 잠시 마음이 알싸했다.

　나이가 들어갈수록 상갓집 가는 횟수가 늘어난다. 달력 한 장만을 남긴 올해만 해도 상갓집 조문을 열 번 넘게 다녀온 것 같다. 또한 직접 가지는 못하고 조의금만 전한 경우도 많았다. 슬퍼하는 친지, 친구, 동료의 모습에 마음이 무겁게 내려앉는다. 그 순간 어떤 말이 위로가 되고 힘이 될 것인가. 그저 묵묵히 마음을 전할 뿐이다. 사실 안타깝지 않고 슬프지 않은 죽음이 어디 있을까만, 전혀 예상하지 못해 더 실감이 나지 않고 너무나 허망한 경우가 있다. 그럴 때면 그저 모든 것이 다 허무해지고, 삶이란 과연 무엇이며 도대체 뭘 어떻게 해야 하는가 등과 같은 원초적 질문이 다가오게 마련이다.

　그런 복잡한 감정에 휩싸일 때 나는 종종 무협영화를 찾는다. 무협영화라는 것이 현실의 여러 문제들을 훌쩍 뛰어넘는 시원한 부분이 있어서기도 하지만, 동시에 잘 만든 무협영화에는 삶과 세계에 대한 깊은 성찰과 위로가 있기 때문이기도 하다. 얼마 전 중국영화에 대한 특강을 준비하면서 무협영화에 담긴 사상적 배경, 정서, 혹은 그 미학에 대해 생각해 본 적이 있다. 일단 무협영화 하면 우선적으로 노장 사상을 떠올리게 된다. 자, 대개 무협영화 속 무림의 고수들은 탈속하여 초야에 묻혀 산다. 그리고 잠시 어지러운 속세에 등장하여 정의의 심판을 한 뒤, 다시 세상을 등지고 은둔으로 돌아간다. 그들이 보여주는 복수와 배반과 욕망의 서사도, 절정의 무예와 폭력도 결국 모든 것이 덧없고 부질없다는 것을 보여줄 뿐이다. 비우고 떠나가는 것, 그것은 역시 도가적 가치이다. 자, 그렇다고 무협영화에 유가적 이미지가 없는 것은 아니다. 무협영화 속 주인공들도 제세구민의 기치를 걸고 현실에 맞서지 않는가. 물론 그들이 처음부터 적극적으로 현실에 개입하는 것은 아니다. 마지막 상황, 즉 어쩔 수 없는 상황에서야 칼을 들지만, 나선 이상 모든 걸 걸고 사태를 해결한다. 또한 그들에게도 충과 효는 반드시 지켜야 할 가치이고, 받았으면 반드시 되돌려주는 셈법 또한 철저히 현실에 기반을 둔 것 아니던가. 마지막으로 무협영화에서 묵가의 정서를 떠올린다. 묵자의 출신에 대한 여러 설 중 하나가 그가 협객 출신이라는 것이다. 아닌게 아니라 무협의 원형은 묵가가 아니었을까 싶기도 하다. 강자의 횡포를 두고 보지 않고 맞서는 점, 아무런 대가를 바라지 않고 폭력의 한복판에 뛰어든다는 점, 검소하고 고독하며 강건한 이미지 등등은 무협영화 속 주인공들과 많이 닮아있다.

중국 무협영화 중에서 두 편만 꼽아보라고 한다면, 나는 〈와호장룡〉과 〈칼〉을 꼽는다. 물론 무협영화의 전성기라 할 만한 6, 70년대에 나온 수많은 수작들도 있겠고 엄청난 자본과 기술력으로 무장한 최근의 화려한 영화들도 많지만, 개인적으로 저 두 편의 영화는 무협영화라는 영토에 우뚝 솟아 있는 봉우리라고 생각한다. 또한 두 영화를 가지고 재미있는 비교도 할 수 있을 것 같다. 가령 리안은 〈와호장룡〉 단한 편의 영화로 무협영화의 역사를 새로 썼다고 할 수 있고, 서극은 80년대 이래로 홍콩 무협영화를 대표하는 거장으로 숱한 무협영화를 탄

생시켰다는 점이다. 사실 서극은 〈칼〉 말고도 꼽을 만한 무협영화들이 많다. 또 하나 비교해 볼만한 점으로 〈와호장룡〉이 우아하고 부드러운 이미지로 무협영화의 새 장을 열었다면, 〈칼〉은 거칠고 날것 그대로의 강렬함이 압도하는 영화라는 것이다.

〈와호장룡〉은 많은 사람들이 명작으로 손꼽는 영화다. 나도 지금껏 여러 번 보았고 또 앞으로도 그럴 것 같은데, 볼 때마다 다른 느낌으로 다가오고 또 감탄을 자아낸다. 대략 이런 식이다. 〈와호장룡〉을 처음 보았을 때는 그 화려하고 현란한 액션과 그림 같은 풍광이 눈에 들어왔고, 두 번째로 보았을 때는 주인공들의 사랑이 보였다면, 그 다음 번에는 우리네 인생과 그에 관한 철학이 엿보인다. 요컨대 〈와호장룡〉은 무협영화를 통해서 삶에 대한 깊은 성찰과 철학을 성공적으로 담아내고 있다고 할 수 있다. 주인공들의 행동과 대사를 통해 우리네 인생의 법칙을 정확히 묘파해내고 있고, 어떻게 살아야 할지에 대한 나름의 답과 진지한 성찰을 보여주고 있다. 가령 대나무 숲에서의 대결은 거의 모든 무협영화에 등장하지만, 〈와호장룡〉의 대나무 신은 무협영화 사상 가장 철학적인 장면으로 꼽을 만하다. 요컨대 부드러움이 강함을 이기는 것이고, 가지려 하지 말고 내려놓을 때 비로소 원하는 바를 얻을 수 있다는 것, 또한 정중동, 중용의 미를 멋지게 표현하고 있다. 자, 무협영화의 최대 볼거리는 역시 액션일 터인데, 〈와호장룡〉의 액션은 어떤가. 한마디로 우아하고 고급지다. 〈와호장룡〉의 액션에는 결코 일도양단의 살기가 없고, 부드럽고 아름다우며 마치 춤을 추듯 리듬감이 흘러넘친다. 대나무 숲도 대나무 숲이지만, 초반 양자경과 장쯔이가 붙는 상당히 긴 액션 시퀀스는 한마디로 황홀하다. 박자와 장단도 기가 막힌다. 영화를 보면서 드는 또 하나의 생각, 리안도 장예모 못지 않게 아름다운 풍광과 중국적 운미를 담아내기 위해 무척이나 애썼다는 점이다. 그 결과 〈와호장룡〉은 볼거리와 메시지, 두 마리 토끼를 잡는 데 성공했고, 무협영화의 찬란한 별이 되어 박혔다.

자, 이번엔 〈칼〉로 넘어가 보자. 단도직입적으로 영화의 액션부터 말해보자. 〈칼〉은 소위 무협영화의 클리셰라 할, 하늘을 날고 물 위를 걷는 액션 등을 모두 배제하고 최대한 현실에 기반한, 사실적 액션을 선보인다. 그러나 서극이 누군가. 사실적이되 절대 평범하지 않은 액션이 이어진다. 현란한 카메라워크와 좁은 공간을 활용한 독창적인 액션, 제목처럼 마치 칼이 살아 움직이는 듯한 생생하고 날 것 같은 액션 시퀀스로 어디에서도 본 적 없는 무협영화를 완성한다. 〈칼〉의 서사는 단순명료하다. 바로 복수, 그것도 아주 처절한 복수의 서사다. 저 유명한 70년대 외팔이 캐릭터를 재현하면서 주인공 조문탁을 극한의 상황으로 밀어붙이며 그의 피 끓는 복수를 완성시킨다. 그가 복수해야 할 상대는 당대 최고의 무술을 지닌 마적 떼 두목, 상황이 어려울수록 분노는 강해지고 복수에 대한 갈망은 더욱 강렬해진다. 사실 따지고 보면 무협영화에서 복수는 메인 테마다. 즉 복수가 없는 무협영화는 앙꼬 없는 찐빵이라 하겠는데, 왜냐하면 복수를 통해 인간의 원초적인 욕망을 강렬하게 드러내기 때문이다. 〈칼〉은 최근의 무협영화의 추세와는 좀 다르게 복수의 서사를 아주 충실하고 강렬하게 따라가면서 어두운 정서, 사실적이고 날 것 같은 액션, 그리고 서극 특유의 그 그로테스크한 분위기를 맘껏 드러내며 한 편의 새로운 스타일의 무협영화로 탄생되었다. 한편으로 〈칼〉 역시 사뭇 철학적인 구석이 있다. 요컨대 칼은 그저 표면적인 하나의 도구일 뿐, 결국 우리 인간 세상에 넘쳐나는 칼부림에 대해 말하고 있는 것 같다. 겉으로는 웃는 척 하지만, 우리는 늘 다른 사람을 향해 칼을 휘두르며 살고 있지 않은가. 자, 상처받지 않기 위해 끊임없이 칼을 휘두르지만 결국 그 칼에 자신도 베인다. 여러 마니아들이 〈칼〉을 컬트영화의 반열에 올려놓거나, 저주받은 걸작, 혹은 서극 최고의 작품 등등으로 이야기하는 것에는 다 그럴 만한 이유가 있는 것이다.

〈와호장룡〉 속 주윤발이 추구하는 삶에도 공감이 가고, 〈칼〉 속 조문탁의 복수도 충분히 이해한다. 누가 옳고 그르다, 혹은 누가 더 낫고 못하다고 단정할 수 없다. 분명한 건 우리 현실에서는 그들처럼 살기가 어렵다는 것이다. 어려운 정도가 아니라 거의 불가능하다고 해야 한다. 속세의 모든 걸 버리고 득도의 경지에 오르기도 불가능하고, 원수진 일이 있다고 일차원적으로 복수를 감행할 수도 없는 일이니, 그저 최대한 감정을 잘 컨트롤하며, 마음의 중심을 세워서 사는 수밖에 없는 것이다.

이제 막 본격적으로 시작된 중년, 그리고 앞으로 닥칠 장년과 노년의 시기에 꼭 기억해야 할 또 하나의 화두가 바로 절제가 아닐까 싶다. 물론 무턱대고 참고 억누르라는 것이 아니라 적절한 조절, 그리고 조금씩 덜어 낸다는 의미로의 절제다. 다르게 말하면, 좀 더 계획적이고 규칙적으로 자신을 관리한다는 뜻도 되겠다.

그렇다면 어떤 부분에서 절제의 미덕을 발휘할 것인가. 수없이 많은 부분에 적용할 수 있다. 가장 기본적인 것부터 이야기해보자. 자, 의식주를 예를 들어보자. 지난날 우리는 먹는 것, 입는 것, 그리고 사는 곳에 대해 참 많이도 욕심을 부렸다. 더 맛있고 멋있고 좋은 것들을 추구하느라 몸도 마음도 참 바빴다. 물론 아직도 여전히 성에 차지 않을 뿐만 아니라 내 능력의 한계에 억울함을 느낄 수도 있을 것이다. 하지만 조금만 마음을 비우고 그것을 관조해 본다면 결국 모든 것이 과욕에서 비롯되는 것임을 깨달을 수 있을 것 같다.

과유불급이라고 했다. 육체적, 정신적인 면에서 조금씩 덜어내고 담백해질 수 있으면 정말 좋겠다. 우리는 활동량에 비해 너무 많은 것을 먹고 있고, 그 지나침이 이제 조금씩 우리 몸에 신호를 보내고 있다. 청춘들이야 아직 한창이니 몸이 받쳐 줄 수 있겠지만, 이제 우리는 그 시기를 다 떠나보냈다. 겸허히 자신을 돌아봐야 하고 스스로 조절해야한다. 술이나 담배는 말할 것도 없고 지나친 과로도 피해야 한다. 성적인 욕망, 소유욕, 집착, 혹은 과도한 승부욕 등도 지나치지 않게 적절히 조절해야 한다. 계속해서 덜어내고 비워 내야 한다.

공자가 말한 마흔이 되면 불혹, 즉 미혹되지 않고 유혹되지 않는다는 것은 역설적으로 그것이 쉽지 않기 때문에 나온 말일 것이다. 사실 우리들의 욕망은 나이가 든다고 작아지지 않는다. 물욕, 애욕, 권력욕 등 온갖 욕망들은 오히려 시간이 갈수록 더 커지고 뜨거워진다. 그렇기에 자신을 채찍질하기 위해 만들어진 말이 아닐까 싶다. 이제부터는 진짜 욕망을 잘 조절해야 하고 잘 관리해야 한다. 여차하면 큰 실수로 이어진다. 젊은 시절의 실수는 순수한 패기로 객기로 보고 넘어가줄 수 있지만, 이제는 더 이상 그것이 통하지 않는다. 절제의 미덕이 절실한 이유다.

7.

11월 말이 되니 단풍도 거의 다 떨어져 을씨년스러운 기분이 든다. 지난 한 달여간 단풍 보는 멋이 꽤 컸는데, 점점 앙상해져 가는 나무들을 보니 내 마음도 휑하니 쓸쓸해진다. 퇴근하는 길, 집 인근의 산 중턱에 차를 세우고 잠시 화성을 좀 둘러보기로 한다. 떨어진 낙엽도 좀 밟고 싶었다.

나는 수원이 고향이고, 수원을 대표하는 문화 유적인 화성을 바로 집 옆에 두고 산다. 매일 보는 풍경이지만 질리는 법이 없고, 나이가 들어갈수록 화성이 더 좋아진다. 특별한 일이 없으면 저녁에 가족들과, 혹은 그냥 혼자서 성곽으로 산보를 나가는 것은 요즘 나의 작은 낙이다. 수원 화성은 정조의 효심이 서린 곳이고, 동시에 정적(政敵)들에게 자신의 파워를 과시하기 위한 목적도 가지고 있는 성이다. 부드럽고 아기자기한 느낌도 있지만, 작지만 단단한 결기가 느껴지기도 한다. 그렇게 일 년 365일 시간이 날 때마다 집 근처 화성을 천천히 산책하는 것은 나에겐 아주 자연스러운 습관이다.

집 인근에는 또한 수원이 낳은 예술가 나혜석의 생가 터가 있다. 수원이 배출한 여러 역사 인물이 있겠으나, 근현대에 이르러 예술적, 문화적으로 가장 주목할 만한 인물은 단연 나혜석이다. 수원에는 나혜석의 이름을 딴 거리가 조성되어 있고, 해마다 그녀를 기념하는 여러 행사가 진행되고 있다. 나혜석은 우선 한국 최초의 여류 서양화가라는 타이틀을 가지고 있고, 여성의 사회적 활동이 제한적이던 시절, 여러 언론에 소설과 수필 등 다양한 장르의 글을 발표한 문장가였으며, 억

압받는 한국 여성들의 입장을 적극 대변한 여성주의자, 여성운동가이기도 했다. 또한 독립운동가, 여행가로서의 나혜석의 모습도 있다. 즉 나혜석의 활동 영역과 그 성취는 다양하고 방대하기에 그녀를 객관적이고 깊이 있게 이해하기 위해서는 다양한 각도에서 바라보아야 한다. 이처럼 젊은 시절 나혜석의 재능과 성취, 경력은 무척이나 화려하고 강렬한 데에 비해, 그녀의 말년은 너무나 쓸쓸하고 안타깝다. 생전에도 그녀는 수많은 비판과 편견들과 마주해야 했으며, 그로 인한 시련과 상처도 무척 깊었다. 그리하여 나에게 나혜석은 언제나 경탄과 동시에 연민을 느끼게 하는 인물이다.

얼마 전 수원시에서 주관하는 수원의 역사, 문화에 대한 콜로퀴엄이 있었다. 관련 기관의 초청을 받은 나는 나혜석에 대한 글을 준비했고, 그날 자리에서 나혜석에 대한 적극적인 재조명 및 그녀의 성취에 대한 입체적인 분석의 필요성을 피력했다. 나혜석은 오랫동안 논쟁적인 인물이었고 아직 온전하게 평가되지 못했다. 마침 최근 들어서 나혜석에 대한 나름의 열기가 생기고 있는데 그런 상황이 개인적으로도 무척 반갑다. 얼마 전 우리 사회를 뜨겁게 달군 미투 열기로 인해 여성 운동의 선구자 격인 나혜석이 재조명되고 있고, 나혜석 사망 70주년을 맞아 문학계와 공연계 등 문화계 전반에서 나혜석을 추억하는 움직임이 활발하다. 나혜석을 다룬 책들이 연이어 출할되고 있고, 수원, 광주 등 여러 지역에서 나혜석에 관한 연극을 올리고 있다.

나혜석의 생가 터 근처에 몇 년 전 들어선 미술관에서는 나혜석 그림 4점이 장기 전시되고 있다. 1920년대, 30년대에 그린 그림들인데, 지금 봐도 전혀 올드하다는 느낌 없이 세련되고 생동감이 있다. 특히 유명한 〈자화상〉을 보고 있으면, 여러 가지 복잡한 감정이 읽힌다. 나혜석 생가 터 골목 곳곳에는 나혜석의 여러 작품들이 벽화로 다시 탄생되었고, 불합리한 현실에 항거하는 그녀의 절절한 외침이 담긴 「이혼고백서」가 적혀 있다. 최근 이 화성 성곽길이 새로 주목받고 주변이 재정비 되면서 나혜석의 생가 터 주변에도 많은 관광객과 젊은이들이 찾아들고 있다. 나혜석에 대해서도 더 많은 이들이 알게 되는 셈이다. 나는 이런 열기가 좀 더 지속되고 확대되기를 희망한다. 그래서 예컨대 나혜석에 대한 제대로 된 드라마나 영화가 만들어져서 좀 더 많은 이들이 나혜석에 대해 알게 되면 좋겠다. 또한 국내를 넘어 세계적으로도 소개되고 조명될 수 있었으면 좋겠다. 개인적으로 나는 나혜석이 동시대의 누구와 견줘도 떨어지지 않는 뛰어난 인물이라고 생각한다. 아직도 한국의 많은 이들에게 나혜석은 그저 시대와 불화했던 신여성, 혹은 파격적 스캔들의 주인공으로 먼저 기억되는지 모르겠다. 나혜석이 남긴 뛰어난 성취와 시대정신은 이제 보다 온전하고 객관적으로 알려져야 하고, 그 역할은 후배인 우리들의 몫일 것이다.

나혜석의 드라마틱한 삶과 그녀가 남긴 뛰어난 예술품들을 접하노라면 복잡한 감정이 뒤섞인다. 그리고 여전히 가슴이 아프다. 그들로부터 수십 년, 과연 우리 사회는 달라지고 나아졌는가. 자신의 생가 터에 와서 왁자지껄 밝게 웃으며 사진을 찍고, 벽화로 재탄생된 자신의 그림과 글을 따라가며 흔적을 되짚는 후배들을 나혜석은 어떻게 생각할까.

노라를 놓아라

최후로 순순하게

엄밀히 막아논

장벽에서

견고히 갇혔던

문을 열고

노라를 놓아주게

아아 사랑하는 소녀들아

나를 보아

정성으로 몸을 바쳐다오

많은 어둠 횡행할지나

다른 날 폭풍우 뒤에

사람은 너와 나

나혜석 『인형의 가』 중에서

　나혜석 생각 터와 기념석을 천천히 둘러보고 난 뒤, 근처 화서문 위에 올라 성벽 너머의 풍경을 바라보았다. 성벽 바깥 쪽에 조성되어 있는 공원에는 산책 나온 사람들, 운동하는 사람들이 제법 있다. 조성된 지 수십 년된 성곽 공원 안에는 나름 울창한 나무들이 많고 성곽과 어우러져 멋진 풍경을 만들어낸다. 그 앞으로 이어져 있는 도로는 오가는 차들로 서서히 붐비고 있다. 퇴근 시간이니 한동안 좀 막힐 것이다.

　날은 서서히 저물어 간다. 11월 말이니 이젠 점차 겨울로 접어드는 시점이다. 비라도 한차례 내리면 바로 겨울 기분이 들 것 같다. 습관처럼 성곽을 거닐며 산책을 하면서 기분 전환을 하고 있지만 연말로 다가

갈수록 마음이 우울해진다.

8.

6, 70년대를 풍미했던 홍콩 무협영화는 80년대 들어 인기가 한풀 꺾인다. 물론 성룡, 홍금보, 원표 같은 배우가 나와 코믹함을 가미한 무술 액션으로 인기를 끌긴 했지만, 그런 영화들을 정통 무협영화로 보긴 어렵다. 기본적으로 무협영화에서 가장 중요한 '협'의 정신과 비장미가 제대로 구현이 되지 않으니, 비유컨대 앙꼬 없는 찐빵 같은 느낌이랄까. 한편 80년대 중반쯤에 이르면 홍콩영화의 또 다른 대표 장르로 이른바 홍콩 느와르가 급부상한다.

80년대 아시아 전역에서 신드롬을 일으켰던 전설적 느와르 영화 〈영웅본색〉은 극중 장국영의 형이자 과거 홍콩 삼합회의 보스였던 적룡의 출소 장면으로부터 시작한다. 듬직하고 푸근한 큰형 이미지로 나오는 적룡은 사실 70년대 홍콩 무협영화의 전성기 시절 엄청난 인기를 끈 톱스타였다. 또한 당시 홍콩영화를 이끌었던 막강한 영화사 쇼브라더스 소속 배우이자 홍콩 무협영화의 인기를 견인했던 장철 사단의 대표배우였다. 당시 그는 꽃미남 얼굴에 단단한 근육을 자랑하는 최강의 열혈남아였다. 시대가 바뀌고 예전 무협영화가 차지하던 자리를 현대의 갱스터 장르, 즉 홍콩 느와르가 대체하게 되면서 적룡은 무협의 고수에서 의리 있고 인간미 넘치는 폭력조직의 큰형님으로 변신을 하게 된 것이다.

오우삼, 임영동 등이 주도한 80년대 홍콩 느와르는 어떤 면에서 보면 공간만 현대의 홍콩 뒷골목으로 바뀌었을 뿐, 그 골격과 정서는 무협영화와 다르지 않다. 강호에 떨어진 의리를 개탄하고, 우정, 의리, 순정을 위해 조건 없이 총을 빼 드는 주인공들의 모습은 무협영화 속 영웅들과 조금도 다르지 않다. 홍콩 느와르의 거장 오우삼의 영화적 스승이 바로 무협영화의 전설 장철이라는 점도 흥미롭다. 비록 시대착오적 인물이라 할지라도 느와르 속 주인공들이 외치는 강호의 의리는 강렬한 카타르시스를 선사한다.

이른 저녁을 먹고 동네 수영장에 다녀왔다. 늦가을로 접어들며 날씨가 추워진데다가 저녁 시간이라 그런지 사람들이 별로 없었다. 처음 물에 들어갈 때는 조금 차갑게 느껴졌는데 25미터 레인을 두어 번 왕복하니 춥다는 느낌은 사라졌다. 한 시간 반 정도 자유형, 평형, 접영, 배영까지 영법을 바꿔가며 여유 있게 수영을 즐겼다. 수영은 내가 꾸준히 즐기는 운동이다. 여러 가지로 장점이 많은 운동인데, 신체적인 부분뿐만 아니라 기분 전환에도 아주 좋다. 물속에서 한 시간 정도만 첨벙거리다 나오면 웬만한 일들은 다 잊게 되고, 마치 오랜 시간이 지나간 듯한 기분이 느껴진다. 그래서 꾸준히 수영을 즐긴다. 40대 후반, 운동의 중요성이 점점 절실해지는 나이다. 운동신경이 좀 있는 편이라 여러 운동을 좋아하고 또 즐겨하기도 했지만 대부분은 나이가 들면서, 또 일하느라 바빠지면서 자연스럽게 멀어지게 된 거 같다. 수영은 언제든 혼자서 할 수 있고 심리적으로도 많은 도움이 되어서인지 그래도 꾸준히 하게 되는 것 같다.

그러고 보니 나는 어릴 때부터도 수영을 좋아했던 것 같다. 여름이 되면 아버지는 꼭 네댓 번씩 동생과 나를 수영장에 데리고 가셨다. 따로 수영을 배운 적은 없지만 그렇게 아버지와 수영장을 다니며 저절로 조금씩 익혔다. 초등생 시절 도시락을 싸서 가족들과 수영장에 간 기억은 어린 시절의 즐거운 기억 중 하나다. 수영장뿐만 아니라 가끔은 강이나 계곡으로 피서를 가기도 했는데 그러면서 저절로 수영에 익숙해졌던 것 같다. 중학생쯤부터는 친구들과 수영장에 다녔다. 중등학교 교사였던 아버지는 인근 수영장의 입장권을 한 뭉치씩 주시곤 했는데, 아마 홍보 차 학교로 수영장표가 좀 들어오지 않았나 싶다. 그 시절 나는 그런 아버지가 멋있다고 생각했었다. 아마 아버지도 아들이 좋아하는 수영장 입장권을 수십 장 건네주면서 뿌듯한 마음이 들지 않았을까.

실내 수영장에 다니기 시작한 건 아마도 이십 대 후반쯤부터였던 것 같다. 90년대 중반쯤부터 동네 여기저기 스포츠센터가 많이 들어섰던 것 같고, 언제든 좋아하는 수영을 즐길 수 있다는 생각에 자연스럽게 실내 수영장에도 자주 다니게 되었다. 중국 상하이에서 박사과정을 밟던 30대 초반에도 운동 삼아 수영장을 꾸준히 다녔다. 체력 단련을 위해 운동은 반드시 필요했는데, 덥고 습한 상하이에서 수영은 아주 적절한 운동이었다. 게다가 정신적으로 나태해지기 쉬운 유학생활이었으니 여러 이유로 자연스레 수영을 즐겼던 것 같다. 자주 다니다 보니 수영장의 직원들과도 많이 친해져서 나중에는 수영장 입장권도 싸게 사서 이용할 수 있었다. 귀국해서 사회생활을 시작해서도 일주일에 두 번 정도는 꾸준히 수영을 즐거하고 있다.

- 안녕히 가세요.

카운터 직원이 차 키와 주차증을 건네주며 경쾌하게 인사를 한다. 지하 주차장으로 바로 내려가려다가 게시판에 붙여놓은 다양한 프로그램 안내문에 눈길이 간다. 지역 구민을 위한 구민회관이라 건물은 다양한 시설을 갖추고 있고 스포츠, 외국어, 인문학 등 다양한 강좌를 마련해놓고 있다. 물론 비용도 저렴해서 이용하기에 부담이 없다. 개설된 프로그램을 대강 살펴보니 웬만한 대학의 교양과목 목록 저리가라 할 만큼 다채롭고 흥미로운 것들이 많았다. 나중에 정년퇴직을 하게 되면 이것저것 한번 배워보고 싶다는 생각이 들었다.

9.

퇴근을 하려고 연구실에서 나왔다. 건물 지하 주차장으로 가는 엘리베이터를 기다리고 있는데 핸드폰이 울렸다. 동생이었다. 주말이 시작되는 금요일 저녁의 전화라면, 주말에 뭘 하자는 이야기일 것이다.

- 어, 그래.
- 형, 내일 뭐해. 우리 오랜만에 제부도로 낚시 함 갈까? 바다도 함 보고.
- 제부도? 좋긴 한데, 좀 춥지 않을까? 그래 간만에 함 가자.

그래, 가끔 바다가 보고 싶을 때가 있다. 그럴 때면 드라이브 삼아 자주 가는 곳이 제부도다. 탁 트인 바다를 보면 가슴이 시원해짐을 느끼고 기분이 상쾌해진다. 어설픈 수준이지만 낚싯대를 드리우고 망둥어와 놀래미를 잡기도 한다. 수원에서 차로 1시간여 거리이니 부담 없이 다녀올 만한 거리다. 하지만 언제나 제부도 안에 들어갈 수 있는 건 아니다. 물때가 되어 길이 잠기는 시간이면 들어가지 못한다. 그럴 때면 근처 전곡항에 가서 바다를 보고 낚시를 하면 된다. 북쪽으로 난 도로를 따라가면 안산 시화호와 연결된다.

서해안이다 보니 물이 그리 맑지는 않지만 아쉬운 대로 발 정도는 적실 수 있다. 제부도 인근은 무엇보다 갯벌이 잘 형성되어 있나. 썰물로 물이 빠져나가면 갯벌에 들어가 작은 조개와 여러 갯벌생물을 잡아볼 수도 있는 곳이다. 제부도와 그 인근 지역에는 당연히 많은 식당들이 형성되어 있다. 각종 회와 조개구이, 시원한 해물칼국수를 언제든 맛볼 수 있는 곳이다. 또한 바닷물을 끌어와 쓰는 해수탕도 있고 라이브 카페 등도 많아 데이트 장소로도 손색이 없는 곳이다. 결혼하고 아이들이 생긴 뒤로는 가족들 모두를 대동하고 자주 간다. 동생네, 누나네와 부모님까지 모두 함께 가면 나름 대가족이다.

제부도는 사시사철 언제가도 좋지만, 여름에는 찾아오는 사람들이 많아 도로가 자주 막힌다. 특히 여름날 주말엔 너무 막힌다. 서울, 경기지역에 사는 사람들이 바다를 보려고 만만하게 찾는 곳이기 때문이다. 한여름을 제외하고는 언제든 부담 없이 갈 수 있는 곳이 바로 제부도다. 그렇게 자주 가는 곳이다 보니 제부도에 얽힌 추억이 많다. 아직은 차가 없던 20대 시절, 사귀던 여자와 바다를 보기 위해 덜컹거리는 버스를 타고 갔던 기억, 친구들과 MT 삼아 먹거리 가득 싣고 가 바닷가 모래사장에서 밤새 놀던 기억들도 많고, 나이가 들어갈수록 친구 같은 동생과 함께 한 추억들도 많다. 비 오는 날에 고기가 더 잘 잡힌다며 동생과 우의를 쓰고 낚시를 가던 어느 날의 추억 등등 제부도와 얽힌 재미있고 애틋한 이야기들이 많다.

그리하여 다음날인 토요일 아침 간단한 간식거리를 챙겨 제부도로 향했다. 다행히 날씨도 괜찮고 춥지 않았다. 주말에도 학원 수업이 있는 딸아이와 아이를 챙겨야 하는 아내는 집에 있고, 아들과 함께 가기로 했다. 남자아이라 그런지 확실히 낚시나 운동 등 활동적인 것을 좋아하는 편이다. 보통 사춘기에는 부모와 함께 다니는 것도 싫어한다던데 아들 녀석은 아빠와 다니는 것을 꽤 좋아하고 거부감이 없는 편이다. 아마 꼼꼼하고 좀 냉정한 제 엄마와는 상반되게 잔소리 안 하는 방임형 아빠에게 편안함을 느끼는 모양이다.

두 살 터울 동생은 딸 하나를 두고 있다. 동생은 대학을 졸업하자마자 직장에 들어가 일찍 자리를 잡았고, 지금까지 한 직장에서 성실하고 꾸준하게 일하고 있다. 대기업은 아니지만 반도체 관련된 꽤 탄탄한 중소기업이라 벌이도 그만그만한 편이다. 늦게까지 공부를 한다고 결혼도 늦어진 나와는 다르게 이십 대 후반에 결혼하여 딸애가 벌써 고등학생이다. 제수도 알뜰하고 싹싹하게 가정을 잘 꾸려가고 있고, 딸애도 학교에서 줄곧 반장을 할 정도로 똑똑하게 잘 크고 있다. 아무튼 동생네는 누가 봐도 오순도순 알뜰살뜰 잘 살고 있다.

제부도 들어가는 입구에 있는 단골 횟집에서 만나기로 했다. 우리가 먼저 도착하여 자리를 잡고 앉았고, 곧이어 동생네가 도착했다.

- 큰아빠 안녕하세요. 재권이도 잘 지냈어?

동생 딸인 민아가 살갑게 인사를 건넨다. 동생과 제수씨도 밝은 얼굴로 인사를 건네온다.

- 어, 다들 잘 지내지? 뭐 먹을까. 오랜만에 조개구이 함 먹어볼까.

- 아니, 그냥 간단하게 칼국수 먹지 뭐. 바지락 칼국수. 빨리 먹고 가
  서 낚시 던져야지!
- 워워, 그래 봐야 뭘 얼마나 잡겠냐. 망둥어 몇 마리지.
- 아 형, 나 오늘 놀래미랑 숭어 잡을거야. 이따 보라고!

  그런저런 얘기를 나누면서 즐거운 점심을 먹고, 제부도 안으로 들어
갔다. 다행히 저녁 무렵까지 바닷길이 열려있어서 충분히 놀다 와도
될 터였다. 자주 가는 방파제 한쪽에 자리를 잡고 낚싯대를 드리웠다.
늘 그렇듯 제부도에는 놀러 나온 사람들이 많았다. 서울, 수도권 인근
에서 부담 없이 바다를 보러 나오는 곳이니, 주말에는 늘 붐볐다. 동해
바다 같은 웅장하고 짙푸른 느낌은 없지만, 짠 바다 내음을 맡으며 갈
매기들이 끼룩대는 소리를 들으며 바다를 바라보니 가슴이 시원해지
면서 그동안 쌓인 여러 감정의 찌꺼기들이 날아가는 것 같다.

- 이야 왔다 왔어! 민아야, 재권아 이거 봐라!

  동생이 흥분하며 낚싯대를 들어올렸다. 작은 놀래미가 딸려 나왔
고, 동생은 입이 귀에 걸릴 만큼 좋아했다. 개시를 망둥어가 아닌 놀래
미로 한다는 건 초보 낚시꾼인 우리 형제에겐 대단히 고무적인 일이
다. 내친김에 정말 숭어도 잡는다면 금상첨화일 것이다. 하지만 그 이
후 두 시간 동안 한 마리로 잡지 못 했다. 부지런히 지렁이를 바꿔 끼우
고 몇 번씩이나 바닥에 걸린 바늘을 끊어내며 새로 바늘을 끼워 던졌지
만 성과가 없었다. 아무렴 어떤가. 그저 오랜만에 이렇게 바다 내음을
맡으며 가족들과 시간을 보내는 것만으로도 즐거웠다. 낚싯대를 던져
놓고 동생과 이런저런 이야기를 나누는 것도 좋았고, 중간에 간식으로
먹은 컵라면의 맛도 기가 막혔다. 제수씨는 돗자리에 앉아서 한가롭게

책을 읽었고, 재권이와 민아는 스마트폰을 들고 게임을 하네, 음악을 듣네 하며 지들끼리 또 재미있게 노는 눈치였다.

- 안되겠다. 숭어는 다음에 잡는 걸로 하자.

- 그래 형, 이제 슬슬 정리하자고.

오후부터 날이 흐려지더니 곧 비가 올 것처럼 하늘이 어두워졌다. 낮에는 시원하게 느껴지던 바람도 오후가 되니 차갑게 파고드는 것 같다. 서둘러 짐을 싸서 차에 올랐다. 몸은 좀 피곤했지만 마음은 한결 가벼운 시간이었다.

- 형, 조심히 들어가고 담에 보자. 재권아 잘 가라.

- 그래, 민아도 잘 가.

김용 소설의 일부를 가지고 와 영화로 만든 〈동사서독〉은 꽤 철학적인 영화다. 왕가위 특유의 감각적이고 몽환적인 미장센도 물론 인상적이지만, 이게 과연 무협영화인가 싶게 난해하고 모호한 대사와 주인공들의 행위가 두고두고 기억나는 영화다. 권선징악이 뚜렷한 여타의 무협영화와 다르게 피아(彼我)조차 잘 구분이 안 되고, 대결 신도 흐릿하고 모호하게 처리하여 도대체 이게 무슨 무협영화인가라는 생각이 들게 만든다. 하지만 잔상과 울림은 만만치 않은 영화였는데, 사막 한가운데에 객잔을 차리고 청부살인업을 하는 주인공 장국영의 독백을 통해 우리네 인생의 덧없음을 밝히고, 그리고 실타래처럼 뒤엉킨 상처와 사연들을 가진 여러 인물들의 기이한 행동들을 통해 생래적인 고독과 쓸쓸함을 잘 드러내고 있다. 무협영화 자체가 고독하고 쓸쓸한 정서를 가지고 있는데, 왕가위가 만드는 무협영화는 그 강도가 몇 배로 강하다.

10.

그럴싸한 마지막 무협영화는 장예모 감독의 2002년작 〈영웅〉이었다. 리안이 〈와호장룡〉으로 2000년 세계영화계에서 돌풍을 일으키자, 장예모도 작정하고 자신의 첫 무협영화를 완성해내었는데 그것이 바로 〈영웅〉이었다. 중국인이라면 누구나 아는, 역사 속 진시황 암살 시도를 소재로 가져와 영화적으로 재구성한 작품이다. 장예모 특유의 화려한 색채, 작정하고 펼치는 다양하고 화려한 중국의 무예, 중국적 운미가 물씬 풍기는 풍광과 사물들. 〈영웅〉은 그때까지의 모든 흥행기록을 깨고 새로운 기록을 세울 만큼 큰 흥행과 화제를 모았다. 장예모의 〈영웅〉은 기존 무협영화의 서사를 꽤나 많이 비튼 영화로 호불호가 굉장히 갈렸던 영화다. 예컨대 선악의 경계가 뚜렷하지 않다는 점, 피 튀기는 대결이 아닌, 춤추는 듯한 과장일색의 무술이 영화를 채우고 있다. 무엇보다 영화가 표방하는 주제, 혹은 질서의식이 전통적인 협의의 구현이 아니라, 통일을 지향하는 강대국의 자기합리화에 가깝다는 점에서 많은 비난에 직면했던 작품이기도 하다. 요컨대 전반적인 분위기나 색채는 정통 무협영화를 따르고 있으나, 무협영화 핵심이라 할 '협'의 구현과는 한참 동떨어진 이상한 영화였다.

'똑똑' 누군가 연구실 문을 두드린다.

- 네, 들어오세요.

문이 열리고 과 학생 한 명이 쭈볏거리며 들어온다.

- 교수님 안녕하세요.

- 어, 그래 인범아, 들어와 앉아. 엊그제 말한 추천서 땜에 그러지?

어디 재단에 낼꺼니?

- 네 이번에 00그룹에서 대학생 장학생을 뽑더라구요.

- 그렇구나. 그래 일단 좀 앉아 있어봐.

요즘 학생들의 부탁으로 추천서를 써 주는 일이 많아졌다. 유학이나 어학연수를 위해, 혹은 이런저런 장학금 신청을 위해 추천서가 필요한 것이다. 예전에 내가 여러 스승들께 추천서를 부탁하던 때가 엊그제 같은데, 이제 내가 추천서를 쓰고 있으니 여러 가지로 감회가 새롭다. 아들이었던 내가 아버지가 되고, 학생이었던 내가 선생이 된 것처럼, 추천서를 받는 입장에서 써 주는 입장이 된 건 자연스러운 변화요 섭리 이기도 하지만 어쨌든 기분이 묘하다.

추천서, 최대한 학생의 장점이 드러나도록, 또 그쪽에서 요구하는 방향에 맞도록 애를 쓴다. 경우에 따라서는 영어로도 써야 하고, 중국어로도 써야 한다. 그럴 때면 사전을 뒤적이며 제대로 맞게 썼는지 몇 번이고 확인을 한다. 사실 추천서가 차지하는 비중은 높지 않을 것이고, 어쩌면 하나의 의례적인 형식일 수도 있다. 하지만 예전에 내가 그랬듯이 학생의 입장에서는 추천서에도 많은 기대를 할 것임을 알기에 나름의 정성을 기울인다. 써 놓은 추천서를 물끄러미 바라보다 "부디 좋은 힘을 발휘해라"라고 한마디 해 본다.

예전 나의 선생님께서는 내 추천서를 써 주시면서 무슨 생각을 하셨을까. 내가 당신의 제자라는 것을 자랑스러워 하셨을까. 잘 돼서 앞으로 크게 발전해 나가길 기대하셨을까. 아마도 그러셨을 것이다. 선생이 되고 보니, 직업에 있어서 가장 큰 보람은 제자가 쑥쑥 발전해가는 모습을 볼 때인 것 같다. 아, 생각이 거기에 미치자 좀 부끄러운 생각이 든다. 과연 나는 예전 선생님들의 기대에 부응할 만큼 성장했던가. 젊은 시절에 품었던 학문적 야심을 제대로 이루어 냈던가. 그렇지 못한 것 같아 한편으로는 부끄럽고 마음이 조금 무거워진다. 물론 아직 시간이 많이 남아있고 나름대로 또 열심히 해 나갈 생각이니, 너무 심각할 필요는 없을 것이다. 어쨌든 나이가 조금씩 들면서 아주 절감하게 되는 옛 문구가 있는데 바로 이것이다. '소년은 늙기 쉽고 학문은 이루기 어렵다.'

또한 나는 내 스스로를 돌아본다. 지금의 제자들에게 부끄럽지 않은 스승의 몫을 하고 있는지, 과연 추천서를 쓸 자격이 있는지 말이다. 이렇듯 추천서를 쓰며 여러 생각을 하게 되고 나 자신을 돌아보게 된다.

학생을 돌려보내고 잠시 멍하니 앉아 있었다. 가끔은 이렇게 아무 생각 없이 멍 때리듯 앉아있는 시간이 좋다. 머리가 맑아지는 느낌이 들고 몸에 힘을 빼서인지 좀 더 개운해지는 것 같다. 오후에 두 시간 강의를 하고 나니 목도 좀 붓는 것 같고 어깨도 많이 뭉치는 듯해서 몸이 좀 버거웠는데 한결 나아진 것 같다.

이제 슬슬 정리하고 나가면 될 것 같다. 오늘은 저녁으로 부모님을 모시고 갈비를 먹으러 가야겠다. 아버지는 여전히 입맛이 없다는 말을 하신다.

11.

중국의 쿵푸를 세계에 널리 알린 슈퍼스타가 있으니, 그는 바로 이소룡, 즉 브루스 리다. 그가 세상을 떠난 지 벌써 40년이 훌쩍 넘었지만, 그는 아직도 많은 이들의 가슴속에 살아있다. 이소룡에 대해서 이야기를 한다면 여러 각도에서 다양하게 이야기할 수 있을 것이다. 가령 영화배우로서뿐 아니라 무도인으로서의 이소룡에 대해서도 이야기하고 평가할 수 있는 부분이 많이 있을 것이다. 하지만 개인적으로 이소룡에 대해 이야기하라면, 역시 뭐니 뭐니 해도 그가 중국 배우로서 중국과 아시아를 넘어 할리우드로 활동영역을 넓혔다는 점을 들 수 있을 것 같다. 지금이야 그런 배우들이 적지 않게 있지만, 이소룡이 활동하던 70년대 당시에는 정말 쉽지 않은 일이었을 것이다. 게다가 이소룡 자신만의 독특하고 개성 있는 캐릭터로 그만의 아우라를 성공적으로 구축한, 독보적이고 문제적인 배우가 아니었던가. 사실 수십 년이 지난 지금도 그렇게 되기란 참으로 어렵다. 할리우드에서 아시아 배우는 국적에 상관없이 소비되는 경우가 대부분이지 않던가. 또 하나 드는 생각, 지금은 여러 중국 영화들이 민족적 색채를 강하게 드러내는 것이 영 비호감이지만, 70년대 이소룡이 영화 속에서 서양에 주눅 들지 않고 자신의 정체성과 민족의식을 강하게 어필하는 것은 꽤 멋지게 보였던 것 같다. 이소룡이 중국을 넘어 아시아 전반에서 큰 인기를 끈 요인 중에는 그런 부분도 분명 있었을 것 같다.

그가 세상을 떠난 지 40여 년, 지금도 그는 커다란 영향력을 발휘하며 사람들의 마음속에 살아있다. 이소룡, 그는 〈당산대형〉, 〈맹룡과강〉, 〈정무문〉, 〈용쟁호투〉 단 네 편의 영화로 범세계적인 사랑을 받았고, 전성기의 위치에서 바람처럼 사라져 하나의 전설이 된 스타다. 그리하여 할리우드의 제임스딘이 있다면, 아시아에는 이소룡이 있다고 할 수 있을 것이다. 또 다른 각도에서 보면 이소룡은 절권도라는 무술을 창안한 무도인이자, 그 안에 자신의 철학을 녹여낸 사람이다. 이소룡 무술의 출발은 영춘권이고, 여기에 다른 여러 무술들을 더해 절권도를 만들었다고 알려져 있다. 70년대를 풍미했던 한 명의 뛰어난 무술인으로서의 위상도 높았다고 해야 할 것이다.

나는 이소룡을 극장에서 보고 열광했던 소위 이소룡 세대는 아니다. 한참 나중에야 비디오 등을 통해 그의 영화를 접했지만, 나에게도 이소룡은 늘 친숙한 스타였다. 독특한 괴성, 날렵한 발차기, 노란 트레이닝복, 그리고 쌍절곤 등 그만의 트레이드 마크는 강렬했으며, 8, 90년대 한국의 대중문화에서도 이소룡은 계속해서 소환되었다. 하지만 영화 〈말죽거리 잔혹사〉에서 잘 묘사된 것처럼, 역시 이소룡은 70년대에 청춘을 보냈던 이들에게 가장 친숙하고 인기 있는 스타일 것이다. 내가 중·고등학교를 다니던 80년대 중후반도 70년대만큼은 아니지만 아직은 이소룡의 그림자가 짙게 남아있던 시절로, 그에 대한 약간의 인상이 남아있다. 예컨대 친구들 중에는 종종 쌍절곤을 가지고 다니는 아이들이 있었고, 서로 누가 잘 돌리나 내기를 하곤 했었다. 이제는 기억도 가물거리는 까마득한 시절이다.

바쁘게 돌아가는 일상 속 우연히 귀에 익은 어떤 노래를 듣거나, 혹은 추억이 있는 어떤 장소를 가게 되거나, 혹은 텔레비전에서 어떤 영화를 마주하게 되면 문득 연관지어 떠오르는 기억, 추억이 생길 때가 있다. 그럴 때면 잠시 가슴이 먹먹해지는 경험, 나이가 좀 든 이들이라면 누구든 느껴보았을 것이다. 특히 그것이 예전에 좋아했던 어떤 이성, 흔히 첫사랑이라고 말하는 이와 연관되는 것이라면 더더욱 그러할 것이다. 이제는 그 역시도 중년이 되었을 것이고 바쁜 사회인, 생활인으로 하루하루를 살고 있을 것이다. 첫사랑이라, 그 이름이 주는 묘한 설렘과 아득함이 있는 것 같다.

1989년 열여덟, 고등학교 2학년 여름방학 때 알게 된 동갑내기 여자 아이를 가끔 떠올린다. 하얀색 여름교복 상의와 초록색 치마, 그리고 단발머리, 하얀 피부, 여름날 갑자기 내리는 소나기, 그런 단편적인 이미지가 어렴풋하게 남아있다. 편지를 주고받으며 서로의 일상과 장래 꿈을 이야기하던 그 시절, 좋아하는 노래를 녹음해서 건네던 일, 주말에 함께 영화를 보러 다니고 돈가스며 떡볶이를 먹으러 다니던 일, 함께 산길을 걷던 기억, 놀이터 벤치에 앉아 이야기를 나누던 어느 오후. 어설픈 마음을 전하려 지우고 또 지우며 써 가던 편지들. 이제는 모두 아련한 추억이다.

40대 후반인 나의 경우는 특히나 조덕배와 조정현, 변진섭, 동물원 등의 예전 노래를 들으면 아련한 그 시절이 떠오르고, 가끔씩 지나다니는 집 인근의 어떤 길모퉁이, 어떤 장소에 서면 그 애와 함께 한 기억이 난다. 또한 주윤발과 왕조현의 옛날 영화들, 가령 〈영웅본색〉이나 〈천녀유혼〉을 우연히 마주치면 또한 자연스레 나의 그 시절이 상기되고 꿈 많고 풋풋했던 10대 후반의 나를 만난다. 첫 사랑 그 애와 영화를 보러가던 그때 그 시절이 떠오른다.

퇴근시간이어서 차가 좀 막힌다. 서울에서 수원까지 연결된 경수산업도로는 꽤 큰 도로지만 워낙 이용자들이 많아 출퇴근 시간에는 많이 막힌다. 집에서 학교까지는 안 막히면 3, 40분이면 충분한 거리지만 좀 막히면 한 시간이 금방 넘어간다. 그래서 오전에 학교 회의라도 잡히면 그 상황을 충분히 고려하고 나와야 한다. 퇴근 무렵의 라디오 음악 프로그램에서 익숙한 올드팝이 연이어 나온다. 가사를 정확히 기억하진 못해도 워낙 많이 듣고 좋아했던 노래들이라 나도 모르게 흥얼거리며 따라 부른다. 노래는 추억을 환기시키는 강력한 매개체, 순식간에 30년을 거슬러 올라가 사춘기 중·고등학교 시절의 기억을 달달하게 끄집어낸다.

나이가 들어갈수록 음악이 좋아지고 다양한 음악을 좀 더 적극적으로 즐겨야겠다는 생각이 든다. 어릴 적 한 수필에서 "매일매일 음악의 샤워를 하라"는 구절을 읽은 기억이 나는데, 요즘 이 말이 새삼스레 좋은 말이라는 생각이 든다. 온갖 감정적 찌꺼기들이 우리를 괴롭히는 요즘, 음악이야말로 별다른 수고 없이도 정서적으로 좋은 효과를 볼 수 있는 도구가 아닐까 싶다. 내 또래들은 중·고등학교 시절 음악시간을 어떻게들 기억하는지 모르겠다. 고등학교 시절은 사실 음악시간에 대한 기억이 별로 없다. 1학년 때 음악시간에 잠깐 노래를 부른 기억은 있지만, 2, 3학년 때는 음악시간에 항상 자습을 했고 시험에 중요한 국영수 공부를 했던 것 같다. 학창시절 정서 함양에 꼭 필요했을 텐데도 입시위주의 학교 분위기에서 음악시간은 매우 홀시되었다. 지금은 어떤지 모르겠다. 중학교 음악시간은 상대적으로 좀 낭만적으로 기억된다. 내가 다닌 중학교는 꽤 전통이 있는 학교였고 학교 부지도 나름 큰 편이었다. 음악실은 따로 독립된 작은 건물에 있었는데, 그 건물은 담쟁이 넝쿨이 뒤덮인 오래된 건물이어서 나름 분위기가 있었고 뭔가 음악과도 잘 어울리는 곳이었다. 그때까지만 해도 교실 바닥이 나무인 경우가 많았는데, 오래되어 빛바랜 나무 바닥도 고풍스런 분위기를 자아냈던 것 같다. 음악시간이 즐거웠다. 좀 까칠하긴 했지만 매력 있었던 음악 선생님의 지도에 따라 여러 노래들을 부르던 그 시간이 말이다. 마치 대학처럼 음악시간은 늘 생활하는 본관이 아닌 다른 곳에서 수업을 한다는 것도 신선했다. 〈매기의 추억〉, 〈켄터키 옛집〉, 〈아름다운 베르네〉 등의 세계 여러 나라들의 민요와 〈목련화〉, 〈선구자〉 같은 우리 가곡을 열심히 불렀던 것 같다. 지금도 우연히 그런 노래들을 들으면, 중학 시절 음악시간이 떠오른다.

노래뿐 아니라 피리나 단소 같은 것도 연주했는데, 차례대로 앞에 나와 피리를 불고 단소를 불던 기억도 생생하다. 못하면 여지없이 손바닥도 맞고 그랬을 텐데, 어쨌든 음악시간은 다른 과목에 비해 확실히 좀 낭만적으로 기억된다. 아마 나뿐만 아니라 대부분의 친구들도 그렇게 기억할 것 같다. 이제는 빽빽한 일상을 살면서 낭만이란 단어와는 영 멀어지게 되는데, 그래도 대학 선생으로 사는 나는 학교의 청춘들을 보면서 가끔 낭만을 떠올리곤 한다. 특히 봄, 가을 체육대회나 대학축제 시즌이 되면 강의실을 벗어나 젊음을 만끽하는 젊은 학생들을 통해 그런 감정을 환기시킨다. 또한 가끔 이런저런 공연에 초대되어 갔을 때, 혹은 텔레비전 음악프로그램에서 좋아하는 옛 노래를 들을 때도 그런 감정을 좀 느낀다. 그러고 보면 우리 중년 세대들도 의식적으로라도 좀 음악을 찾아 듣고 발품을 팔아 이런저런 공연장도 좀 찾아다닐 필요가 있을 것 같다.

12.

중국 무협영화는 서구의 서부영화와 닮았다. 고독하고 쓸쓸한 분위기, 가진 것 없고 보잘 것 없던 주인공 소년이 여러 고난과 역경을 거치며 마침내 고수가 된다는 성장 스토리, 받은 만큼 반드시 돌려주는 복수, 강자의 횡포에 침묵하지 않고 약자의 편에 서는 주인공 등등, 무협영화, 혹은 서부영화 하면 항상 떠오르는 이미지와 골격이 있다. 물론 그 안에는 여러 가지 변주가 있다. 권선징악으로 귀결되는 단순하고 명쾌한 정통적인 영화는 물론, 선악의 경계도 모호하고 비관적이고 어두운 분위기의 영화들, 혹은 주인공도 악에 발을 담궜다가 같이 파멸로 치닫는 작품들도 많다.

어렸을 때는 당연히 명쾌한 정통파가 좋았다. 어쩌다 선악이 모호하거나 복잡한 전개로 이어지는 영화를 만나면 이게 무슨 서부영화고 무협영화인가 싶었다. 조금 더 커서 인생이 그리 간단하거나 즐겁지만은 아니라는 것을 알게 되었을 때는 오히려 변주된 영화들이 더 가슴에 와 닿았다. 지금은 어느 쪽이 더 좋거나 나쁘다는 생각보다 모두 다 인생의 한 부분이라고 느껴진다.

누나의 생일 모임 겸해서 가족들끼리 저녁을 하기로 했다. 다 모이면 13명인데, 그날은 고3 조카가 한 명 빠져서 12명이 모였다. 부모님과 우리 삼 남매, 각각의 배우자, 그리고 아이들까지 다 해서 13명인데, 생일 및 각종 모임을 대비해 매달 회비를 모으고 있다. 거의 매달 누군가의 생일이 있으니 적어도 한 달에 한 번 이상 전 가족들이 모이는 셈이다. 이번 저녁 모임은 인근의 뷔페에서 했다. 다양한 음식이 있고 각자

취향대로 실컷 먹을 수 있으니 무난하기는 하지만, 뷔페에 가면 아무래도 좀 과식을 하게 되고 또한 음식 들고 왔다갔다 하다 보면 조용히 앉아 대화를 하며 먹기는 어려워진다. 그래도 무엇보다 아이들이 좋아하니 자주 가게 되는 것 같다. 부모는 자식이 먹는 것만 봐도 배부르고 흐뭇하다고 했던가. 내 아이들이 맛있게 먹는 것을 보고 기분 좋은 것처럼 내 부모님은 또 내 모습을 보며 뿌듯해하실 것이다.

- 오늘 여기 초밥 괜찮네.

육류보다는 회나 초밥을 좋아하는 누나가 연신 초밥을 가져다 먹으며 말했다. 남매라 해도 입맛은 제각각이라 나는 생선보다는 육류를 좋아하는 편이다. 누나는 외모나 성격 모두 아버지 쪽을 좀 많이 닮은 편이고 나와 남동생은 외탁을 한 편인데, 그러고 보니 아버지도 생선을 꽤나 좋아하신다.

- 천천히 꼭꼭 씹어 먹어.

어머니가 손주들을 보며 한마디 하신다. 누나네 딸, 동생네 딸, 그리고 내 아들과 딸까지 4명의 손주들은 한 테이블에 함께 앉아 먹성 좋게 접시를 비워 내고 있다. 그런 모습이 참 정겹고 또 사랑스럽게 보인다. 할머니 눈에는 오죽 더 귀엽게 보일까.

- 어머니도 맛있는 것 좀 많이 갖다 드세요.

- 난 벌써 많이 먹었다. 배부르다 벌써.

후식으로 과일과 케익류, 그리고 커피까지 마시고 나니 정말 배가 빵빵해진 것 같다. 다들 그런 포만감에 젖어 이런저런 이야기들을 하고 있을 때, 동생이 일어나 기념사진을 찍는다며 앞쪽으로 성큼성큼 걸어나갔다.

- 자, 다들 여기 보세요. 기념사진 찍을게요. 다 같이 스마일!
- 오케이 멋지게 잘 찍어주세요!

13.

　내가 중국영화를 한참 보던 8, 90년대 무협영화의 스타라면 역시 이연걸과 성룡을 꼽을 수 있을 것 같다. 둘 다 실제로 쿵푸를 익힌 무술가이기도 해서 스턴트맨을 거의 쓰지 않고 직접 액션을 한다는 공통점이 있다. 둘의 차이도 물론 존재한다. 성룡의 영화는 일단 밝고 코믹한 면이 강하다. 슬랩스틱 코미디처럼 잘게 합을 맞추어 재밌는 액션을 많이 보여준다. 반면 이연걸의 무술은 빠르고 시원시원하며 뭔가 비장미가 넘치는 액션을 추구한다. 가령 성룡의 〈취권〉 시리즈와 이연걸의 〈황비홍〉 시리즈를 비교해보면 그런 특징이 잘 드러난다. 2000년대 들어 쿵푸를 가지고 새롭게 주목받은 배우를 들라면 주성치와 견자단을 더할 수 있을 것이다. 주성치는 본인의 장기라 할 B급 정서와 개그 코드를 입힌 〈소림축구〉, 〈쿵푸허슬〉이란 영화를 히트시켰고, 견자단은 이연걸의 뒤를 이어 빠르고 힘 있는 액션으로 현존 최고의 액션스타로 맹활약 중이다.

　며칠 전 밤, 누나에게서 전화가 왔다. 그러더니 앞뒤 없이 묻는다.
- 충칭(중경) 어때?
- 중경? 갑자기 중경은 왜? 중경은 덥지. 무진장 더운 데야 거기.

얘기인 즉슨, H사에 다니는 매형이 그날 회사로부터 중국 중경에 나가지 않겠냐는 제안을 받았다는 것이었다. 나가면 기본 4년을 그곳에서 근무해야 한다니, 갑작스런 제안에 매형도 누나도 당황하여 어리둥절하고 생각이 복잡해진 것이었다. 매형이나 누나나 중국어는 전혀 모르고 잠깐의 출장 아니면 짧은 여행이나 다녀 온 중국에 4년을 나간다면 과연 어떨까 감이 안 온다는 것이다. 게다가 조카는 고3, 초6, 중요한 시기이니 더욱 고민이 클 터이다.

- 허, 좋은 기회네. 일단 가!
- 야, 그게 말처럼 쉽냐. 이것저것 걸리는 거 투성인데.

'아, 좋은 기회가 왔다'라는 생각과 동시에 누나의 걱정도 이해가 된다. 젊은 나이라면 별 고민 없이 좋아라하고 나갈 수 있겠지만, 변화가 조금씩 두려워지는 50대 중년의 나이이고, 애들 진로 문제도 그렇고, 이래저래 고민과 생각이 많아지는 것이 어쩌면 당연할 것이다. 하지만 동시에 이번 제안은 누나네 가족이 한번 크게 변할 수 있는 좋은 기회이자 변환점이기도 해서 놓치면 또 많이 아쉬울 것 같기도 하다. 게다가 매형은 이제 나이와 경력상 언제 회사를 나가야 할지 모르는 위치에 있으니, 좋은 조건에 기본 4년이 보장되는 이번 제안이 더욱 중요하게 다가올 것이다. 방법은 여러 가지가 있을 수 있을 것이다. 가령 일단 매형이 먼저 나가고, 고3인 큰조카의 대학 진학이 일단 결정난 후 내년에 나가는 방법도 있다. 소식을 들은 나도 덩달아 복잡한 생각에 빠졌다.

자, 중화권 곳곳에 친구와 지인이 있는 나, 마침 대학원을 함께 다닌 친한 친구가 중경에서 일하고 있었다. 누나의 전화를 끊고 바로 위챗에 들어가 친구에게 중경에 대해 이것저것 물었다. 한참 이런저런 이야기를 나누다 보니 친구도 보고 싶고, 옛 생각도 나면서 훌쩍 중경으로 떠나고 싶은 기분이 들었다. 중경은 대륙의 내지(內地) 한복판, 장강이 도시 한가운데를 관통하는 도시이고, 이른바 서부 대개발의 중점도시로 인구가 무려 3천만이 넘는, 단일 도시로는 세계 최대의 도시다. 중국의 3대 화로로 악명이 높고, 습하고 안개가 많고 흐린 날이 많은 곳이다. 자, 중국 최대의 강인 장강은 중경을 관통해 농쪽으로 흘러 흘러 상하이로 연결되어 동해로 빠져나간다. 2001년 늦가을, 그러니까 내가 상하이에서 유학생활을 막 시작한 첫 학기에 상하이에서 출발, 중경까지 가는 장강 크루즈를 탄 적이 있다. 거의 일주일간의 여정으로 기억되는데, 장강을 거슬러 올라가며 펼쳐지는 그 그림같은 풍광에 감탄이 절로 나왔다. 장강을 끼고 이어지는 협곡은 장대하고 기이했다. 계림의 이강 유람이 부드럽고 아기자기한 그림 속으로 들어가는 느낌이라면, 장강 유람은 선이 굵고 남성적인 느낌이 강하다. 풍광은 그림같았지만 유람선의 시설은 아직 좀 후져서 불편했던 기억도 좀 있는데, 지금은 초호화 유람선이 장강을 오르내리는 것으로 안다. 그때 잠깐 스치듯 지나쳤던 중경, 기억 속에 중경은 너무나 평평한 동부의 상하이와 다르게 도시 전체에 언덕과 산이 많았던 게 인상적이었다. 나중에 사천에도 여러 번 갔음에도 따로 중경에 들른 적이 없어서 중경에 대한 기억은 그게 전부다. 아무튼 누나의 전화로 갑자기 중경이 다시 의식 안으로 들어왔고, 친구와 얘기하며 친구가 보고 싶어졌고, 급기야 중경에 가고 싶어졌다.

누나네가 어떤 결정을 내릴지는 모르겠다. 기왕이면 과감하게 중경행을 결정했으면 좋겠다. 그래서 뭔가 변화의 기회를 잡아보면 좋지 않을까. 하지만 뭐든 이루어지려면 인연이 닿아야 하는 법이니 두고 볼 일이다. 자, 그와 별개로 나는 친구를 볼 겸 조만간 중경에 한번 가 봐야겠다. 가서 변화된 중경의 구석구석을 살펴보고 친구와 함께 장강 유람선에 다시 한번 올라봐야겠다.

14.

무협영화라면 으레 빠지지 않고 나오는 클리셰들이 있다. 가령 대나무 숲을 배경으로 벌어지는 대결 신이나 중력을 거스르며 물 위를 뛰어가는 장면, 기왓장을 박차고 지붕 위를 날아오르는 동작이나, 다람쥐처럼 담을 타고 뛰어가는 동작 등이 꼭 나온다. 장면뿐 아니라 등장 인물에서도 꼭 빠지지 않고 나타나는 관습적인 인물들이 있다. 예를 들면 별 존재감도 없어 눈에 띄지 않는 인물이어서 오히려 약해보이는 인물이지만 알고 보니 엄청난 내공을 숨기고 있는 고수들이 꼭 나온다. 예컨대 한쪽 팔이 없는 외팔이거나 맹인, 또는 비렁뱅이, 주정뱅이, 혹은 가녀린 여자 등등인 경우가 많다. 이들은 상대에게 전혀 긴장감을 주지 않고 이른바 무장 해제시켰다가, 나중에 전혀 다른 모습을 보이기 때문에 더욱 강한 임팩트를 주는 인물들이다. 그런 의외성, 반전을 가진 사람들은 현실에서도 종종 강한 존재감을 내뿜는 것 같다.

새해가 채 한 달도 남지 않은 세밑이다. 해마다 이맘 때쯤이면 여러 복잡한 감정들이 뒤섞이는데, 그중 1년이란 시간이 너무나 빨리 지난다는 당혹감과 제대로 뭘 한 게 없다는 아쉬움이 가장 큰 것 같다. 새해가 시작되나 싶으면 어느새 12월이 다가오고, 송년회 몇 번 하고 나면 또 새해가 시작된다. 1년은 말할 것도 없고 10년이라는 시간의 단위도 정말 빨리 지나가는 것 같다. 10년이면 강산도 변한다는 말이 있을 만큼 어찌 보면 긴 세월일 텐데, 지나고 보니 참으로 짧게 느껴지는 시간이다. 진짜 40이 된 게 맞는 건가 싶게 어리둥절하고 심란한 마음으로 40대가 시작되었는데, 벌써 50이 코앞에 와 있다. 이런 느낌은 함께 사는 가족이라도 나누기 어렵다. 역시 동년배들이라야 자연스레 나눌 수 있는 것이다. 굳이 구구절절 말을 안 해도 마음으로 공감하는 여러 고민들, 상실감, 쓸쓸함 등을 말이다. 그래서 그렇게들 기를 쓰고 동창회니 뭐니 하는 각종 모임들을 만드는 것일까.

- 야, 이게 얼마 만이냐. 91년 졸업하고 처음이니, 27년. 28년 만인가?
- 그러게, 언제 시간이 이렇게 지난건지 진짜 믿겨지지가 않는다. 그래 어떻게 살어?
- 그나저나 자주 좀 나와라. 우리가 이거밖에 안되냐.
- 아, 새끼들, 자, 술이나 한 잔씩들 하자!

12월이 시작되면서 여기저기 송년회가 이어지고 있다. 오늘은 고교 동창회의 송년회다. 평소 자주 보는 고교 친구들이 꽤 있지만, 동창회에 나가기는 정말 오랜만이다. 송년회라는 타이틀을 걸었지만 사실은 고작 서른 명 남짓 모였을 뿐이다. 그러니 말이 동창회지 그저 친목모임 정도라고 봐야 할 규모였다. 이제 우리 나이 40대 후반이니 다들 사회적으로 경제적으로 안정을 이루었어야 하는 나이고 한창 동창회도 잘되어야 할 것 같지만, 요즘 우리 사회가 어디 그런가. 다들 살기가 팍팍하고 마음의 여유가 없다. 또 하나의 이유를 들자면 시대가 변해 예전처럼 동창회니 향우회니 하는 모임 자체를 별로 선호하지 않는 이유도 있을 것이다. 서른을 막 시작하던 2000년대 초반에 몇 번 나가 본 이후에 처음이니 17, 8년 만이었다. 고등학교 졸업 후에 처음 보는 친구들도 여럿 있었다. 신기한 것이 옛 동창들은 수십 년 만에 만나도 별로 어색함이 없다는 점이다. 사춘기를 공유한 여러 추억들이 있어서일까. 잠시 옛날 학창시절로 돌아가 이런저런 추억들을 떠올리고, 여러 선생님들 이야기도 좀 하다가 또 술 몇 잔 들이켜다 보니 몇 시간이 훌쩍 지나갔다. 2차로 노래방에 가서 노래 한두 곡 부르고, 술에 취해 어깨동무 하고 쿵짝거리면 금세 또 자정이 넘게 마련이다.

- 잘 가라. 앞으로 자주 좀 보자.

- 그래, 조심히 들어가고 연말 잘 보내.

- 담 달에 또 신년회 하자고!

그렇게 인사를 건네고 친구들과 헤어졌다. 노래방 나오기 전에 미리 조치를 해둔 터라 나오자마자 곧 대리기사를 만날 수 있었다.

- 요즘 경기가 좀 어떠세요? 연말이라 손님이 많죠?

50대 중반쯤으로 보이는 대리 기사는 거울로 힐끗 나를 바라보더니 약간 쓸쓸한 웃음을 머금은 얼굴로 대답한다.

- 그렇죠. 아무래도. 송년회다 뭐다, 모임이 많은 시기니까요.

- 맞아요. 저도 지금 고등학교 송년회 왔다가 가는 길이거든요.

- 아, 그러시군요.

아파트 지하주차장에 도착했다. 대리기사에게 수고했다는 말과 함께 만 원을 더 더해 건네주었다. 기사의 얼굴이 순간 살짝 밝아지는 것을 느끼며 마음이 쩡했다. 엘리베이터에서 내려 집 현관문을 열자 '삐리릭'하는 신호음이 울리고 자동으로 등이 켜진다. 시계를 보니 1시가 조금 넘어 있다. 거실 등을 켜니 적막하고 쓸쓸해 보이던 집 안이 순식간에 아늑해지고 따뜻한 느낌이 든다. 달력 한 장이 애처롭게 남은 12월 초의 어느 날 밤이 새삼 애틋하다. 아들의 방문을 살짝 열어 본다. 자는 모습을 잠깐 보려던 참이었는데, 아들은 아직 책상 앞에 앉아있다.

- 어, 아직 안 자니?

아들이 돌아보며 씩 웃는다.

- 지금 오셨어요? 요거 좀만 더 보다 잘거에요.

아, 그러고 보니 곧 기말고사라고 했던 것 같다. 중학생 아들은 공부 욕심이 좀 있는 편이다. 기특하기도 하고 안쓰럽기도 하다. 대학에서 아이들을 가르치며 나 역시 교육계에 몸담고 있으니 욕을 해 봐야 누워서 침 뱉기지만, 이 나라의 교육, 특히 중·고등학교의 입시 위주 교육은 정말 예나 지금이나 참 후지다.

- 그래, 너무 오래보지 말고 자.

- 네, 아빠. 주무세요.

소파 한 켠에 외투를 벗어두고 털썩 주저앉는다. 간단하게라도 씻어야겠는데 귀찮다. 몸은 늘어지고 눈은 뻑뻑하다. 모처럼 만의 동창회, 잠깐은 반갑고 뭔가 활기가 돌았던 것 같은데 끝나고 돌아서니 뭐랄까 쓸쓸하고 공허하다. 그건 왜 그런 걸까. 더 이상 젊지 않아서 일까. 이젠 뭘 해도 새롭고 신나지 않은 탓일까. '그래, 사는 게 다 그런거지 뭐, 잡생각 하지 말고 빨리 씻고 들어가 자자.' 무거운 몸을 일으켜 화장실

문을 밀고 들어갔다.

- 어, 당신 왔어요. 몇 시에요. 지금.

안 그래도 자고 있는 아내를 깨울까봐 불도 키지 않고 조용히 침대로 스르륵 들어가려던 참이었는데, 잠귀가 밝은 아내는 이번에도 남편의 귀가를 알아차린다.

- 2시 다 되가. 신경 쓰지 말고 얼른 자.

몸이 피곤해서 눕자마자 잠이 들 줄 알았는데, 좀처럼 잠이 오질 않는다. 정신은 오히려 말똥말똥해지고 반대로 몸은 천근만근 무겁다. 이런저런 생각이 밀려든다. 어차피 내일은 토요일이고 딱히 약속도 없으니 늦게 자고 늦게 일어난다고 해도 부담없다. 전전반측하며 시간을 허비하느니 책이나 텔레비전이나 좀 봐야겠다. 거실로 나와 불을 켜고 소파에 앉았다. 책보다는 텔레비전이 낫겠다. 요즘은 노안이 와서 글자가 작은 책들은 영 보기가 불편하다. 또한 눈에 피로도 쉽게 와서 책을 잘 안 보게 된다. 자칭 책 보는 것을 업으로 하는 학자인데 참 뭐랄까, 스스로가 애잔하게 느껴진다. 예전 석·박사 시절, 나이 좀 되신 몇몇 선생님들이 노안 오기 전에 부지런히들 연구하고 성과도 내라고 하시던 우스개 말씀이 당시에는 전혀 와닿지 않았었는데, 몇 년 전부터 절실하게 실감하고 있다. 박사학위를 받고 강단에 선지 15년, 나름 애쓴다고는 했지만 변변찮은 성과도 없이 오십을 앞두고 있다. 그나마도 이젠 모든 게 귀찮고 피곤해서 연구고 논문이고 다 하기 싫다. 아, 어찌해야 하나. 이젠 뭘 기대하고, 무엇을 지향하며 살아가야 할까.

이리저리 채널을 돌려보지만 흥미가 가는 것이 하나도 없다. 새벽 시간이니 대부분의 채널은 방송이 끝나 채널 조정 시간인 듯하고, 그렇지 않으면 방영된 지 한참 지난 예능 프로그램 등을 재방송하고 있었다. 텔레비전을 끄고 소파에 눕는다. "아이구, 아야" 몸 여기저기가 뻐근하고 아파 저절로 신음이 나온다. 누워서 멍하니 천정을 바라보고 있으니 여기가 어딘지 낯선 기분이 든다. 몸은 무거운데 정신은 반대로 점점 맑아진다. 여러 상념들이 떠올랐다 가라앉기를 반복한다. 갑자기 주책없이 눈물이 주루룩 흘러내려 소파 위에 떨어진다.

상하이를 추억하는 밤

여름 장마가 길게 이어진다. 해마다 약간씩 차이가 있긴 하지만 올
해는 유난히 비가 많다. 새벽 1시, 한밤중의 빗소리는 더 크고 선명하
게 들린다. 낮에 내리는 비야 행인들의 발걸음에 방해를 주기도 하겠
지만, 이렇게 밤중에 내리는 비는 그냥 그대로 시원하고 좋은 법이다.
무뎌진 감성을 살살 일깨우기도 하고, 더러는 지나간 추억도 불러다 준
다. 감미로운 노래 한 곡이 곁들여진다면 더욱 좋겠지. 술도 한잔 곁들
인다면 금상첨화다. 그러나 귀찮다. 베란다 창문을 열고 주머니에서
담배를 꺼내 한 개비를 피워 문다. '후-우' 하얀 연기가 빗속으로 섞여
들어간다.

내가 상하이에서 돌아온 것은 4년 전 어느 여름날이었다. 상하이 푸동 국제공항으로 향하는 아침의 택시 안에서 나는 여러 가지 상념에 잠겨 있었다. 마침내 졸업을 하고 모든 수속을 마친 귀국길이었던 것이다. 그랬다. 홀가분했다. 3년간의 유학기간 동안 여러 번 오간 공항 길이었지만, 그날 아침의 기분은 특별했다. 그래서 늘 타던 리무진 버스가 아닌 택시를 탄 건지도 모르겠다. 분명 홀가분하고 시원했지만 마음 한 구석엔 서운함도, 불안감도 동시에 있었다. 왜 아니겠는가. 3년간 청춘의 끝자락을 불태우며 인생의 일대 승부를 벌였으니 말이다. 그 아침 택시 안에서 기사와 무슨 말을 나눴는지는 기억이 안 난다. 날씨 얘기를 했던가. 아침 안개가 자욱한 황푸강을 가로지르는 다리를 건너는 그 순간은 참으로 상쾌했다. 마침 비가 희끗 뿌렸던 걸로 기억한다. 다리 밑으로는 황푸강으로 들어오는 배와 바다로 나가는 배들이 천천히 교차하고 있었다. 그런 배들이 내는 '뿌-우' 하는 뱃고동 소리는 내가 상하이에서 좋아했던 것 중의 하나였다. 이런저런 감상에 빠져있는 동안 택시는 푸동 국제공항으로 들어서고 있었다. 국제도시 상하이답게 푸동 공항은 크고 깨끗했다. 웅장한 소리를 내는 비행기 소리가 들리니 가슴이 뛰기 시작했다. 여러 국적의 사람들이 이른 아침부터 푸동 공항을 활기 있게 만들고 있었다. 공항에 도착하니 전날 통화에서 배웅을 나오겠다고 말했던 메이린이 미리 와 있었다. 유학 내내 많은 도움을 주었던 친구이자 여동생, 메이린과 기분 좋게 인사를 나눴고, 공항 개찰구로 들어가는 발걸음도 가벼웠다. 드디어 탈출, 그래 그때 나의 머릿속에는 '탈출', 이란 두 글자가 계속 맴돌았다.

3년을 상하이에서 살았고, 상하이에서 돌아온 지 다시 4년이 흘렀다. 상하이로 떠났던 서른의 나는 이제 서른일곱이 되었다. 7년이란 시간은 충분히 긴 시간이지만, 적어도 서른을 넘겨 살아 본 이들이라면 또한 그 7년이라는 시간이 눈 깜짝할 사이라는 것에도 동의하리라.

상하이로 떠났던 그해 여름은 무척 더웠고, 3년 뒤 다시 돌아온 여름 역시 그랬다. 그리고 올 여름도 역시 무덥다. 지구가 뜨거워지나보다. 점점 더 여름이 견디기 힘들어진다.

1.

2001년 봄, 그러니까 내가 막 서른이 된 그때, 나는 석사학위 논문의 마지막을 손질하고 있었다. 이미 발표는 무난하게 마쳤고 평가도 그런대로 괜찮았다. 발표회에서 지적받은 몇 가지 문제점만 손을 보면 이제 졸업이었다. 요란했던 세기말을 지나 각종 거창한 구호로 떠들썩한 뉴 밀레니엄이 시작된 첫해였다. 돌이켜보면 꽤나 몰두했던 지난 몇 달이었다. 나름대로는 치열했던 그 논문을 완성해가면서 그에 대한 성취감이 적지 않았다. 지금 생각해보면 서른에 겨우 석사 논문 하나를 건졌다는 건 뭐랄까, 좀 심심하기도 하고 또 허망하기도 하지만, 당시엔 그렇게라도 했어야 했다는 생각에는 지금도 변함이 없다. 그나마 아무것도 이루지 못한 채 서른을 맞이했다면, 그 허무함이 아마도 몇 배로 더 컸을 것이다. 대단한 성취는 못되지만 당시의 나에겐 큰 산을 하나 넘는 과정이었다.

군대를 제대하던 스물다섯의 그 찬란했던 여름, 나는 생각했었다.

'그래, 이제부터 서른 살까지 열심히 살면 반드시 뭔가 이루겠지.' 이십대 중반의 사내에게 열심히 산다는 건 구체적으로 뭘 말하는 것일까. 아직 푸르디푸른 20대 청춘이지만 군대를 다녀오면 누구나 좀 변하기 마련이다. 간단히 말해 청춘도 한풀이 꺾인다. 제 아무리 잘나가던 청춘도 제대하고 복학하면 뭔가 한 박자 뒤쳐진다. 군대를 제대한 후 나는 바로 복학하지 않고 중국으로 어학연수를 다녀왔다. 6개월 남짓한 시간이었지만, 많은 것을 보고 배운 유쾌한 경험이었다. 중국어 실력이 부쩍 늘면서 자신감이 생겼다. 책에서만 보고 또 수업시간에 간접적으로 전해 듣던 중국의 이모저모를 직접 눈과 피부로 보고 느끼면서 전공에 대한 흥미도 엄청나게 솟구쳤다. 연수를 마친 이후 3학년에 복학한 나는 나름대로 열심히 공부했고, 그 결과로 두 번인가 성적 장학금을 받았다. 전공인 중국어와 학점관리를 열심히 했고, 또 남들처럼 취업을 위해 여기저기 영어강좌를 들었고 토익시험을 찾아다녔다. 그런데 복학한 첫해, 그러니까 3학년을 다니고 있던 그해 가을, 건국 이래 최대의 경제위기, 즉 그 유명한 경제위기(IMF)가 터졌다. 그 불청객이 모든 분야에 심각한 타격을 안겨주었던 사실은 우리 모두 잘 기억하고 있다. 대학가 취업전선도 꽁꽁 얼어붙었다. 매년 가을쯤이면 찾아오던 여러 기업들의 취업설명회도 자취를 감추었고, 학교마다 비상이 걸렸다. 선생도 학생도 서로 민망하여 사은회도 취소할 정도였으니, 충격이 결코 적지 않았다. 그때까지만 해도 나 역시 취업공부에 열을 올리고 있었다. 중국어와 중국문학을 전공했으니 중국어 실력을 좀 더 쌓기 위해 노력했고, 또 영어공부에 많은 시간을 할애했다. 토플, 토익 시험을 준비하며 각종 대비반을 찾아 수강했다. 그러나 갑자기 들이닥친 경제 한파는 대한민국을 뒤집었다. 이제 막 사회에 나가보려고 준비하던 많은 청년들에게 그러한 상황은 무엇보다도 무기력함과 절망감을 안겨주었다.

- 야, 씨발 우리 이제 어떡하냐?

그즈음 술자리에서는 누구라도 할 것 없이 자주 그런 푸념을 내뱉었다.

- 좆도, 알게 뭐냐. 그냥 될 대로 되라 그래.

- 꼭 우리가 뭐 하려고 하면 이 지랄이더라. 이런 개 같은 세상!

불안한 마음을 그렇게 술로 달랬다. 90년대에 20대를 보낸 사람들은 80년대에 청춘을 보낸 사람들과는 또 다른 절박함과 절망감을 느끼며 그들의 20대를 아슬아슬하게 통과했다. 어쨌든, 각자 방법을 모색해야 했다. 많은 친구들이 다시 어학연수, 대학원 진학 등으로 방향을 틀었고, 기타 고시나 공무원 쪽으로 방향을 바꾸는 추세였다. 소위 안정적인 직업이 새삼스레 다시 각광을 받기 시작했다. 그러는 와중에 우리 국민들이 대대적으로 금모으기 운동을 벌이는 모습이 외신에 흥미롭게 소개되기도 했다. 지금 생각해보면 우스꽝스러운, 혹은 슬픈 코미디 같지만 당시에는 모두들 진지했다. 또 그렇게 하는 것이 나라를 위하는 길이라고 많은 사람들이 굳게 믿었다.

취업은 쉽지 않았고 젊은 학생들은 맥이 풀렸다. 착실히 취업준비를 하고 있던 나 역시 새로운 돌파구가 필요했다. 4학년으로 접어들면서 대학원 쪽으로 방향을 잡았다. 전부터 공부를 좀 더 깊이 있게 해보고 싶은 마음 또한 있었던 터에, 목표했던 기업에서 아예 신입사원을 뽑지 않는 현실이 나를 자극했다. 다시 전공공부에 몰두했고 대학원 입시를 준비했다. 그리고 만약을 대비해 자격증 하나쯤은 있어야겠다 싶어서 중국어 관광가이드 자격증을 하나 따기도 했다. 전반적으로 가라앉아 있긴 했어도, 목표를 정해 준비하는 동안 팽팽한 긴장감이 계속되었다. 그럭저럭 목표했던 대학원에 합격했고 대학원을 다니며 이십 대 후반을 보냈다. 그리고 서른이 되었던 것이다.

- 당분간 모든 걸 접고 논문에 매진하겠어!

2000년 늦여름, 동네 호프집에서 생맥주를 마시던 나는 자못 비장한 목소리로 친구 재민에게 말했다. 500cc 맥주잔을 두잔째 비워가던 재민은 건성으로 고개를 끄덕이며 박수라고도 할 수 없는 제스처를 보였다.

- 오우 좋아, 간만에 상당히 긍정적인 마인드를 가지는구나, 네가.

당시 재민은 독서실 총무를 하면서 소설을 쓰고 있던 미완의 소설가였다. 시력이 아주 안 좋아서 군대까지 면제받은 재민은 대학 졸업 후 따로 직장을 구하지 않고 당시에 유행하던 PC통신에 소설을 연재하며 기회를 노리고 있었다. 아니 기회가 없었다고는 할 수 없다. 그의 소설을 눈여겨본 한 출판사 편집장이 그에게 연락을 해왔고, 그 결과 출판 계약을 하고 얼마간의 계약금을 받은 적도 있었다. 또한 간간히 소위 '대필'을 해주고 얼마간의 대금을 받기도 했다. 그러나 당시는 출판시장 또한 안 좋았다. 90년대 말, 한국사회에 치명타를 안겼던 경제위기로 모든 분야가 위축되었던 바로 그 시기였다. 판권 계약을 맺은 그 출판사는 도산했다. 재민으로서도 어쩔 수 없는 일이었다. 일찌감치 작가로 끝장을 보리라 결심하고 본인의 말처럼 남들이 군대 가고 요란스런 연애로 시간을 허비할 때 열심히 소설을 썼지만, 확실한 한 방은 역시 쉬운 게 아니었다.

- 그럼 여자들은 이제 다 정리하겠다는 말이냐?

재민은 여전히 못미덥다는 얼굴로 물었다. 그는 이미 결혼 2년차를 맞는 한 집안의 가장이었다. 몇 번씩 여자를 바꿔가며 20대의 끝자락을 장식하고 있던 나는 고개를 끄덕이며 답했다.

- 그래, 두 가지를 한꺼번에 잘할 수는 없지 않겠냐?

솔직히 연애의 그 소모적 속성에 어지간히 물려있기도 했거니와, 현실적으로 당장 결혼을 할 형편이 못되는 상황이라면 잠시 여자를 접자고 생각했다. 여자는 접을 수 있는 종이 같은 존재는 물론 아니란 걸 알고 있었지만. 그러나 어쨌든 논문을 써서 졸업을 하기 위해서는 몰입이 필요했다. '미치지 않으면 다다를 수 없다(不狂不及).'까지는 아니라도 서른을 코앞에 두고 뭔가 결단이 필요했다.

- 내가 뭘 잘못한 건데? 왜 갑자기 그런 말을 하냐구!

민정이가 그럴 만도 했다. 불과 얼마까지만 해도 반지를 끼워주며 온갖 달콤한 말을 나열하다가 갑자기 좋은 선후배로 남자는 말을 들었으니, 당사자로선 황당하고 또 억울했을 것이다. 나도 마음이 편치 않았다.

- 아니 민정아, 무슨 잘못이 있는 게 아니고 말이야, 그냥, 그냥 내가 사정이 좀 그렇다. 이해해 달라는 말은 하지 않을게. 미안하다.

미안했다. 진짜 미안했지만, 그녀는 내가 아니어도 곧 좋은 남자를 만날 수 있을 거라고 생각했다. 그러고 나니 그녀에 대한 미안함이 조금 덜해진 것도 사실이었다. 실제로 민정이는 많은 남자들의 시선을 받을 만큼 매력적인 외모를 지니고 있었고, 또 보기와는 다르게 순정이 있었다. 그렇게 나는 미안함과 죄책감을 느끼는 동시에, 그나마 너무 깊게 들어간 관계가 아니라는 것이 다행이라고 생각하면서 스스로 면죄부를 주었던 것 같다. 진심으로 그녀가 잘되길 빌어주겠다, 라고 내 자신을 합리화시키며 서서히 그녀와 거리를 두었다. 그녀와는 몇 년 후 다시 한번 조우하게 되는데, 그때 역시 엇갈렸다. '내가 무슨 자격이 있는가.' 그땐 또 그런 괜한 자격지심이 가득했었다. 뒤에 다시 서술하겠지만 당시는 내가 감정적으로 힘든 상황이었다. 절친한 선배 석현형의 말대로 그때 그녀를 잡을 수도 있었겠지만, 지나고 나면 그게 다 그럴 수밖에 없는 상황이었다는 생각이 또한 든다. 그러고 보면 부부의 인연은 따로 있는 것 같다. 모든 일이 그렇듯 사랑도 언제나 타이밍이 중요하다.

어쨌든 그렇게 2000년 가을부터 2001년 봄까지 나는 꽤나 진지하게 전공공부와 논문에 몰두했다. 때로는 직장생활을 하고 있을 또래의 친구들을 의식하면서 말이다. 사실 대학원생으로 서른을 맞이한다는 사실이 당혹스러웠다. 진지하게 학문을 탐구한다고 스스로 의미를 부여할 수 있겠지만, 사실 그러기란 쉽지 않다. 서른이나 된 남자가 돈벌이 없이 책에 매달리는 모습이라니, 솔직히 좀 부끄러웠다. 대학원이란 곳은 진지하게 학문을 해야 하는 곳이다. 즉 학문을 업으로 생각하고 거기에 매달려야 결과가 나온다. 그런데 그 결과란 것이 하루아침에 나오지 않는다. 게다가 자신을 끊임없이 괴롭혀야 한다. 그런데 더욱 견디기 힘든 것은 그 과정 동안 돈을 벌기는커녕, 내 돈을 갖다 퍼부어야 한다는 것이다. 등록금과 생활비에다 연구랍시고 하는 공부에 필요한 책과 이런저런 지출들이 만만치 않은 것이다. 이러한 현실을 긍정적으로 받아들이기란 결코 쉬운 일이 아니다. 그래서 대학원생은 스스로 자조하기 쉽다. 공부로 끝장을 보려면 멀리 보아야 한다. 그것도 아주 멀리. 그냥 대충 시간을 때우려고 들어온 애들은 결국 도중에 거의 하차했다. 애써서 석사학위를 취득했다 해도 석사학위로는 아직 뭘 어떻게 해 볼 수 없었다. 학문으로 직업을 삼으려면 아무래도 박사학위가 필요했다. 산 넘어 산이었다.

그렇다. 내가 겪어보니 21세기 한국에서 남자나이 서른, 실로 애매한 나이다. 군대를 다녀와 대학을 마치고 나오면 이십 대가 훌쩍 지나고, 이제는 대학시절 마치 필수코스처럼 굳어있는 어학연수나 좀 더 높은 영어점수를 얻기 위해, 혹은 졸업 전 뭔가 한 가지라도 눈에 보이는 스펙을 얻기 위해 한두 해 휴학을 하게 되면 말 그대로 서른을 코앞에 두게 되는 것이다. 대학 졸업 후 자신이 원하는 직장을 구하기란 말 그대로 하늘의 별따기가 되어 버렸다. 청년실업, 정부는 청년실업을 잡겠다고 온갖 공약과 대책을 내놓고 있지만, 이는 또한 한국 사회만의 문제도 아니다. 취업 재수, 취준생이란 말이 익숙해지고 또 운 좋게 직장을 구했다 쳐도 계약직, 비정규직일 경우가 허다하고 보니, 너도나도 공무원을 준비하니, 고시를 준비하니 해 가며 젊은 날을 낭비하기 일쑤다. 예전 같으면 가정을 꾸리고도 남을 나이라지만 이런 사회구조에서 결혼이 쉬울 리 없다. '결혼이 고시보다 어렵다'라는 말이 나올 지경이다. 또한 이러한 상황과는 별개로 결혼에 대한 젊은이들의 관념 또한 많이 바뀌었다. 결혼이 필수인 시대는 이미 지나가고 있는 것이다. 독신은 늘어나고 동거가 유행한다. 이혼도 다반사다. 따라서 지금 서른일곱의 내가 보기에 서른의 남자가 한 집안의 가장으로, 또 생활인으로 바쁘게, 착실하게 하루하루를 살아가는 모습이란 왠지 낯설게 느껴진다. 지나고 나니 그런 것들이 선명히 보이지만, 당시엔 나 역시 그저 안개 속을 헤매는 기분이었다. 다만 그저 열심히 살자는 생각이었고, 그저 논문을 잘 마치는 일이 내가 할 수 있는 최선이라고 스스로 믿었다. 다른 뾰족한 수가 없었다. 나는 학교와 도서관을 열심히 드나들었고 관련된 자료를 뒤적였다. 더러는 여의도에 있는 국회도서관을 찾은 적도 있었고, 집 근처 도서관에도 자주 갔다. 집에 있는 날에는 그동안 모은 자료를 열심히 읽었다. 역시 뭐든 열심히 하면 성취가 있는 법이다. 발품을 판 만큼 유용한 자료를 발견했을 때는 무척이나 기뻤고, 아득하게만 느껴지던 본문의 내용을 조금씩 채워갈 때 느껴지는 즐거움도 적지 않았다. '아, 이것이 바로 공부의 맛이구나'를 어렴풋하게 느꼈다. 교수님들의 인정과 격려도 큰 힘이 됐다. 마침내 논문은 완성되었고, 잔뜩 긴장한 채로 발표를 마쳤으며, 약간의 문제점을 보완해서 제본소에 넘길 수 있었다. 2001년 7월이었다.

- 그래 이제 어떻게 할 생각인가?

완성된 논문을 들고 연구실을 찾았을 때, Y교수는 물었다. 평소 Y교수와는 거의 교류가 없었다. 입학 후 거의 처음으로 찾아가 본 그 교수의 연구실에 대한 가장 깊은 인상은 책이 바닥에 아무렇게 여기저기 쌓여 있다는 것이었다. Y교수는 물론 그것을 전혀 개의치 않는 눈치였다. 사실 나 역시 정리하고는 거리가 먼 타입이기 때문에 그 연구실의 풍경이 왠지 더 정겹게 느껴졌다.

- 예, 중국으로 곧 갑니다.

당시 나는 박사과정에 진학하기로 결심을 굳혔고, 중국의 한 학교에 입학신청을 해 놓은 상태였다.

- 그래 학교는 다 정해졌고?

Y교수가 다시 물었다.

- 네, 일단 신청은 했고 시험은 다음 달 말입니다.

Y교수는 의례적인 격려와 더불어 지금부터는 프로의 길로 접어드는 것이며 "누울 데를 보고 발을 뻗으라"라는 말을 잘 새기라고 충고해 주었다. 누울 곳이라, 내가 누울 데는 과연 어디인가, 연구실을 빠져나오며 나는 잠깐 생각했다. 이후, 그러니까 2001년 7월 말 중국행 대한항공 여객기를 탈 때까지는 이런저런 준비로 바빴다. 바쁘긴 했지만 쾌적한 날들이었다. 돌아보면 그 상황에서 나는 유학을 비상구라고 생각했던 것 같다. 그 기간 나는 되지도 않는 국비유학시험을 준비하네, 참고할 자료를 최대한 확보해서 가네, 하면서 여기저기 자료들을 찾아 헤맸다. 또한 뒤에 자세히 서술하겠지만 넬모레 유학을 떠나는 시점에서 새로운 여자를 만나 다시 연애 모드에 돌입하고 있었다. 몸이 두 개였으면 좋겠다 싶던 시간이었다. "그래, 이제부터 진짜 시작이야"라고 나는 큰 소리 쳤지만, 실은 떠나기도 전에 이미 조금씩 지쳐가고 있었다. 이제와 고백하건대, 당시의 유학은 도피적인 부분도 다소 있었던 것 같다. 물론 당시는 나 자신도 그것을 인지하지 못했다. 내 결심이 진취적이고 도전적이라고 믿었으리라. 마지막 청춘을 아낌없이 활활 불사르며 학문의 길로 정진하리라, 이런 생각을 품고 있었던 것 같다. 돌아보니 안쓰러운 청춘의 막장이었다.

2.

　처음 내가 유학을 염두에 둔 학교는 대략 서너 개의 학교였다. 베이징(北京), 상하이(上海), 난징(南京)을 대표하는 학교들이었다. 지역도 특성도 달랐지만 모두 톱클래스에 속하는 학교였다. 단순한 어학연수라면 굳이 특정학교를 고집할 필요가 없지만, 정식 학위를 위한 곳이라면 사정은 달라진다. 입학이 어렵더라도 톱클래스의 대학에 들어가야 한다. 중국은 우리와 다르게 9월에 학년이 시작되는 제도를 가지고 있다. 2001년 8월 말에 석사를 졸업하게 된 나는 같은 해 9월 입학을 준비하고 있었다. 베이징과 상하이 쪽의 학교는 입학시험이 있었고, 난징의 경우엔 서류전형과 면접만으로 입학여부가 결정되는 곳이었다. 우선 베이징을 생각했는데 문제가 있었다. 베이징의 경우엔 이미 입학시험이 끝나 있었다. 학교마다 조금씩 차이가 있었지만 베이징 쪽의 대학들은 대개 3, 4월에 대학원 입학시험이 있었다. 내가 논문을 대충 마무리 짓고 본격적으로 유학준비를 시작한 시점은 5월 초였다. 베이징의 상황을 미리 알고 있었지만, 당시는 학위논문이 아직 남아있는 상태여서 따로 시간을 낼 수도, 또 시험을 준비할 여유도 없었다. 마음이 다급해졌다. 일단 베이징에 가 보기로 했다. 가서 입학여부를 알아보기로 했다. 이미 시험은 지났지만 따로 기회를 줄 수 있는지, 그리고 정확한 절차가 어떻게 되는지 궁금한 게 많았다. 그쪽에 지인이 좀 있었다. 특히 내가 목표하는 학교 쪽에 안면이 있는 교수들이 몇 있었다. 그분들을 통해 입학에 대한 도움을 좀 받을 수 있을 거란 기대를 가졌다.

인천에서 배를 탔다. 톈진(天津)까지 배로 가서 버스를 타고 베이징으로 들어갈 계획이었다. 급한 마음만 생각하면 비행기를 타야 했겠지만 왠지 그냥 배를 타고 여유를 좀 즐기고 싶었다. 전에도 여러 차례 배를 타본 적이 있었는데, 그때 느꼈던 설렘을 다시 느끼고 싶었던 것 같다. 대략 일주일 정도로 일정을 잡았다. 배는 비행기와 달라서 언제고 여유가 있다. 배를 타기 위해 기다리는 시간은 참 길게 느껴진다. 대합실 안에는 사람들로 가득했다. 특히 보따리 무역상들이 많았다. 중국행 배를 타본 사람은 알겠지만 이런 사람들로 인해 북적북적거리며 활기가 돈다. 특유의 분위기가 있다. 어둠이 내린 인천부두 곳곳에 등이 켜졌다. 멀어져 가는 항구를 바라보니 왠지 애잔한 기분이 들었다. 맥주를 하나 사서 갑판 위에서 마셨다. 시원했다. 망망대해, 배 밑의 검은 물이 천천히 출렁거렸다. 그래, 중국에서 새로운 생활을 시작해보자, 의욕이 솟구쳤다.

베이징에서의 일은 생각처럼 풀리지 않았다. 원래 생각했던 대학에서는 시험이 모두 끝났으니 내년을 준비하라는 말만을 되풀이했다. 답답했지만 이 정도는 예상했다. 지인을 통해 보기로 했다. 그들은 반갑게 맞아주기는 했으나 아무래도 어렵겠다는 말을 했다. 한국에 있을 때는 언제든 큰 도움이 되어 줄 것처럼 말하더니만, 막상 얘기를 해보니 그런 일을 신경써줄 위치도 못 되는 것 같았고, 그러면서도 역설적으로 자기의 학교가 엄격하다는 것을 내세워 은근한 자랑을 하는 것이 아닌가. '결국 그런 거였구나.' 아니, 부정입학을 알아봐 달라는 것도 아니고 시험의 기회를 한번 달라는 것이었는데 말이다. 실망스러웠다. 더 이상 이야기할 필요가 없을 듯했다.

- 그 교수는 특히 엄격하기로 유명한 사람이야.

내가 지원하려는 전공의 지도교수를 좀 만나게 주선해달라고 하자, 마교수는 그렇게 말했다.

- 아니 그냥 만나서 얘기나 좀 나눴으면 하는데요.

- 그러지 말고 내년 시험을 준비하게.

- 아뇨, 내년까지 기다릴 생각은 없습니다. 됐습니다. 그 얘기는 이 제 그만하죠.

기대를 접기로 했다. '그래, 오랜만에 지인이랑 밥 한 끼 했다고 치 자.' 나는 마교수에게 건배를 제의했다. 또 다른 학교에 문의를 했더니, 그런 예외를 줄 순 없지만 조건부 입학을 시켜줄 수는 있다는 말을 했 다. 가령 이런 식이었다. "일단 연수 형식으로 들어와서 정식 수업을 들어라. 그리고 내년 입학시험을 치러라. 시험에 합격하면 그동안 들 은 학점을 인정해 주겠다." 생각하기에 따라선 나쁘지 않을 수도 있겠 지만, 뭔가 찜찜한 기분도 들고 굳이 그렇게 하긴 싫었다. 상하이 쪽은 아직 시험일자가 남았으니 정식으로 시험을 보고 입학하는 것이 낫겠 다고 판단했다. 그러고 보니 굳이 베이징 쪽만을 고집할 이유도 없었 다. 망설임 없이 상하이로 향했다. 베이징 기차역엔 엄청난 사람들이 각자의 기차를 기다리고 있었다. 그 많은 인파 속에서 겨우겨우 상하 이행 기차표를 샀다. 간단한 요기를 한 뒤 기차에 몸을 실었다. 기차로 20시간이 넘게 걸리는 여행이었다.

기차를 타고 있는 내내 나는 왠지 모를 향수에 젖은 느낌이었다. 그 랬다. 기차는 배가 그런 것처럼, 버스나 비행기와 다르게 아스라한 뭔 가를 느끼게 한다. 베이징을 떠나는 자, 상하이로 돌아가는 자, 그 속엔 그렇게 수많은 만남과 이별의 사연을 간직한 사람들이 가득했을 것이다. 3층 침대가 양쪽으로 마주보고 있는 구조였다. 넓지는 않지만 나름대로 특색 있고 운치도 있었다. 상하이에서의 일이 아직 어떻게 될지 모르는 상황이었지만 별로 걱정이 되지 않았다. '잘 되겠지.' 나는 스스로 주문을 걸었다.

베이징은 여러 번 가본 적이 있었지만 상하이는 처음이었다. 낯설기도 했지만 베이징보다는 한결 밝은 느낌의 도시였다. 상하이역을 빠져나오니 이미 저녁 무렵이었다. 역 근처의 호텔에서 하루 묵기로 했다. 짐을 놓고 나와 근처 식당에서 저녁을 먹고 천천히 거리를 거닐었다. 춥지도 덥지도 않은 좋은 날씨였다. 다음 날 아침 택시를 타고 학교를 찾아갔다. 입학처에 가서 입학여부에 대해 자세한 얘기를 들을 수 있었고, 그곳에 다니는 한국인 유학생을 만나 학교와 학교생활 전반에 대한 이런저런 정보를 들었다. 순조로운 느낌이었다. '그래, 여기로 하자'라고 마음먹었다. 그날 저녁, 한결 가벼워진 마음으로 상하이의 여기저기를 둘러보았다. 거리 곳곳에 야자수 나무가 있었다. 이국적인 느낌이 들었다. '기다리게, 내 곧 올 테니.' 마치 첫사랑에 설레는 것처럼, 그날 밤 난 오랫동안 그런 설렘을 느끼며 잠을 이루지 못했다.

다시 한국에 돌아온 나는 입학에 필요한 이런저런 서류를 준비하는 동시에, 국비유학시험에 응시했다. 시험날짜까지 보름 정도가 남아있었다. 크게 기대를 할 수는 없는 상황이었지만 몰두해 보기로 했다. 아침 일찍 도서관에 나가 밤늦게까지 시험공부에 매달렸다. 논문을 쓸 때와는 또 다른 의욕과 욕심이 느껴졌다. 학비를 스스로 해결할 수 있다면 여러 가지로 떳떳할 수 있을 것 같았다. 그러나 국비유학시험은

단 한 명을 뽑는 시험이었고, 나로서는 준비기간이 너무 짧았다. 나름 대로 열심히 준비했지만 탈락했다. 아쉬움이 없지 않았지만 어쩔 수 없었다. 시험이 끝난 뒤에도 도서관에 계속 나갔다. 이제부터는 8월 말에 있을 박사 입학시험을 준비하기로 했다. 다소 막막한 시험이었지만 학교에서 제시한 책들을 차례로 읽어 나갔다. 틈틈이 앞으로의 공부에 필요한 자료들을 모았다. 같은 공부를 하는 선배들을 찾아 이런저런 조언도 들었다. 그 사이 필요한 서류를 상하이에 보냈고, 시험에 필요한 통지서와 기타서류를 받았다. 마음은 이미 상하이에 가 있었다. 아직 시험까지는 한 달여가 남았지만 먼저 들어가기로 했다.

- 그래, 기왕에 마음먹었으면 한눈팔지 말고 매진하거라.

처음엔 다소 반대했던 아버지의 말씀이었다. 다시 부모님께 부담을 드린다는 것이 마음에 걸렸지만 어쩔 수 없었다.

- 네. 빨리해서 돌아올께요.

아직 입학시험도 치르지 않았지만 그 말은 진심이었다. 빨리 마치고 돌아오는 것이 그나마 효도라고 생각했다. 한편으로는 스스로 학비를 마련하지 못하는 내 자신이 한심했다. 한마디로 마음이 편치 않았다.

출국을 며칠 앞두고 나는 재민과 제부도 바다를 찾았다.

- 준비는 잘 돼 가냐?

- 모르겠다. 그냥 하는 거지 모, 자리 잡히면 한번 놀러 와라. 저 방향
   으로 쭉 나가면 바로 중국에 가닿는다.

나는 바다를 가리키며 말했다.

- 내 팔자에 무슨 해외여행이냐. 그냥 준비하는 소설이나 잘 됐으면
   좋겠다.

자기가 좋아서 하고는 있지만 쉽게 돌파구를 찾지 못하는 상황에 재민 역시 답답해했다.

- 가다보면 길은 나오지 않겠냐. 계속 밀어붙이게 친구.

달리 해줄 말이 없었다. 그 말은 곧 내 스스로에게 하는 말이기도 했다.

며칠 후 나는 큰 여행용 가방을 서너 개 짊어지고 상하이행 대한항공 여객기에 올랐다. 모든 것이 잘 되리란 기대를 품고. 때는 7월 말, 상하이에 도착하니 말 그대로 찌는 듯한 불볕더위였다. 상하이의 여름은 악명 높다. 40도를 오르내리는 더위에, 바닷가 특유의 습한 공기가 더해지니 실로 무지막지했다. 땀을 비 오듯 흘리며 택시를 잡아타고 학교 근처로 갔다. 학교 근처의 작은 호텔에 가서 짐을 풀었다. 거기서 한 달간 묵으면서 입학시험을 치를 작정이었다. 도착한 그날 저녁, 학교 앞 식당에서 국수로 늦은 저녁을 먹고 찬찬히 학교를 둘러보았다. 방학인데도 학교엔 많은 학생들이 있었다. 에어컨도 나오지 않은 교실에서 열심히 공부에 매진하는 학생들이 무척이나 인상 깊었다. 그 다음 날부터 나도 그 학생들처럼 빈 교실에 앉아 시험공부에 돌입했다. 식사는 주로 학교 식당을 이용했다. 너무 더워서 집중이 안 되면 그냥 호텔방에서 에어컨을 틀어놓고 텔레비전을 보거나 이런저런 책들을 읽었다. 그렇게 며칠을 보낸 후, 나는 앞으로 내가 지도를 받을 지도교수님께 전화를 드리고 댁을 찾았다. 지도교수님에 대해서는 미리 알고 있었다. 그분의 책이 한국에도 번역되어 있었다. 한국에서 미리 여러 번 전화를 드려 내 존재를 알렸다.

- 환영하네, 그래 언제 도착했나?

호교수님은 손수 차를 내주시면서 친절하게 대해 주셨다. 좀 어려운 자리일수도 있는데 편하게 대해 주시니 마음이 한결 가벼웠다. 좋은 스승을 만난 것 같아 기분이 좋았다. 직접 버스 정류장까지 나와 돌아가는 길을 상세히 일러주셨다. 그것에 대한 인상이 참으로 깊다. 지도교수님과는 유학 내내 좋은 관계를 유지했는데, 교수님은 항상 학업적인 부분은 물론 심리적인 부분까지도 관심을 가져주셨다.

이후 한 달여간 시험을 준비하다보니 조금씩 주위 사람들과 안면이 트였다. 내가 묵었던 호텔의 직원들과도 친해지게 되었고, 나처럼 입학시험을 준비하는 사람들도 알게 되면서 그들과 자연스레 어울리게 되었다. 호텔 옆방엔 한 중국인 가족이 장기 투숙하고 있었는데 아들의 미국비자를 기다리고 있다고 했다. 우리도 한때 그랬지만 미국유학이 성공을 보장해준다고 그 가족들은 굳게 믿고 있는 것 같았다. 어느 날 공부를 마치고 호텔로 돌아와 보니, 옆방이 떠들썩한 게 한바탕 파티가 벌어진 모양이었다. 드디어 비자가 나왔다고 기뻐하는 아주머니를 복도에서 만났다. 나도 이웃으로서 축하를 건넸다.

- 야, 드디어 비자가 나온 모양이네요. 축하드립니다.

- 고마워. 고마워. 자네도 열심히 공부하게나.

- 예, 그래야죠.

그렇게 한 달여가 지나고 드디어 입학시험을 치렀다. 입학시험은 필기시험과 면접시험으로 나뉘어 이틀간 치러졌다. 긴장 속에서 시험이 지나갔고 며칠 후 합격 통지서를 받을 수 있었다. 그리하여 나는 소위 '양자강 이남에서 최고'라는 그 학교에 입학하게 되었다. 9월이 시작되고 있었다. 며칠 뒤 미국에선 9·11 테러가 발생했다.

3.

대학만큼 젊음의 활기가 넘치는 곳이 있을까. 9월의 중국 대학도 활기로 가득했다. 아직 더위가 가시지 않은 상하이였지만 전국 각지에서 몰려든 신입생들로 학교는 시끌벅적했다. 한동안 나도 그런 기분에 취했다. 첫 단추는 무난하게 끼운 셈이었다. 호텔 생활을 청산하고 유학생 기숙사를 배정받았다. 생활에 필요한 물건들을 하나둘씩 사 모으고 본격적인 유학생활을 준비해 갔다. 보통 나처럼 장기 유학하는 사람들은 대개 학교 기숙사에 들지 않고 밖에 세를 얻어 지내는 경우가 많았다. 그 편이 더 자유롭고 또 조용할 수 있겠지만 초반엔 여러 나라 친구들과 어울리며 유학 온 기분을 마음껏 느끼고 싶었다.

혈혈단신 상하이로 건너갔던 나는 입학 즈음엔 이미 많은 친구들과 교류를 하게 되었다. 먼저 한 달간 묵었던 호텔의 직원들과는 상당한 정이 들어 있었다. 면접시험을 보러가던 날, 내 구겨진 양복을 보고는 손수 다림질을 해주었을 만큼. 카운터를 보는 아주머니들과 정문을 지키는 수위 아저씨들, 낯선 상하이에서 제일 먼저 정을 주고받은 사람들이었다. 이후 졸업할 때까지 가끔 그 호텔에 들러 이런저런 얘기들을 나눴다. 가족같이 편했다. 졸업해서 귀국한 뒤에도 상하이에 갈 일이 있으면 빠지지 않고 꼭 들르는 곳이 그곳이다. 그들 다음으로 내가 상하이에서 알게 된 친구들은 시험을 준비하면서 알게 된 그 대학 중문과 대학원생들이었다. 상하이에 도착하고 나서 며칠 뒤 시험에 대한 정보를 얻기 위해 무작정 중국 학생들 기숙사에 찾아가 중문과 대학원생들을 만났다. 대개 석사과정의 학생들이었는데 친절하게 여러 가지를 도와주었다. 이후 같이 수업을 듣게 되면서 더 친해지게 되었다. 대여섯 살은 어린 친구들이었다. 시험공부를 하다가 모르는 것이 있으면 수시로 찾아가 물어보기도 했고, 학교생활 전반에 대한 여러 상황들을 묻기도 했다. 합격소식을 알릴 겸 그들을 불러 작은 파티를 열기도 했다. 자기 일처럼 기뻐해주던 그 친구들이 참 고마웠다.

아무래도 같이 입학한 동기들과 정이 제일 많이 쌓이는 법이다. 그 해 중문과 박사과정으로 입학한 한국인 동기들이 10명이었다. 출신지, 나이, 출신 학교 등등이 다양했다. 수업도 같이 듣고 모임도 가지면서 친목을 다졌다. 유학이라는 길 위에서 만나 같은 길을 걸어가는 친구들이었다. 그중에서도 유학시절 내내 같이 붙어 다니며 가장 가깝게 지냈던 동기가 민규형과 석현형이었다. 민규형은 유학생들 가운데 나이가 가장 많았다. 대학 졸업 후 평범하게 회사생활을 몇 년 하다가 30대 중반이 되어 중국으로 왔다. 중국에서 석사를 마치고 이어서 박사과정에 진학한 경우로 유학생활에 대한 노하우가 풍부했다. 이미 중국유학 4년차를 맞이하고 있었고, 그때 나이가 서른여덟이었다. 아내와 딸을 한국에 두고 떠나와 가장으로서 역할을 하지 못하고 있다는 사실을 늘 마음에 걸려 했다. 석현형은 서른넷이었는데 역시 결혼하여 아이를 두고 있는 가장이었다. 나와 마찬가지로 이제 막 중국에 온 경우였다. 고향은 각자 달랐지만 모두 서울에서 대학생활을 했다는 공통점이 있었고, 서로 도우면서 유학생활을 잘 하자는 공통된 결의가 있었다. 모두 중문과에 적을 두고 있었지만 전공은 조금씩 달랐다. 아직 학교생활 전반에 낯선 점이 많았던 석현형과 나는 초반에 민규형의 도움을 많이 받았다. 같이 수업을 듣고 함께 밥을 먹는 경우가 많았다. 밤에는 서로의 집을 드나들며 늦도록 많은 얘기들을 나누었다. 무슨 할 말이 그리도 많았는지 모르겠다.

- 어때? 수업 들을 만 한 거 같아? 몇 프로나 알아듣겠어?

〈중국고대수사학〉 수업을 막 듣고 나온 석현형과 나에게 민규형이 물었다.

- 통 못 알아 듣겠는데요? 아, 이거 큰일 났는데.

민규형이 그럴 줄 알았다는 표정으로 말을 받았다.

- 원래 첨엔 다 그래, 선생들마다 억양이 다 달라, 사투리도 많이 쓰고. 반 정도만 이해했어도 선방하는 거야, 일단 점심이나 먹으러 가지.

그랬다. 수업내용을 모두 알아듣기는 어려웠다. 그건 유학 4년차 민규형도 마찬가지였다. 그런 상황이 처음엔 좀 당황스러웠지만 차츰 적응이 되어갔다. 수업은 거의 교수들의 강술 위주로 진행되었다. 한국과 다르게 대학원 수업도 인원이 몇십 명씩 되었는데, 여기서도 중국 인구가 많다는 것을 새삼 실감할 수 있었다. 따로 발표를 시키진 않았지만 교수와 학생들의 피드백은 자연스레 이루어졌다. 칠판에 판서된 글씨가 어떤 글씨인지 알아보기 힘든 경우가 많았다. 그럴 경우엔 중국 친구들에게 묻고 또 물었다. 중국 친구들은 대개 친절했다. 그리고 영민했다. 학교에 대한 자부심도 컸다.

다른 나라 친구들 얘기도 좀 해야겠다. 내가 다닌 그 학교의 외국인 기숙사는 다섯 개의 건물로 이루어져 있었다. 난 1호동 5층에서 살았다. 각 층마다 20개 정도의 방이 있었다. 내 앞방엔 일본 친구가 살았는데 나라에서 국비로 2년간 연수를 보내줘서 온 경우였다. 동경대학교의 역사학과 박사생으로 이름은 스즈키였다. 나이는 나보다 두 살

어렸는데, 그 친구와 내가 그 건물에서 나이가 가장 많은 축이었다. 대개는 어학연수를 온 대학생이거나 갓 대학을 졸업한 이십 대 중반이 많았다. 아무튼 그런저런 이유로 스즈키와 안면을 트고 친하게 지냈다. 스즈키는 과묵했지만 엉뚱한 구석이 있는 친구였다. 막연하게나마 사무라이를 연상시키는 날카로운 외모와 번뜩이는 눈매가 인상적이었지만, 조금 친해지고 나니 수줍음도 많고 섬세한 성격을 지니고 있다는 것을 알았다. 중국어는 다소 서툴렀지만 5개 국어를 할 줄 아는 준재였다. 혼자 방에서 바이올린을 자주 연주했다. 컴퓨터에도 박식해서 컴퓨터에 무슨 문제가 생기면 바로 한 번에 해결해 주기도 했다. 좋은 친구였다. 스즈키를 비롯해서 1호동엔 일본 친구들이 많이 살았다. 1호동은 욕실과 주방, 화장실을 공동으로 쓰는, 말하자면 가장 저렴한 등급의 기숙사였다. 예전 어학연수 때부터 알았지만 일본 친구들은 의외로 검소하다는 것이 인상적이었다. 심페이와 마키 등등, 한참 어린 일본 친구들과도 자주 어울렸다. 근처 한국식당과 일본식당에도 같이 다녔고, 밤에는 간혹 같이 술잔을 기울이기도 했다. 유쾌한 길동무들이었다. 그 밖에도 태국과 인도, 미얀마 등지에서 유학 온 친구들도 있었고, 유럽과 아프리카에서 온 친구들도 있었다. 금요일 밤이면 종종 함께 모여 파티를 열기도 했었다. 그럴 때면 스즈키의 바이올린 연주가 빠지지 않았다. 그 순간엔 유학 온 기분이 제대로 났고, 또 조금은 낭만적인 생활이라는 느낌도 들었다.

지도교수님 문하의 중국 동기들을 만난 건 입학한지 한 달이 넘은 뒤였다. 안 그래도 내 동기들이 누군지 궁금했는데 좀처럼 만날 기회가 없었다. 호교수님은 이미 퇴임을 해서 학교 수업이 없었기 때문에 같이 모일 일이 좀처럼 없었다. 그러던 어느 날 한 수업시간에 동기 한 명을 만날 수 있었다. 동기끼리 한번 만나자는 제안을 했다. 중국 동기는 훙옌, 위린, 샤오원 이렇게 세 명의 여자였다. 한국이나 중국이나 우먼파워가 강하다는 생각을 했다. 셋은 같은 기숙사에 사는 단짝들이었고, 또 모두 유부녀이기도 했다. 한국과 마찬가지로 박사과정 공부를 하며 짬짬이 이런저런 강의를 맡기도 하는 등 바쁜 일상을 살고 있었다. 더할 나위 없이 착하고 똑똑한 동기들이었다. 과정 내내 이 동기들로부터 많은 도움을 받았다.

학기가 시작되면서 나의 일상도 바쁘게 돌아갔다. 이수해야 하는 과목과 학점이 그렇게 많은 편은 아니었지만, 그것과 별개로 관심 있는 수업들을 찾아다녔다. 정말 많은 과목들이 개설되어 있었고 각 강의실은 학구열로 후끈했다. 아침부터 밤까지 각 강의동은 학생들로 넘쳐났다. 가을로 접어들고 있었다. 하늘은 높았고 바람은 선선했다. '오길 잘했다'라는 생각이 들었다. 환경이 달라짐에 따라 시간에 대한 느낌도 달라지는 법이다. 불과 두어 달이 지났을 뿐인데, 한국에서의 일들이 까마득하게 느껴졌다.

그러나 유학생활은 의욕만 가지고는 할 수 없는 것이다. 예전에 중국에서 반년간 어학연수 했을 때도 7키로가 빠졌던 적이 있었다. 이번엔 6개월이 아니라 몇 년이 걸릴지 모르는 장기전이었다. 잘 먹고 운동도 열심히 해보자, 라고 마음먹었지만 역시 쉬운 일이 아니었다. 매끼 찾아 먹는 일도 쉬운 일이 아니었고, 빨래며 청소도 그때그때 신경 써야 하는 일상의 한 부분이었다. 입학한지 얼마 되지 않아 몸살에 걸려 일주일을 고생했다. 그간의 긴장이 풀림과 동시에 이사며 입학수속 등등

이런저런 일들로 몸에 무리가 생긴 모양이었다. 아무튼 그때부터 식사에도 신경을 좀 더 쓰게 되었고, 학교 운동장도 뛰고 친구들과 어울려 농구도 하면서 체력관리에 나서게 되었다. 중국 대학의 학생식당은 그런대로 괜찮은 편이었다. 값도 저렴하고 선택의 폭도 넓었다. 그러나 아무래도 입맛에 맞지 않는 음식들이 많았고 워낙 학생들이 많다보니 식사 때면 한참을 기다려야 했다. 학교 근처엔 한국식당도 많이 있었다. 대부분 조선족이 운영하는 식당이었는데 덕분에 한국음식은 걱정 없이 먹을 수 있었다. 그렇다 해도 매끼를 식당에 가서 사 먹을 순 없는 노릇이었다. 가끔은 집에서 간단한 요리를 만들어 먹기도 했다. 아침엔 주로 중국식으로 만두와 삶은 계란 등으로 간단히 해결했다. 중국은 전체적으로 물가가 싸지만 그중 특히 과일값이 싸다. 과일도 부지런히 사다가 먹었다. 그렇게 나름대로 챙겨 먹는다고 먹는데도 체중은 쭉쭉 빠졌다. 나만 그런 것이 아니었다. 민규형이야 유학을 오래 했으니 소위 현지화가 많이 됐지만, 석현형을 비롯한 한국인 남자 동기들은 대개 그랬다. 반대로 여학생의 경우엔 좀 찌는 게 일반적이었다. 중국은 음기가 세서 그렇다, 라는 말을 농담 삼아 종종 했지만, 그보다도 지금 와 생각해보면 여자들의 적응력이 남자보다 뛰어난 것 같다. 입맛이란 쉽게 변하지 않는다. 그만큼 보수성을 갖는 부분인 것 같다.

　- 욱이, 방해가 안 된다면 잠깐 가도 되겠나?

　밤이 되면 종종 민규형이 전화를 걸어왔다. 동기 중 민규형이 가장 연장자였고 또 내가 가장 어렸다. 여덟 살 차이였다. 그런 점이 편했을 것이고, 또 내가 싱글이라는 점도 나를 편하게 생각하는 한 이유였을 것이다. 나 역시 민규형을 편하게 따랐다. 굳이 연관을 찾자면 민규형과 나는 또 공군 선후배지간이기도 했다.

- 필승! 선배님, 뭐 하세요, 그럼 빨리 건너오시죠.

민규형이 자전거를 타고 내 방으로 찾아왔다. 야참거리를 들고.

- 오늘도 상하이의 밤은 이렇게 깊어가는구만. 유학생활은 외로움과
  의 싸움이야. 욱이는 어떤가?

민규형은 종종 그렇게 외롭다는 속내를 털어놓곤 했다. 그렇다고 한
국에 있는 와이프에 대한 그리움을 그렇게 표현하는 건 아니었다. 아
무래도 젊은 남자의 성적인 욕망에 대한 표현일 경우가 많았다. 그랬
다. 젊은 남자들이 혼자 살다 보면 자연스레 발생되는 문제였다. 나의
경우는 그때그때 자유롭게 해결하는 편이었다. 심각한 관계를 만들지
않는 범위 내에선 그럴 수 있다, 라고 스스로 생각하는 편이었다. 민규
형의 경우엔 마음은 굴뚝같으나 행동에 옮기기를 망설이는 경우였다.
도덕적 결벽증이 적잖이 있는 편이었다. 그럴수록 스스로의 욕망에 괴
로워하는 케이스랄까. 누군들 자기모순이 없을까만 민규형은 그게 좀
심한 편이었다.

- 왜 아니겠습니까. 선배님, 기분도 꿀꿀하고 그러니까 시내 클럽에
  나 한번 나가시죠?, 거기 화끈한 애들 많이 몰리던데.

- 아, 그런가? 어디가면 젤 많은데? 욱이, 그래도 그건 좀 그렇다.

대도시의 밤은 화려한 법이다. 상하이는 더더욱이 외국인이 많은 국
제도시였다. 마음먹기에 따라선 얼마든지 자유롭게 연애와 섹스를 즐
길 수 있는 곳이다. 굳이 시내의 클럽이나 술집까지 나갈 필요도 없었
다. 기숙사 안에만 해도 천 명이 넘는 유학생들이 살고 있었다. 해방감
과 외로움의 정서가 묘하게 얽히면서 젊은 남녀들은 자연스럽게 어울

렸다. 한국에 사랑하는 여자가 있었지만, 나 역시 어쩔 수 없는 외로움과 욕망에 굶주린 젊은 남자였다.

4.

그래, 이제 연주의 이야기를 할 차례인 것 같다. 연주는 그러니까 내가 중국유학을 떠나기 바로 전에 사귀기 시작해서 유학을 떠나 1년이 지난 뒤 헤어진 여자였다. 나이가 나이인 만큼 결혼까지도 생각을 했었고, 또 사랑이 무르익어 갈 즈음 유학을 떠나와 더 애틋했던 상대였다. 내가 연주를 처음 만난 건 2001년 2월, 그러니까 논문을 거의 마무리 짓고 중국유학을 준비할 즈음이었다. 앞서도 말했지만 나는 당시 본격적으로 논문을 준비하면서 그전까지 만나던 민정이를 떠나보낸 터였다. 더구나 이제 몇 년이 될지 모르는 유학을 생각 중이었던 터라 새로운 누군가를 만나기엔 적절한 시점이 아니었고, 또 굳이 그럴 마음의 여유도 없었다. 그러나 어쩌랴, 남녀는 만나게 되어 있고, 또 나는 사랑이, 여자가 간절히 그리운 젊은 남자였는데. 그러고 보니 여자 없이 보낸 그 반년이 너무 건조했던 것도 사실이었다.

논문이 대충 마무리되어 가는 어느 봄날에 그녀를 만났다. 평소와 다름없이 집 근처 도서관에 갔고, 막 도착해서 입구 쪽으로 걸어가는데 다른 편에서 걸어오는 여자가 눈에 들어왔다. 청바지에 라운드 티셔츠를 입은 모습이 청순하게 보였는데, 대략 이십 대 중반의 나이로 보였다. '음, 괜찮군.' 하고 생각한 나는 그 짧은 사이에 그녀의 이목구비를 정확하게 훔쳐보았다. 단정했다. 아무튼 언제고 다시 보면 좋겠다고 생각하고 열람실에 들어갔다. 한쪽 구석에 앉아 열심히 책을 보던 나는 어깨가 뻐근해져 앉은 상태에서 길게 기지개를 켰다. 그런데 그때 아침에 입구에서 보았던 그녀가 다시 눈에 들어왔다. 그녀는 찾는 책이 있는지 서가 이쪽저쪽을 둘러보고 있었다. 순간 묘한 느낌이 들었다. '아, 이거 인연인가?' 나는 그녀를 계속해서 주시했다. 한참을 그렇게 이 책 저 책을 뒤지던 그녀는 이윽고 열람실을 빠져나갔고 나는 조용히 자리에서 일어나 그녀를 따라갔다. 그녀가 열람실을 나가 도착한 곳은 지하식당이었다. 젊은 여자 혼자서 등을 돌리고 밥을 먹는 모습을 주의 깊게 본 것은 그때가 처음이었는데, 뭐랄까, 알싸한 연민을 자아내는 풍경이었다.

'에이, 그래 이건 아니지. 가서 논문에 집중하자.' 나는 마음을 접고 다시 열람실로 돌아갔다. 그런데 며칠 뒤, 또 다시 도서관 벤치에서 그녀와 마주쳤다. 벤치에 앉아 담배를 한 대 피우고 있었는데 그녀가 옆 벤치에 와서 앉았다. 학생처럼 보이는데 평일에 도서관에 계속 나온다? 무슨 시험을 준비하고 있는 건가. 그녀를 계속 응시했다. 내 시선을 의식했는지 살짝 고개를 돌려 시선을 피하는 그녀, 나는 '이때다.' 싶어 말을 건넸다.

- 저기요.

그녀가 힘없이 나를 바라보았다.

- 혹시 학생이신가요?

좀 생뚱맞긴 했지만 어떻게든 자연스레 말을 건네야 했고 순간적으로 튀어나온 말이었다.

- 학생, 아닌데요.

- 그럼 혹시 요 근처 K 고등학교 나오지 않았어요? 어디서 본 듯한데
  요.

- 아닌데요, 잘못 보신 거 같네요.

그렇게 경계를 하는 눈치가 아니었다. 감을 잡은 나는 바로 말을 이
어갔다.

- 아, 그런가 보네요. 저기, 괜찮으시면 잠깐 뭐라도 마시면서 얘기
  좀 할까요? 제가 매점에 가서 커피 좀 사올께요. 오늘 날씨가 참 좋
  죠?

살짝 웃음을 내비치는 그녀. '오, 생각보다 쉬운데.' 그렇게 나와 그
녀는 봄날 도서관 밖의 벤치에 앉아 이런저런 얘기를 나눴다. 그녀는
스물여섯이었고 그해 봄 대학을 막 졸업했으며, 취업을 준비 중이라는
것을 알았다. 그녀의 이름은 연주였다. 아마도 퍽이나 불안하고 외로
운 상태였으리라. 나는 그녀를 진심으로 위로했다. 그렇게 20대 청춘
은 참 쉽게도 친구가 되는 법이고, 또 만날 인연은 만나게 되는 법이다.
자, 그렇게 해서 우리는 친해지게 되었고 곧 연인이 되었다. 이후, 내
가 중국에 들어가는 7월 말까지 우리는 거의 매일 붙어 다녔다. 그 당
시 나는 내심, 드디어 모든 게 갖춰졌다고 생각했다. 어쨌든 학위의 마
지막 과정인 박사과정을 곧 시작할 것이고, 또 사랑하는 여자를 곁에
두게 되었다. 비유컨대 막차에 막 올라 탄 기분이었다. 그때 난 그래도
세상은 살 만하다고 생각했던 것 같다. 말하자면 일도 사랑도 내 의지
대로 풀릴 것만 같았다. 지금 와서 생각해보면 그 얼마나 순진한 생각
이었던가, 세상이란 게 어디 그렇게 만만하게 굴던가. 단지 그렇게 믿

고 싶었던 내 주관적 바람이었다. 준비하던 국비유학이나 되면 모를까, 아니라면 부모님께 또다시 경제적 도움을 받아야 되는 상황에다가, 입학여부는 아직 결정도 되지 않았다. 또한 연주가 변함없이 날 기다려 주리란 착각은 도대체 어디서 나온 것이던가. 요즘 말로 대단한 근자감, 즉 근거도 없는 자신감이었다.

입학여부를 알아보려 그해 봄 중국에 갔을 때, 귀국 전날 밤 상하이의 한 상점을 산책 삼아 구경하다가 중국의 전통의상인 치파오를 샀다. 연주에게 선물할 생각이었다. 가게 주인과 흥정하는 재미가 쏠쏠했다. 처음 부른 값의 절반 정도로 깎았지만 과연 제 값을 주고 산 건지 판단이 안 섰다. 한국에 돌아와서 연주를 만났다.

- 우와 이쁘다, 근데 너무 야한 거 아냐? 이걸 어떻게 입어?
- 집에서 입으면 되지. 나만 보면 되지 뭐.

그날 밤 집에 돌아와 이메일을 확인해보니, 연주는 내가 베이징과 상하이에 갔던 그 일주일 동안 매일 이메일을 보내 자기의 속마음을 털어놓고 있었다. 사랑스러웠다. 그러나 지금 와서 생각해보면, 연주가 그때 보낸 그 메일들은 불확실한 미래에 대한 불안감을 가득 담은 내용들이었던 것 같다. 왜 아니겠는가. 대학을 졸업했는데 취업은 여의치 않고, 마음을 주고받은 상대는 멀리 해외로 유학을 떠나려고 하고 있는데. 그런데도 나는 그저 내가 읽고 싶은 것만 읽은 것이 아니었을까.

한국을 떠나기 전까지 나는 연주와 함께 최대한 많은 추억들을 만들기 위해 노력했다. 나중에 그런 추억들을 하나하나 곱씹으며 떨어져 있는 시간들을 버텨가자. 뭐, 그런 생각이었던 것 같다. 가령 사랑을 나누는 것에 있어서도 그러했다. 집과 모텔, 비디오방, 차 안, 그리고 숲속 등등, 되도록 여러 장소에서 사랑을 나누었다. 그리고 부정적인 것, 불안한 것들은 다 배제하고 장밋빛 미래에 대해서만 이야기를 나눴다. 예컨대 집은 어떤 집을 사자, 아이는 몇 명을 낳자, 이름은 이렇게 하자, 저렇게 하자. 뿐인가, 집 안은 이렇게 꾸미자, 자동차는 저것으로 하자 등등, 나도 연주도 의식적으로 그런 밝은 쪽만을 생각하려고 했던 것 같다. 스멀스멀 솟아오르는 불안감을 애써 감추면서 말이다. 떠나오는 공항에서 연주는 울었다. 가족들과 같이 있었기 때문에 적극적인 애정표현은 하기가 좀 그랬다. 그저 살짝 안아 주며 어깨를 두드려준 게 고작이었다.

자, 정확히 딱 1년이었다. 애틋한 감정으로 서로를 그리워했던 시간은. 내가 한국을 떠난 지 꼭 1년쯤 지났을 때부터 우리의 관계는 흔들리고 있었다.

- 남녀 관계의 본질은 결국 위로가 아닐까. 무엇보다 성적인 만족에서 오는 위로, 정신적 교감에서 오는 위로, 결국은 자기를 위로하기 위해 이성을 만나는 것이고, 좋아한다는 감정 역시 그 대상으로부터 받을 수 있는 위로가 상대적으로 크다는 이유에서 비롯되는 것이지. 사랑도 결국엔 정치인 거야. 그걸 잘 유지하기 위해선 머리를 많이 굴려야 하는 법이지.

민규 선배의 말이었다. 연주와의 관계가 조금씩 삐걱대던 즈음, 답답한 심정을 민규 선배에게 얘기했던 것 같다. '음, 역시 냉철하군.' 하고 나는 생각했지만 그 말에 동의하진 않았다.

2002년 여름, 나와 연주는 서서히 균열된 틈을 보이기 시작했다. '아웃 오브 사이트, 아웃 오브 마인드', 흔히 하는 얘기지만 그 말은 맞을 수도 있고 아닐 수도 있는 말이라고 생각했었다. 그런데 지금 생각해 보면, 남녀 관계의 본질을 정확히 꿰뚫은 말 같아서 좀 서늘하다. 어쨌든 하루도 빠짐없는 이메일과, 적어도 2, 3일에 한 번씩은 전화를 주고받으면서 남들은 도저히 못 들어 줄 밀어를 속삭이며 1년여를 보냈었는데. 허, 어쩔 수 없는 일이란 말인가. 하긴 그 즈음엔 나도 지쳐가고 있었다. 그래서 종종 대화 내용도 상대에 대한 위로나 걱정보다도 내 스스로에 대한 푸념일 경우가 많았다. 내가 한국에서 들고 간 노트북 컴퓨터는 인터넷이 안 되서 이메일을 쓰고 읽으려면 그나마 집 근처 PC방에 가야했다. 사실 이것도 점점 귀찮아지기 시작했다. 게다가 기껏 PC방에 가서 이메일을 열었는데 연주의 메일이 없으면 괜스레 짜증이 나기 시작했던 것도 그 즈음이었다.

 - 매일 컴퓨터 앞에 붙어살면서 메일 한 통을 안 보내냐?

 어느 날 통화에서 그런 말을 했던 것도 같다. 당시 연주는 한 회사의 컴퓨터 프로그래머로 일하고 있었다. 둘 다 지쳐가고 있음을 느꼈다. 그리고 동시에 심한 배신감이 생기기 시작했다. 예컨대 나로선 이런 심사였으리라. '그래, 그렇게 울고불고 난리를 치더니, 겨우 그 정도였냐? 왜? 사회생활 몇 개월 해보니 세상이 달라 보이더냐?' 오 이런, 내가 그렇게 옹졸했다니. 안되겠다 싶어 컴퓨터를 하나 사기로 했다. 여러모로 컴퓨터는 한 대 필요했으니까. 당시 친하게 지내던 링링이란 여학생에게 얘기를 했더니, 마침 자기 동창이 컴퓨터 가게에 있다며 다리를 놔주었고 우리돈 50만 원쯤 들여 조립식 컴퓨터를 하나 장만했다. 드디어 집에서도 맘 놓고 인터넷을 하게 되었을 때, 가장 먼저 한 일이 MSN메신저를 다운받아 설치한 일이었다. 이후 메신저를 이용하여 가족들, 친구들과 편리하게 대화를 나눌 수 있었지만, 막상 사랑하는 연인이자 컴퓨터 전문가인 연주와는 대화를 나눌 수 없는 지경에 이르렀다. 왜냐고? 그 즈음 이미 거의 파탄에 이르렀으니까. 여기서 잠깐, 그 죽고 못 산다던 연주와 나의 관계가, 우리의 맹세가 불과 1년쯤 떨어져 지냈다고, 전화로 몇 번 싸웠다고 바로 깨질 만큼 허술한 것이었나? 그러나 남녀 관계, 논리적으로 설명할 수 있을까? 연애, 할 만큼 했다고 자부하던 나, 여자? 알 만큼 안다고 자신했던 나, 뒤통수를 맞았다. 애초부터 남자가 여자를 얼마나 잘 알 수 있으랴. 애초 20% 승률의 게임이었는지도 모르겠다. 그리고 그 게임에서 난 보기 좋게 패한 셈이다.

　그 즈음, 그러니까 연주와의 관계가 삐걱이던 그 즈음, 또 하나 선명한 기억이 있다. 지도교수님과 나눈 대화다. 중국 대학은 한국과 다르게 교수 개인 연구실이 없다. 전공별로 하나씩 공동 연구실, 혹은 회의실이 있을 뿐이다. 교수의 수가 워낙 많아서 일일이 연구실을 제공할 수 없는 이유도 있겠지만, 어쨌든 그게 참 희한했다. 생각해보면 그게 꼭 나쁜 것만은 아니다. 중국 대학에서 교수들은 하루 종일 학교를 지킬 필요가 없다. 내 관찰에 의하면 대개 맡은 수업 외엔 시간이 자유롭다. 그런저런 이유로 난 호교수님을 만날 일이 있으면 대개 댁으로 찾아갔다. 중국 동기들을 보니까 직접 댁으로 찾아가는 경우가 거의 없고 전화를 이용했다. 하지만 동방예의지국인 한국에서 온 나는 그럴 수 없었다. 잘 보이기 위해서가 아니라 내 입장에서는 그것이 당연한 상식이었다. 일이 있으면 당연히 스승을 직접 찾아뵙고 말씀을 드리는 것이 상식 아니던가. 그렇게 나는 꼬박꼬박 찾아뵙고 상의를 드렸다.

이 점을 높게 보신 것도 같다. 아무튼 얘기가 길어졌는데, 그 즈음도 여느 때와 다름없이 댁으로 찾아갔다. 아마 논문에 대한 상의를 위해서였던 것 같다. 호교수님은 늘 일상적인 문제가 없는지부터 체크를 하셨다. 늘 그랬듯 여자 친구와의 상황을 먼저 물으셨다. 솔직히 말했다. 문제가 좀 있다고. 이유를 묻는 질문에 그냥 말을 안 듣는 것 같다고 대답했다. 안 그래도 답답했던 참에 솔직한 속내를 털어놨던 것도 같다. 그러자 교수님은 한국에 한번 들어갔다 오는 것이 어떠냐는 말씀을 하셨다. 예상 밖의 말이었다. 그게 참 감사했고, 또 그러고 싶은 맘도 없지 않았지만 그럴 필요는 없다고 대답했다. 스스로도 그럴 정도로 심각한 건 아니라고 생각했고, 또 학기 중 귀국을 할 경우 따로 거쳐야 하는 복잡한 수속도 귀찮았다. 어쨌든 별거 아니라고 걱정 마시라는 말을 드렸다. 연세가 70이신 교수님은 내 어깨를 두드려 주시면서 격려해주셨다. 그리고 그때 하신 말씀이 참 오래 남았다.

- 여자는 참 어려워, 어려워...

그러던 어느 날 집에서 전화가 왔다. 어머니였다. 이런저런 얘기를 하다가 어머니가 불쑥 결혼 얘기를 꺼내셨다.

- 연주와는 자주 연락하니? 회사는 잘 다닌다니? 어떻게, 중간에라도 먼저 식을 올리는 게 나을지 모르겠구나.

- 아니, 요즘 걔 아주 삐딱선이야. 지가 뭔 일을 얼마큼이나 한다고 쫌만 뭐라 하면 전화도 안 받구, 피곤해 아주.

- 놔둬라 그럼, 모 일이 바쁜 모양이지. 지도 힘들지 왜 안 힘들겠냐.

- 됐어. 걔는, 걔랑은 그른 거 같아. 그건 그렇고 다들 잘 지내죠?

나는 애써 담담한 척 했다. 그러나 실은 답답함이 고조되던 시점이었다. 부모의 자식 걱정은 다 그런 것이다. 서른이 넘은 자식이라도 애들 같고, 공부면 공부, 일이면 일, 결혼이면 결혼, 부모의 자식에 대한 걱정은 물가에 내놓은 아이처럼 끝이 없는 것이리라. 아직 공부도 끝마치지 않았고 계속해서 들어갈 돈이 있는 상황에서, 상대가 있다 해도 부모의 입장은 사실 난처하였으리라. 더구나 외국에 나가있는 상황 아니었던가. 연주도 결국 그런 부분에서 자신이 없어졌는지 모른다.

- 연주야, 우리 결혼할까?

그 무렵 어느 날인가의 통화해서 나는 연주에게 불쑥 제안했다. 나는 자꾸 삐걱거리는 관계에 뭔가 전환이 필요하다고 생각했다. 일단 결혼을 먼저 하면 어떨까 싶었다. 그러나 연주의 반응은 뜻밖이었다.

- 이 시점에서 왜 결혼 얘기야? 나 피곤해 오빠.

- 뭔가 새로운 전환점이 필요할 것 같다. 먼저 식 올리자.

나는 밀어붙이기로 했다. 그러나 연주는 민감한 반응을 보였다.

- 지금 상황에서 결혼이 가능이나 해? 도대체 왜 갑자기 그러는데. 오빠랑 결혼하면 난 어디서 살아? 오빠도 한국에 없는데, 오빠네 집에 들어가 살라구? 우리 엄마는 나더러 결혼 늦게 하래. 연애 실컷 하다가 나중에 하라서. 아무튼 나 피곤해 그 얘긴 나중에 해.

- 야, 그게 무슨 소리냐? 그럼 너 나랑 결혼 안 할 거야?

- 그 얘기가 아니잖아. 정말 왜 자꾸 나를 피곤하게 만드냐구! 나 전화 끊을래.

- 이런, 씨발!

전화기를 집어 던졌다. 나도 모르게 입에서 욕이 터져 나왔다.

그런 식이었다. 답답하고 괴로웠다. '빌어먹을 유학생활!' 그렇다. 새로운 환경에서 느끼는 신선함은 잠깐, 시간이 지날수록 무겁게 다가오는 책임감, 반면 늘어지는 일상, 끊임없이 찾아오는 무기력함, 공허함 등은 사람을 힘겹게 한다. 그때 그런 생각이 천천히 고개를 들었다. '내가 여기에 왜 왔지? 혹시 나는 도피한 건가? 그래서 사랑하는 여자까지 팽개쳐 놓고 여기 중국으로 도망 온 건가?' 그런 거 같다는 생각이 처음으로 들었다. 나는 지쳐가고 있었다. 그 즈음은 수업도 건성, 논문도 나 몰라라, 짜증만 계속 늘어갔다. 연주의 위로만이 힘이 되어 줄 것만 같았는데, 그 애는 점점 삐딱선을 탄다. 호교수님이 들어가라고 할때 들어갈 걸 그랬나, 어차피 책은 머릿속에 들어오지 않고 가슴만 답답한데. 언젠가부터 연주는 전화도 제대로 받지 않았다. 배신감은 점점 커져 갔다. 더 이상 참을 수 없었다. 먼저 귀국하기로 했다. 이제 학기도 대충 마무리되었다. 그러나 한 과목, 유학생만을 대상으로 하는과목이었는데, 다른 과목들이 대개 레포트를 내는 형식이었는데 반해이 과목은 시험을 봐야 했다. 게다가 학생들의 요구로 시험날짜는 일주일 이상 연기를 한 상태였다. 담당교수에게 상황설명을 했다. 돌아와서 시험을 본다는 조건으로 허락을 받았다. 돌아오는 한국행 비행기안에서 마음은 착잡했다. 스스로 주문을 걸었다. 다 잘 될 거라고.

그러나 상황은 내 기대처럼 낙관적이지 않았다. 핸드폰을 받지 않은지 오래된 상황, 하는 수 없이 연주의 집으로 전화를 걸었다. 전화를 받는 연주의 어머니 역시 전과 같지 않았다. 만나지 않는 것이 좋겠다는 말을 한다. 회사의 전화번호를 물어도 모른다는 답이었다. 점점 커지는 배신감. 저녁 무렵 집으로 찾아갔다. 벨을 눌렀다. 인터폰 넘어 연주 어머니의 목소리가 들려왔다.

- 접니다. 어머니.

- 어, 어쩐 일인가, 지금 연주 집에 없는데.

다소 당황한 기색이었다. 나는 마음을 독하게 먹고 강한 어조로 다시 말을 이어갔다.

- 아직 안 왔나요? 그럼 어머니라도 잠깐 뵙고 가겠습니다. 문 좀 열어 주시죠.

- 아냐, 아냐, 그냥 돌아가는 게 좋겠네.

가슴속에서 뜨거운 것이 올라왔다. 그걸 애써 억누르며 차분하게 말하려고 애썼다.

- 오면서 어머니 드리려고 작은 선물을 가져 왔습니다. 이것만 드리고 바로 가지요.

- 나중에, 나중에 받겠네.

인터폰이 툭 끊어졌다. 순간 문을 부수고 싶었다. 한참을 멍하니 서 있다가 어쩔 수 없이 발길을 돌렸고, 그날 밤 거의 뜬눈으로 밤을 지샜다. 이튿날 아침, 연주의 회사로 찾아갔다. 수위실에 부탁하여 전화를 연결했다. 지금도 생생하다. 깜짝 놀라는 그 당황한 목소리가.

- 어, 여긴 어떻게 알고.

기가 찼지만 나는 꾹 참고 말했다.

- 나 어제 왔어, 온 거 알긴 알았니? 어제 너희 집에 찾아갔었는데, 네 어머니 문도 안 열어주시더라.

- ......

- 장난하냐, 지금? 빨리 정문으로 나와!

- 싫어. 여긴 왜 와서 사람 놀라게 만들어. 못 나가. 아니 안 나가!

- 안 나와? 허, 이연주, 지금 뭐 하자는 거냐? 나 너 보러 학교 다 때
  려 치고 왔으니까 빨리 튀어나와. 안 나오면 내가 직접 들어간다.
  가서 다 때려 부술 테니까.
- 왜 이래 정말? 누가 오빠더러 그렇게 하라고 했어? …… 그래 그럼
  나중에 봐. 저녁 7시.

그런데 정말 이상하게도 그 말을 듣는 순간, 이미 우리 사이는 어렵
겠단 느낌이 직감적으로 왔다. 그때부터 중요한 건 내 자존심이라고
생각했던 것 같다. 너무나 확실한 감정이었다. 순간 그동안의 애틋한
감정, 즐거웠던 추억이 역겹게 느껴졌다. 다만 내 끓어오르는 분을 어
떻게든 풀어야 직성이 풀릴 것 같았다. '그래, 이제부터 내 너를 철저히
응징해 주겠다.' 하는 생각이 저 가슴 밑바닥에서 서서히 올라오고 있
었다.

그래, 연주와의 이야기는 그쯤 해두기로 하자. 남녀가 만나 서로 좋
아하게 되는 것만큼이나 이별 또한 흔한 일이다. 그냥 쿨하게 끝내주
었으면 좋았을 텐데 연주와의 끝은 좋지 못했다. '아웃오브 사이트, 아
웃오브 마인드' 맞는 얘기다. 그리고 한 가지만 더 덧붙인다면, 연주와
의 일을 통해 난 연애와 결혼은 분명히 다르다, 라는 것을 씁쓸하게 인
정하게 됐다는 점이다.

남은 방학 기간, 나는 새로운 여자를 만나려고 애썼다. 그게 될 턱이
없는 일이었지만 마음이 허전해서 견딜 수 없었다. 알고 지낸 후배들
을 하나하나 만나서 여자로서 그녀들을 가늠해 보았고, 여기저기 소개
를 부탁해서 한 달 남짓한 기간 동안 서너 명을 만나보기도 했다. 그럴
수록 자괴감만 심해갔다. 그런 쓰라린 마음을 애써 다듬으며 다시 상

하이행을 준비했다. 아, 참으로 고통스러운 여름이었다.

5.

다시 돌아온 상하이, 달라진 건 없었다. 달라진 게 있다면 나의 마음일 뿐, 꼭 1년 전 처음 상하이로 들어왔을 때와 똑같이 찜통더위가 온 도시를 휘감고 있었다. 멍했다. 일단 허세를 잔뜩 부리며 가족들을 안심시키고 오긴 했지만, 나는 이미 중심을 잃고 표류하는 난파선이었다. 지난 1년간 부지런히 수업을 들은 덕에 필요한 학점은 모두 이수를 한 상태였는데, 그게 다행이라면 다행이었다. 의욕은 완전히 꺾였고, 심신은 지칠 대로 지쳤다. 신경이 너덜너덜해진 기분이었다. 물론 연주와의 이별이 결정적 이유였겠지만, 여러 가지 상황이 복합적으로 뒤섞인 이유도 있었으리라. 한동안 집 밖을 나가지 않았다. 당시 나는 학교 근처의 아파트에서 살고 있었다. 기숙사에서 첫 학기를 보낸 뒤 학교 밖으로 나와 세를 얻어 혼자 살았다. 아무것도 하지 않고 방 안에서 뒹굴며 지냈다. 어쨌든 학기 수속은 해야 했으므로 등록처에 갔다. 방학을 보내고 온 민규형과 석현형의 모습도 보였다. 그 밖의 한국 동기들, 외국인 친구들도 등록을 하기 위해 모였다. 등록을 위해 기다리는 시간이 꽤히 짜증스러웠다. '에이, 나중에 와서 하자.' 그냥 집으로 돌아왔다. 그때 집을 둘러보니 말 그대로 엉망이었다. 청소도, 빨래도 하지 않고 아무렇게나 팽개쳐진 책들이 눈에 들어왔다. 순간 눈물이 핑 돌았다. '그래, 겨우 이러자고 여길 왔나.' 자괴감이 물밀듯이 밀려왔다. '정신 차리자, 이러다간 죽도 밥도 안 된다. 마음 독하게 먹고.' 스스로 주문을 걸었다.

그러나 생각과 다르게 좀처럼 마음이 잡히지 않았다. 책이 눈에 들어오지 않았다. 수업을 나가도 진득하니 집중을 할 수가 없었다. 운동을 할 기분도 들지 않았다. 애써 마음을 다잡고 도서관에 나가도 소용이 없었다. 뭘 어떻게 해보려고 해도 제자리였다. 차라리 어디 멀리 여행이라도 갈까 생각했지만, 그 역시 귀찮게 느껴질 정도로 의욕상실이었다. '아, 이런 게 우울증인가?' 마음을 다잡으려 하면 할수록 그런 노력이 무색할 만큼 무참하게 무너져 버리는 마음을 나도 어떻게 해 볼 도리가 없었다. 그런 상황이 나를 더 무력하게 만들었다. 그런 내 자신이 낯설었다. 난 그때까지 내 스스로가 꽤 강한 사람이라고 믿고 살아왔다. 숱한 연애를 거치며 가슴엔 단단한 굳은살이 박혔다고 생각했었다. 웬만한 자극에는 끄떡 않을 자신이 있었다. 그런데 이게 웬일인가. 완전히 그로기 상태가 아닌가. 스스로에 대한 실망감이 무거운 힘으로 나를 짓눌렀다. 그러지 말자고 하면서도 나는 연주에게 읽지도 않는 이메일을 하루에도 몇 통씩 보내고, 받지도 않는 전화를 계속 해 대고 있었다. 계속해서 그런 악순환이 반복되었다. 나는 아는 사람을 붙들고 닥치는 대로 내 상황을 하소연하기 시작했다. 그 무렵 열심히 도서관을 다니던 석현형을 붙들고 그런 답답한 심정을 토로한 적도 여러 번이었다.

- 형, 총체적 난국이야. 나 다 그만둘까봐. 아, 내가 여자 하나에 타격을 먹는 놈이었나.

석현형은 그런 내 마음을 잘 헤아려 주었다.

- 그래, 네 마음이 어떨지 나도 안다. 짜식 그렇게 안 봤는데 순정이 있네, 기운 내라. 당분간 좀 푹 쉬고.

그러면서 몸 좀 챙기라고 자기가 애용하던 종합 비타민제를 하나 건네주던 게 기억난다. 그런 석현형이 더없이 고마웠다. 민규형이라고 예외였겠는가. 가뜩이나 자기 시간 관리에 철저했던 민규형이니 그 즈음 나를 피하고 싶었는지도 모르겠다.

- 형, 그 씨발년, 가서 아주 반쯤 죽여 놔야겠어.

그럼 민규형은 예의 그 점잖은 목소리로 나를 진정시키려 애썼다.

- 욱이, 그것만큼 바보짓은 없네, 지난 일은 잊어버리고 예전처럼 즐겨, 그 훤칠한 외모, 여기서도 인기 폭발인데 왜 지난 일로 괴로워하나. 그럴 가치가 없잖아.

민규형에게도 그 일로 신세를 많이 졌다. 시간이 지나면서 그런 불안정한 행동들은 차차 없어졌지만, 공허함과 자괴감, 분노는 여전했다. 가슴속에 뜨거운 불이 꽉 들어찬 것 같은 답답함은 어떻게 해도 가시지 않았다. 유학생활 막 2년이 시작되던 어느 날 밤, 오랜만에 민규, 석현형과 함께 황푸강 강변인 와이탄에 나갔다. 와이탄의 화려한 야경을 바라보며 지난 1년을 추억했다. 그리고 앞으로의 일들에 대해 결의를 다졌다. 그들은 시간에 굉장히 민감했다. 3년 내 졸업이라는 목표에 목숨이라도 걸 기세였다.

- 내가 3년 안에 졸업을 못하고 연장을 하게 된다면 차라리 저 강물에 뛰어들겠어.

서른아홉의 민규형은 외쳤다. '아, 유치하다 진짜.' 속으로 그런 생각이 들었다. 9월이 되자 신입생들이 새로 들어왔다. 환영회 겸 한국 유학생들이 모였다. 그런 자리에 나갈 기분이 아니었다. 그러나 회장을 맡고 있던 동기가 자꾸 나오라고 성화였다. 내키지 않는 자리였지만 '그래 가서 실컷 취하자'는 마음으로 나갔다. 그러나 그 역시도 맘 같지 않았다. 3차를 겸해 노래방에 갔는데, 도저히 노래 부를 기분이 아니었다. 기분만 더 엉망이 돼서 먼저 자리에서 일어났다. 그날 밤 어떻게 집을 찾아 들어왔는지 기억이 안 난다. 혼자 술집을 찾아 들어가 퍼부은 모양이었다. 다음날 정오가 다 될 때까지 죽은 듯 잤다. 눈을 뜨자 갈증이 느껴져 냉장고에 든 찬물을 벌컥벌컥 마셨다. '아, 씨발 그냥 내처 잤으면 좋으련만 눈은 또 왜 떠지나.' 그런 생각에 또다시 괴롭던 차에 전화벨이 울렸다. 새로 입학한 진수라는 후배였는데, 집으로 한번 찾아오고 싶다는 전화였다.

  - 오 그래 반갑다. 아니, 괜찮아. 와.

  진수는 군대를 면제받아 나이가 어린 편이었다. 이제 막 중국에 와서 궁금한 게 많았을 것이고, 아무래도 나이 차가 많이 나지 않는 내가 편했는지 잘 따랐다. 민규형과 석현형만 해도 벌써 잔뜩 긴장해서 논문 쓰기에 돌입한 터였다. 논문도 수업도 모두 팽개치고 무위도식하는 내가 후배들에게 해줄 말이 뭐가 있었을까. 그래도 진수는 곧잘 내 방에 찾아왔다. 다른 동기들과 함께 오는 경우도 있었다. 나는 진수를 앞에 놓고 연주와의 지난 얘기를 계속 반복했다. 또 말도 안 되는 독설을 퍼붓곤 했다. 후배에게 힘이 되어 주는 말은 못할망정 학교를 그만두겠다는 말을 하고 또 했다.

  - 진수야, 난 다 때려 칠거야. 저 책들 너 다 가져라.

  진수는 대개 가만히 듣고 있을 뿐이었고 괴로워하는 나를 위로하려

애썼다. 그런 그가 참 고마웠다.

- 형, 작년 종합시험에서 형이 수석 했다면서요? 어떻게 준비한 거에요? 비법을 좀 알려주세요. 그런 거 보면 실력이 있다는 얘긴데. 형 앞으로는 좋은 모습 좀 보여주세요.

- 수석? 아 그랬지, 진수야, 형이 또 한 번 하면 빠짝 하잖냐. 근데 뭐 그거 1등 했다고 장학금 주는 것도 아니고, 그냥 통과만 하면 되지, 신경 쓰지 마, 그런 거.

친해진 진수와 격의 없이 지냈다. 진수네 방에 가서 며칠씩 보낸 적도 많았다. 같이 먹고 마시면서 포커도 치고 밤새 이야기꽃을 피웠다. 오랜만에 유쾌했고, 또 그러면서 기분도 많이 전환되었다. 오랜만에 조금 의욕이 생긴 나는 하나의 새로운 목표를 세웠다. '운동만이 살길이다. 공부하려면 체력이 중요해.' 진수와 나는 운동에 몰입하기로 했다. 사실은 아무것에라도 몰두하고 싶었다. 나로서는 그것도 많은 발전이었다. 끊임없이 찾아오는 우울감과 무기력감을 먼저 떨쳐내는 것이 우선 중요했다. 1학년이라 들어야 할 수업이 좀 있긴 했지만 진수도 적극적으로 따라 주었다. 우리는 농구와 탁구, 조깅, 볼링, 수영 등 여러 가지 운동을 찾아 나섰다. 가끔은 민규형과 석현형도 함께 어울렸지만, 그 둘은 원래도 운동을 별로 좋아하지 않았고 그 즈음 논문쓰기에 사로잡혀 있었다. 마음의 여유가 없었다. 그들은 그들대로 스트레스에 시달리고 있었다. 조금씩 회복은 되고 있었지만 여전히 나는 공허했고 또 지독히 외로웠다. 그리고 끊임없이 불안했다. 내 스스로 중심을 세우지 못하고 있었다. 어쩌다 집에서 전화가 오면 잘 하고 있다고 거짓말을 했다. 가족들에 대한 미안함도 컸다. 그럴 때면 진수를 불러 함께 운동을 했다. 몸이 지쳐서 떨어져 나갈 때까지. 운동과 함께 그 즈음 내가 몰입했던 또 하나는 영화 보기였다. 텔레비전은 거의 보지 않았다. 한국이나 중국이나 뭔 광고가 그리 많고 또 쓸데없이 웃고 떠드는 프로그램이 그리 많은지, 짜증이 나서 볼 수가 없었다. 세상 사람들 중에 나만 빼고 다 행복해하는 것만 같았고, 그런 것이 못 견디게 싫었다. 그런 시기였다. 사소한 것에도 짜증이 나고 답답했던. 어쨌든 영화는 많이 봤는데, 그만큼 수많은 영화들을 손쉽게 구해서 볼 수 있는 나라가 중국이었다. 물론 해적판이었다. DVD 플레이어를 하나 사서 정말 많은 영화들을 보았다. 새로 나온 영화들을 입수하는 재미가 쏠쏠했다. 영화를 통한 감정적 정화를 한 것도 마음을 다잡는데 적지 않게 도움이 되었다. 그렇게 혼자 영화를 보면서 울기도 참 많이 울었다.

그렇게 몇 달이 지나갔다. 학기말에는 논문 제목과 초록에 대한 공개 발표가 있었다. 내 상황이 어떻든 그 일정에 빠질 수는 없었다. 마음이 다급해졌다. 지난 1년 지도교수님과 논문에 대해 틈틈이 의논을 했었기 때문에 아쉬운 대로 대강의 틀은 잡을 수 있었다. 일단 지도교수님부터 찾아뵙기로 했다. 교수님을 뵙는 것도 몇 달 만이었다. 역시나 연주와의 일을 물으셨다.

- 깨끗이 정리했습니다.
- 아, 그랬구나. 음, 그 여자 나중에 후회할거야. 그렇게 사람 보는 눈이 없어서야.

애써 제자를 위로해주시는 모습이 고마웠다.

- 괜찮습니다. 선생님, 괜한 일로 걱정 시켜 드린 거 같아 죄송합니

다. 앞으로 더 열심히 할 테니까 걱정하지 마세요.

교수님 댁에서 나오는 길에 가슴이 싸하게 아려왔다. 상하이에 와서 교수님댁을 처음 찾았을 때는 모든 것이 순조롭다고 생각했었는데, 이렇게 되다니. 참 괴롭고 쓸쓸한 늦가을의 어느 날이었다. 연말이 다가오고 있었다. 상하이의 겨울은 을씨년스러웠다. 겨울비가 일주일씩 계속되기도 했다. 엉성한 대로 공개발표를 마쳤다. 몇몇 나른 교수들이 문제점을 지적하기도 했지만, 지도교수님의 적극적 격려로 크게 무리 없이 마칠 수 있었다. 열심히 잘하고 있다는 교수님의 격려를 들을 땐 속으로 뜨끔했다. 지도교수님이 내 상황을, 논문에 대한 이런저런 문제를 모를 리 없었다. 그럼에도 그렇게 감싸주시는 것에 대해 고맙기도 하고 죄송스럽기도 했다. 그것이 큰 자극이 되었다. 다시 마음을 굳게 먹고 책상 앞에 앉았다. 나를 믿고 지지해주는 이들을 위해 힘을 내기로 마음먹었다. 논문에 필요한 참고자료들을 하나씩 읽어가는 동시에, 계속 관련 자료들을 모으기 시작했다. 진수와 함께 탁구와 수영을 꾸준히 해 나갔다. 주말엔 여러 사람들과 함께 어울렸다. 같이 여러 식당을 찾아다니는 맛집 순례 같은 것도 하고, 모여 앉아 포커나 고스톱을 치면서 친목을 다지기도 했다. 또 가끔은 중국 친구들의 기숙사에 찾아가 술잔을 기울이거나 마작을 하기도 했다. 겨울방학을 이용하여 잠시 귀국했다. 집에 있으면서 잘 먹고 잘 쉬었다. 수영도 빠뜨리지 않고 다녔다. 그때 태어나서 처음으로 보약이란 걸 먹었다. 누나가 한의사 시동생에게 특별히 부탁하여 지어준 것이었다. 설을 쇠고 다시 상하이로 돌아왔다. 몸도 마음도 한결 가벼워졌다.

민규형, 석현형과 함께 우시(無錫)란 곳으로 당일치기 여행을 다녀왔다. 상하이에서 기차로 두 시간 정도 떨어진 곳이었는데, 태호(太湖)라는 커다란 호수로 유명한 곳이었다. 바다처럼 광대한 그 호수를 가로지르는 배 안에서 우리는 결의를 다졌다.

- 연장은 없다. 3년 안에 무조건 졸업!

이번엔 나도 적극 동참했다. 배 안에서 맞는 그 찬 겨울바람은 참으로 시원했다. 가슴까지 시원했다. 상하이에서 3년을 살았지만, 셋이서 같이 상하이 밖으로 여행을 떠난 것은 그때가 처음이자 마지막이었다. 그 날 여행을 다녀온 후 나는 이사를 했다. 새로운 환경에서 다시 새롭게 시작하자는 생각에서였다. 이사를 위해 차곡차곡 짐을 싸면서 이를 악물었다. 새로 이사 간 집에서 파티를 열었다. 확실히 환경이 바뀌니 새로운 기분이 들었고 잘 해보자는 의욕도 생겼다. 규칙적인 생활이 되도록 노력했다.

성생활도 적극적으로 했다. 외롭단 생각이 들거나 여자가 그리워지면 참지 않았다. 가능한 모든 수단을 동원해서 그때그때 해결하고 넘어갔다. 당시 나에게는 알고 지내면서 가끔씩 잠자리를 같이 하는 중국 여자들이 몇 있었다. 또한 기숙사 시절에 알게 된 준꼬라는 일본 여학생도 가끔 내 방을 찾아 왔다. 혹은 시내의 바나 나이트클럽에 가서 헌팅을 하기도 했다. 그럴 때면 종종 진수와 함께 갔다. 물론 매번 성공하긴 어려웠다. 대략 70%의 성공률이었다. 항구도시 상하이엔 비가 참 많았다. 그 하염없이 비가 내리는 밤엔 특히 혼자 넘기가 힘들었는데, 그런 날이면 어김없이 수첩을 뒤져 전화를 걸었다. 이런 식이었다.

- 웨이웨이, 나야, 비 오는데 기분 그렇지 않아? 잠깐 나와 봐.

학교 기숙사 생활에 지친 웨이웨이는 그즈음 친하게 지내는 대학생이었다. 외로운 밤, 서로는 좋은 말벗이자 또한 섹스파트너이기도 했다.

또한 나의 원활한 성생활에 크게 도움을 준 동생이 있다. 메이린이라는 여자애였는데 나를 친 오빠처럼 잘 따랐다. 메이린은 그러니까 내가 막 입학했을 때 알게 된 꼬마였는데, 그 경위는 이렇다. 신입생들이 들어오는 9월 초가 되면 대학 안에는 일상용품부터 시작해서 공부에 필요한 책까지 갖가지 물건을 파는 수많은 가판대가 선다. 메이린은 당시 거기서 아르바이트 삼아 물건을 파는 앳된 고등학생이었다. 나는 메이린에게 바가지와 세수대야를 샀는데, 어찌나 발랄하고 또 말솜씨가 능수능란한지 그녀가 고등학생이란 말을 듣고 깜짝 놀랐다. 나는 메이린을 보며 '완전 발랑 까진 상하이 꼬마구나'라고 생각했다. 메이린은 자기가 한국을 무지 좋아한다며 앞으로 오빠로 친하게 지내고 싶다고 했다. 그렇게 알게 된 메이린은 "오빠, 오빠" 하면서 졸졸 따랐다. 고등학교를 졸업하고 전문대에 막 입학한 메이린은 더욱 발랄해졌고, 예의 그 발랄함으로 많은 친구들을 사귀었으며, 이성 문제로 고민하는 나에게 많은 친구들을 연결시켜 주었다. 정말 귀엽고 사랑스러운 동생이었다.

6.

상하이의 겨울은 길고도 혹독했다. 여름도 여름이지만 상하이에서 겨울을 나는 일도 참 쉽지 않은 일이다. 한 겨울의 실제 온도는 기껏해야 영하 1도가 될까 말까지만, 몸으로 느끼는 체감온도는 무척 낮았다. 습기를 가득 머금은 찬 공기는 뼈 속까지 파고들었고, 끝도 없이 내리는 겨울비와 흐린 날씨로 햇빛 구경하기가 힘들었다. 런던이 그런 것처럼 상하이도 그런 기후로 인해 우울증 환자가 많았다. 날씨와 정신건강이 그렇게 밀접한 연관이 있는지 그때 처음 알았다. 가뜩이나 기분이 엉망이었던 나로서는 그해 겨울이 참으로 길고도 힘겨웠다. 중국의 남방지역은 실내에 따로 난방장치를 하지 않는다. 기껏해야 전기난로나 온풍기로 그 긴 겨울을 넘겨야 했다. 진수와 나는 창문마다 비닐을 쳐서 보온효과를 높였다. 그해 겨울비가 많이 내렸다. 우리는 자전거를 타고 다녔기 때문에 비가 오면 취약이었다. 우산을 들고 타도, 또 우비를 입고 타도 세차게 내리는 겨울비를 막아낼 수 없었다. 늘 축축하게 젖었다. 그런 겨울비를 맞으면서 참 많이도 돌아다녔다. 학교로, 식당으로, 술집으로, 수영장으로, 체육관으로, 공원으로, 우리는 달리고 또 달렸다. 그 긴 겨울을 통과함과 더불어 나의 복잡한 감정의 실타래도 조금씩 풀렸다.

강남에 봄이 찾아왔다. 역대로 중국의 수많은 문인들이 강남의 봄 풍경을 노래한 바 있다. 과연 꽃피는 봄이 찾아오니 어디로든 나들이 가고 싶은 날씨였다. 겨울 내내 우중충했던 마음이 환해지는 느낌이었다. 그런데 봄이 시작되자마자 이번엔 광동지방에서 전대미문의 괴질이 발생해 중국 전역으로 퍼졌다. 이름하여 사스(SARS), 그 괴질은 중국 전역을 초토화 시켰다.

- 그렇게 광동 새끼들, 뱀이고 새고 아무거나 막 잡아먹더니 결국 그

런 병을 퍼뜨리나.

우리들은 걱정과 함께 분개했다. 사스는 중국뿐 아니라 세계 여러 곳으로 퍼졌다. 세계 언론은 연일 사스를 집중 보도했다. 중국에 있던 각국 유학생들의 가파른 귀국행이 이어졌다. 사스에 감염된 다수의 환자들이 사망에 이르면서 중국 전역에는 공포분위기가 조성되었다. 중국의 이미지는 날로 실추하고 있었다. 정확한 실상을 보도하지 않고 은폐하려는 중국정부의 어이없는 태도는 세계 언론의 빈축을 사고 있었다. 말 그대로 우왕좌왕이었다. 아마 전쟁이란 게 이런 분위기 아닐까, 하고 나는 생각했다. 갖가지 소문이 흉흉했고 여러 공공장소들이 무기한 폐쇄되었다. 텔레비전, 라디오, 신문, 인터넷이 사스로 도배를 했다. 사스를 예방하기 위해서는 이렇게 해라, 라는 주의사항이 계속 보도되고 있었다. 김치를 먹으면 된다는 말도 있었다.

걱정이 되지 않은 건 아니었지만 나는 개의치 않기로 마음먹었다. '에라, 될 대로 되라'는 식이었다. 사실 뭐 뾰족한 수도 없었다. 당시 중국 언론은 속수무책의 그 상황에 대해 정확하게 보도하지 않았다. 특히 내가 있던 상하이의 상황에 대해서는 철저하게 통제를 했던 것 같다. 베이징이 쑥대밭이 됐는데 상하이마저 그렇다고 보도가 나가면 중국 내에서는 물론 세계적으로도 중국의 이미지가 실추될 것을 우려했던 것 같다. 말 그대로 '눈 가리고 아웅'하는 격이었다. 그런 상황에 많은 사람들이 거품을 물었지만, 나는 그러거나 말거나라고 생각했다. 집에서도 몇 번이나 전화를 해서 들어와야 되는 거 아니냐고 물었지만 그냥 괜찮다고 했다. 여러 사람들이 겁도 없다고 했지만, 다니던 수영장도 그냥 계속 다녔다. 사람이 없어 오히려 편하고 좋았다. 학교에 들어갈 때마다 학생증 검사를 했고, 전부는 아니지만 상당수의 식당들이 영업을 정지했다. 그런 상황이 답답했다. 언제까지 그래야 하는지 당시로선 아무도 몰랐다. 나중에 한 여자 동기는 그런 말을 한 적이 있다. 자기가 지금까지 살아오는 중에 가장 답답하고 공포스러웠던 시기였다고. 그 얘기에 나는 '얘는 온실 안에서 자란 화초냐?'라고 생각했었다. 아무리 과학과 의학이 발달한다고 해도 인간은 무력한 존재구나, 그리고 인간은 너무나 쉽게 동요되고 근거 없는 소문에도 우왕좌왕하는 나약한 존재란 것도 그때 절실하게 깨달았다.

- 당분간 각개전투 하자.

민규형의 말이었다. 근처 마트에 가서 라면을 박스째로 사온 민규형은 그런 선언을 했다. 뭐 그러거나 말거나 민규형을 제외하고 나와 석현형, 진수 등은 변함없이 같이 모여 밥을 먹었다. 잘 가던 한국식당은 거의 문을 열었기 때문에 먹는 것에 특별히 불편한 점은 없었다. 다만 매일 그 나물에 그 밥이라는 것이 지겨웠다. 사스와는 별도로 외국에서 먹고사는 건 만만한 일이 아니었다. 진수가 요리를 꽤 잘했다. 그래서 가끔 진수를 꼬드겨 이런저런 음식을 해 먹기도 했다. 나와 석현형은 여자보다 요리를 더 잘한다고 계속 진수를 치켜세웠다.

아무튼 사스, 그놈의 괴질이 우리 대다수에게 심리적 압박을 가했던 것은 사실이다. 무슨 큰일을 한다고 요란을 떨며 우르르 한국으로 돌아간 어린 학생들의 모습도 마뜩잖긴 했지만, 그렇게 한국에 들어가서도 제대로 환영을 받지 못했던 것으로 기억한다. 필요 이상으로 너무 많은 인원이 중국에 나와 있는 것에 원래 여론이 좋지 못했던 것은 사실이지만, 어쨌든 그런 위기상황에 자국민의 보호를 위해 귀국을 장려

하는 것은 당연한 일 아니던가. 이웃 일본만 해도 대사관에서 수시로 유학생들의 상황을 체크하고 귀국을 재촉했던 것으로 기억한다. 미국이나 유럽 쪽은 두말할 필요 없었다. 한국 대사관은 도대체 무슨 일을 하는지 모르겠다. 세계 어느 곳에 있는 한국인 누굴 잡고 물어봐라. 대사관에 대해 무슨 말을 하는지. 선진국으로 가려면 이런 일부터 신경을 써야 하는 것 아닌가? '일이고 공부고 다 집고 빨리 귀국해라.' 그 무렵 친하게 지냈던 프랑스 친구는 그런 통보를 받고 귀국한다고 했다. 자기 귀국한다고 인사를 하러 방에 한 번 찾아온 적이 있다.

― 야, 넌 좋겠다. 너희 나라가 널 그렇게 신경 쓰니 말이야.

파리 7대학인가 9대학인가를 졸업하고 유학 온 재원이었는데 상당히 미인이었다. 미국인 남자친구와 사귀고 있었는데 가끔 나와도 살을 섞었다. 그녀는 한국영화에 대단한 관심을 갖고 있었다. 때로는 이렇게 전혀 뜻밖의 이유로 서양의 미녀와 친해질 수도 있는 것이다. 몇 가지 짐을 맡아달라고 했다. 언제 돌아올지 모르니 방을 완전히 뺐다고 했다. 그게 뭔 어려운 일이라고, 나는 걱정 말라고 그녀를 안심시켰다. 빨리 돌아오라는 말도 했던 것 같다. 아무튼 그날 밤 우리는 당분간 보지 못한다는 아쉬움을 안은 채 그날 밤 잠자리를 함께 했다. 그녀는 침대 위에서 늘 적극적이고 개방적이었다. 또한 알아서 피임을 하는지라 그녀와의 섹스에선 콘돔이 따로 필요하지 않았다.

그렇게 뒤숭숭하게 3월이 지나고 4월이 왔다. 그날 아침도 여느 때와 마찬가지로 컴퓨터를 켜고 인터넷에 연결했다. 한국의 한 포털사이트 검색어에 '장국영'이라는 이름이 올라와 있었다. 문득 궁금하기도 하고 뭔 일이 있나 싶어 클릭을 했는데, 그의 자살소식이었다. "오, 이럴 수가!" 갑자기 가슴 한 구석이 뻥하게 뚫리는 기분이었다. 하필 그날은 4월 1일, 만우절이었다. 만우절의 거짓말처럼 믿기지 않는 일이었다. 많은 사람들이 그의 자살소식을 듣고 허탈감에 빠졌다. 한 시절을 풍미했던 빅스타 장국영, 부와 인기도 다 소용없던 모양이었다. 무엇이 그를 그런 극단적인 상황까지 몰고 갔을까. 생각할수록 안타까웠다. 그의 영화와 노래를 좋아했던 옛 시절이 떠오르면서 가슴이 싸했다. 그런 것인가 보다. 대중들에게 스타라는 존재는.

- 욱이, 들었나 국영이형이 죽었다는군.

민규형의 전화였다. 그 역시 마음이 심란한 모양이었다.

- 그러게요. 아니 뭐가 부족해서 그랬을까, 이해가 안되네요.

- 가뜩이나 사스로 분위기 엉망인데, 침통하구만 이거.

한동안 모이면 장국영 얘기를 했다. 장국영에 대한 추억이 각자 조금씩 달랐지만 다들 그와 함께 공유했던 추억이 있었다. 허, 국적도 다른 한 영화배우가 이런 상실감을 안겨주다니, 한편으론 사람의 심리가 참 희한하다는 생각이 들었다. 사스와 장국영의 죽음을 통해 나는 심리학 공부를 제대로 한다고 생각했었다.

겨울을 통과하며 이제 겨우 마음의 중심을 찾았나 싶었더니만 사스와 장국영의 죽음이 또다시 심리적 압박을 가하는 형국이었다. '에라, 그래 나도 모르겠다.' 나는 사스와 장국영의 자살을 핑계 삼아 한동안 또 널브러져 책과 멀어지며 실컷 감상에 젖었다. 돌아보니 유학생활은 참으로 감상에 빠지기 쉬운 생활이다. 집을 떠나 있다는 점에서 일단 객수가 만들어지고 자연스레 외로움의 감정에 젖게 된다. 거기에 당장의 어떤 특정한 의무도, 간섭도 없는 자유로운 시간들이 이어진다. 아

무리 활달하고 사람 사귀기 좋아하고 호기심 왕성한 사람이라도, 혹은
혼자 잘 놀고 낙천적인 사람이라도 장기간 외국 나가 살아보라. 수시
로, 그리고 정말 대책 없이 감상에 빠져드는 당신을 발견하게 될 테니.

　혼자서 밥 먹기가 쉽지 않았는지 민규형이 집에서 나왔다. 자기가 말
해놓고 갑자기 입장을 바꾸는 것이 머쓱했는지 마스크를 하나씩 돌렸
다. 한국에서 공수된 마스크였다. 그 즈음 근처 상하이의 약국에서는
마스크가 동이나 살래야 살 수가 없었다. 발 빠른 민규형은 집에 연락
해 소포를 통해 마스크를 확보해 놓은 것이리라.

　- 다들 외출할 때 마스크를 끼고 다니는 것이 좋겠네.

　어쨌든 덕분에 마스크 하나를 얻었다. 아닌게 아니라 사람들은 다들
마스크를 끼고 다녔다. 하도 마스크 낀 사람들이 많아서 그것이 무슨
새롭게 유행하는 패션처럼 느껴지기도 했다. 어쨌든 나도 종종 마스크
를 하고 다녔는데, 초등학교 때 감기에 걸려 엄마가 사다준 마스크를
껴본 이후 처음 같았다. 갑자기 엄마 생각이 났다.

　사스를 두고 21세기 흑사병이다, 라는 표현이 있었다. 그만큼 확산
이 빠르고 광범위했으며 일단 감염되면 거의 속수무책이었다. 사스의
타격을 최소화시키고 어떻게든 막아보려는 중국정부의 노력은 눈물겨
울 정도였다. 첨단을 달린다는 현대의학도 우왕좌왕 어쩌지 못하는 모
습은 사람들에게 커다란 공포를 안겨주었다. 발병원인과 지역에 대해
서도 의견이 분분했다. 어쩌면 사스는 우리 인류에게 던진 경고의 메
시지였는지도 모른다. 어쨌든 더 이상의 확산을 바라지 않는 수많은
사람들의 염원이 통했는지, 아니면 조금씩 날씨가 더워지면서 병원균
이 저절로 사멸되었는지 그 괴질은 점차 수그러지기 시작했다. 사람들

은 무슨 큰 전쟁에서 이긴 양 흥분을 감추지 못했다. 다행이었을까? 물론 다행이었다.

7.

여름이 시작되었다. 상하이에서 보내는 세 번째 여름이었다. 아, 지독한 날씨, 사스로 엉망진창이던 봄을 건너자, 이번엔 폭염이 기다리고 있었다. 그러나 더 이상의 핑계는 내 스스로 용납할 수 없었다. 어쨌거나 이젠 나도 본격적으로 논문에 매진할 시기라고 스스로 못 박았다. 온갖 감상에 빠져 허우적거렸던 지난 1년, 그거면 충분했다.

－석현이형, 논문은 잘 되가? 진도 얼마나 나갔어?

하루의 대부분을 도서관에서 보내는 석현형을 찾았다. 얼굴이 창백했다.

－그냥 하는 거지 뭐, 그나저나 지도교수랑 코드가 안 맞아 죽겠다.

－아니 왜?

－자꾸 태클을 거네, 네가 그걸 할 수 있겠냐 그런 투야.

－이런, 지는 뭘 얼마나 안다고 그런 말을 해. 형, 그냥 밀고 나가, 그렇다고 지금 와서 주제를 바꿀 거야 어쩔 거야.

이미 한국에서 주제를 정해가지고 온 석현형은 가끔 지도교수와 대립각을 세웠다. 석현형의 엄살이 원래 좀 심하기도 했지만, 석현형의 지도교수는 다소 깐깐하고 오만했다. 한참 유명세를 키워가는 중견학자의 전형적인 모습이랄까.

- 참, 요즘 민규형 보니? 요즘 아예 잠적 분위기더라. 그 양반은 말로
  는 벌써 다 썼지 썼어.
- 민규형? 그러게 요즘 잠잠하네.

석사시절과 같은 지도교수 밑에서 비슷한 주제로 박사논문을 준비하
면서 우리에 비해 한결 수월한 환경에서 논문을 쓰는 민규형이었지만,
그는 늘 조급해했다. 아마도 나이가 주는 압박감도 컸으리라. 그즈음,
거의 연락을 끊고 두문불출하며 집에서 논문만 쓰는 모양이었다. 그
밖에도 여러 동기들이 있었지만 그즈음에는 거의 교류가 없었다. 다들
각자 생각과 계획이 있겠지, 누가 누굴 걱정해주고 신경써줄 상황도 아
니었다.

중국은 우리와 다르게 석·박사 과정을 모두 3년으로 규정하고 있었
다. 한국에서도 이미 그 사실을 알고 있었다. 석사야 충분한 시간일 수
있지만, 박사과정은 사정이 좀 다르다. 어쨌든 나는 그런 제도를 장점
으로 보았고 연장 없이 3년 안에 졸업하겠다, 라는 목표를 세웠던 터였
다. 그리고 이제 본격적으로 작업에 들어가야 할 시점이었다. 급한 마
음이 들긴 했지만 시간적으로는 아직 충분하다고 생각했기 때문에 그
리 크게 걱정하진 않았다. 일단 여름방학 귀국을 취소했다. 한국에 들
어가 봐야 딱히 할 일이 있는 것도 아니고 마음만 심란해질 것 같았다.
하루 일과에 대한 계획을 세웠다. 일어나서 점심때까지는 집에서 공부
를 하고, 점심 먹고는 학교 도서관에 가기로 했다. 가장 느슨해지기 쉬
운 오후 시간에 집에 있으면 그대로 늘어지겠다 싶은 마음에서였다.
또 주위에서 열심히 공부하는 학생들의 모습에서 자극을 좀 받자, 라는
생각도 있었다. 상하이의 여름은 정말 지독하게 더웠다. 방에서는 거

의 24시간 에어컨을 틀었다.

아침에 일어나면 시장통에 가서 간단한 중국식 계란빵으로 아침을 때우고, 집으로 돌아와 관련 자료를 통독했다. 지난 1년간 모은 자료가 이미 상당했다. 특히 내 논문에 직접적이고 적극적으로 활용이 될 만한 책들을 여러 권 확보한 상태라 한편으론 마음이 든든했다. 중요한 내용들을 체크해 가면서 천천히 논문의 틀과 구체적인 체계를 세워 살을 붙여나갔다. 점심은 대개 시켜서 먹었다. 주로 한국음식을 먹었는데, 이를테면 비빔밥, 불고기 덮밥, 된장찌개, 순두부찌개 등등을 많이 먹었다. 두세 군데 단골 식당이 있었다. 가끔은 일본식당에서도 시켜 먹었는데 특히 돈가스 덮밥과 규동이 맛있었다. 점심을 먹고 잠시 쉬었다가는 자전거를 타고 학교 도서관으로 향했다. 뜨거운 햇살에 살이 다 익을 정도였다. 그래서 중국 사람들은, 특히 여자들은 자전거를 탈 때 팔을 가리는 천을 대고 다녔다. 자전거가 워낙에 대중적인 교통 수단이다 보니 상황에 맞게 여러 가지 물품들이 있었다. 도서관은 늘 학생들로 만원이었다. 방학인데도 불구하고 다들 열심이었다. 3층에 따로 대학원생 및 교수 열람실이 있었다. 다른 열람실에 비해서는 한결 한적했다. 도서관에서는 겨우 덥지 않을 만큼만 에어컨을 틀었다. 공부를 하다가 지겨워지거나 집중력이 떨어질 때면 서가를 돌면서 관심 가는 책을 빼다가 읽었다. 예컨대 무협소설의 대가 김용 소설에 대한 평론집이나 영화에 관련된 책 등 재밌는 책들이 많았다. 물론 막힘 없이 모든 내용을 이해하는 건 아니었지만, 머리 식히기엔 안성맞춤이었다. 저녁때가 되면 역시 그 열람실에서 공부를 하는 석현형과 진수 등과 함께 저녁을 먹었다. 한국식당에 가서 찌개 종류나 삼겹살을 구워먹을 때도 있었고, 중국식당에서 이런저런 음식을 먹을 때도 있었다. 외국에서 오래 살다 보면 입맛에 잘 맞는 음식도 생기는 법이다. 재밌는 건 우리 한국인이 좋아하는 중국 음식들이 대개 비슷하다는 건데, 예컨대 닭고기와 땅콩을 같이 볶은 요리, 돼지고기를 얇게 채를 써서 볶은 요리, 그리고 샤브샤브 같은 요리들이 우리가 좋아하는 요리였다.

저녁 이후의 시간은 그날그날 달랐다. 계속 도서관에 남아 늦게까지 공부를 할 때도 있었고, 진수와 수영장이나 탁구장에 갈 때도 있었으며, 여자를 만날 때도 있었다. 그 즈음부터는 내 중국 동기들과도 자주 만나 논문에 관한 얘기 등을 나눌 때도 많았다. 같은 기숙사에 사는 세 명의 중국 동기들도 자신들의 논문에 박차를 가하고 있었다. 셋 모두 결혼을 했는데, 그중 한 명은 캠퍼스 커플로, 남편도 컴퓨터 관련 학과의 박사생이었다. 이 친구하고도 자연스레 친해졌다. 가끔 그 기숙사에서 모여서 저녁도 같이 먹고 맥주도 한 잔씩 기울이고 했다. 그날도 저녁 무렵 집에 돌아가다가 동기들 기숙사에 잠시 들렀다.

- 어서 와, 저녁은 먹었어?

훙옌이 문을 열면서 물었다.

- 응, 먹었지. 지나가다가 잠깐 들렀어.

- 도서관에서 오는 길이니?

위린도 자기 방에서 나오면서 반갑게 맞아 주었다. 차를 내주었다. 중국 사람들은 더운 여름에도 뜨거운 차를 마셨다. 졸업 때까지 적응이 안 되는 대표적인 중국문화 중의 하나였다.

- 샤오원은?

- 응, 샤오윈은 볼일이 있어 잠깐 나갔어.

- 방학인데 집에 한국 안 들어가?

위린이 물었다.

- 에이, 집은 뭘, 공부해야지, 집에 가면 뭐 별거 있나? 어때 요즘, 공부는 잘 돼 가?

- 마음처럼 안 되서 걱정이지, 올 여름 너무 덥잖아.

기숙사엔 에어컨이 없었다. 그나마 대학원생들을 위해 새로 지은 기숙사인데도 말이다. 날씨는 덥고 논문은 생각처럼 진행되지 않고, 그녀들도 심리적인 압박이 큰 모양이었다. 위린은 오늘도 지도교수님과 자신의 논문 주제에 대해 전화로 의논을 한 모양이었다.

- 정욱이 넌 참 대단한 거 같아, 우리는 외국유학, 겁나서 못할 거 같은데.

홍엔이 말했다.

- 대단하긴 뭐, 하면 다 하는거지, 그나저나 앞으로 열심히 해야지 한동안 놀았더니 정신이 없어, 참 남편은 오늘 없네?

- 응, 오늘은 연구실에서 늦게까지 실험할 게 있대.

평온한 날들이었다. 어찌 보면 너무 변화가 없어 단조로울 만큼. 그렇게 반복적인 생활이 한 달쯤 지속되었다. 어느 날 저녁, 단골 서점에 들렀다가 스즈키와 마주쳤다. 반가웠다. 기숙사 살 때는 친하게 지냈지만 밖으로 이사를 한 뒤로는 가끔 마주친 게 고작이었다.

- 야, 스즈키 오랜만이네. 어떻게 지내냐 요즘?

- 오 리상, 나야 뭐 그냥 그렇게 지내지 뭐. 참 논문은 잘돼 가고?

- 야, 갑갑해 미치겠다. 날은 덥구.

- 나 며칠 뒤에 귀국해. 책이나 좀 더 사려구.

- 오, 벌써 그렇게 됐나? 야 그럼 언제 술 한잔 해야지. 야, 이렇게 아
니라, 저녁은 먹었지? 가자, 가서 술 한잔 하자.

그렇게 스즈키와 나는 근처 술집에 들어갔다. 한 잔 두 잔 기울이며
각자가 보낸 2년여의 시간을 추억했다. 어느새 2년이 흘렀는지 스즈키
도 나도 시간의 빠름을 재차 얘기했다.

- 야, 스즈키, 넌 이제 돌아가면 어떻게 되는 거냐? 바로 논문 쓸거
니?

- 아냐, 논문은 아직 멀었어. 계속 공부해야지.

- 답답하지 않냐? 빨리 졸업을 해야 뭐를 해도 할 거 아니겠냐?

그러나 일본의 상황은 우리랑은 좀 달랐다. 게다가 동경대학의 파워
는 역시 있는 모양이었다. 큰 걱정은 안 한다는 스즈키가 부러웠다. 잘
돌아가라고, 돌아가서도 자주 연락하자는 말을 하며 스즈키와 헤어졌
다.

단조로운 생활과 뜨거운 날씨 속에서 나는 조금씩 지쳐갔다. 논문이
조금씩 진척을 보였지만, 기계가 아닌 이상 하루 종일 그것만 붙들고
있을 수는 없었다. 더운 날씨에 입맛도 없었다. 그날따라 뭔가 색다른
걸 먹고 싶었다. 매일 그 나물에 그 밥, 여름이다 보니 냉면도 많이 먹
었지만 맛이 늘 거기서 거기였다. 하루는 점심때쯤 진수가 놀러왔다.
무료한 일상에 대한 답답함을 토로하던 중이었다.

- 진수야, 매콤한 막국수 먹고 싶지 않냐? 오늘따라 그게 먹고 싶네.
어떻게 방법이 없을까?

- 그러게요. 형, 그렇다고 막국수 먹자고 한국에 들어갈 수도 없구.

- 넌 한번 한국에 갔다 오지 그러냐? 시간도 널널한데.

- 에이 형, 한국 들어가서 뭐해요? 기다려주는 애인이 있는 것도 아니고.

- 가서 만들어 임마, 그런 재미라도 있어야지.

- 그랬다가 형처럼 되라구? 참 형, 오늘 말이 나왔으니 말인데 이따 저녁에 헌팅 한번 나갈까?

- 그 새끼 거참, 그 얘긴 왜 또 꺼내냐? 헌팅? 댓츠 굿 아이디어, 나쁘지 않아. 근데 진수야, 그 전에 점심으로 막국수 한번 만들어 먹을까?

여자보다는 막국수가 급했다. 매콤한 막국수 한 그릇이면 사라진 입맛이 싹 돌아올 거 같았다. 그렇다면 진수를 꼬드겨 볼 수밖에.

- 오 예, 그럽시다. 형, 형이 먹고 싶다는데 까짓거.

진수와 나는 인터넷에서 막국수 요리법을 찾았다. 참 편리한 세상이었다. 클릭 몇 번으로 자세한 요리법을 알 수 있으니 말이다. 그리고 거기서 알려 준 대로 대충 비슷한 재료를 준비해서 만들어 먹었다. 허, 한마디로 꿀맛이었다. 우리는 먹으면서 서로 감탄했다. 왜 진즉에 이렇게 만들어 먹지 않았을까.

- 이야! 그래 이 맛이야, 이 맛. 죽인다. 진수야.

- 형, 내일은 우리 집에서 먹읍시다. 석현형도 부르고.

- 오케이, 그 양반도 환장할거다. 민규형도 부르도 승현이도 부르지 뭐.

- 석현형과 승현형은 부르는데 민규형은 쫌.

- 왜 임마, 그래도 큰 형님인데, 그러면 쓰나.

상하이를 추억하는 밤 121

민규형은 인심을 잃어가고 있었다. 나이 차가 워낙 나니까 모두들 예의상 어쩔 수 없이 대우는 해주고 있었으나, 민규형의 이기적인 행동에 다들 조금씩 머리를 젓고 있었다. 아무튼 이후 며칠 동안 우리들은 그 막국수를 같이 만들어 먹었고, 모두들 아주 만족스러워 했다. 나는 진수에게 즉흥적인 제안을 했다.

- 진수야, 우리 이걸로 장사 한번 해볼까?
- 장사요? 에이 형, 장사를 어떻게 해요. 우리가.
- 아니 왜 못해, 우리처럼 입맛을 잃어 색다른 맛을 찾는 우리 한국
  애들한테 서비스 차원에서 막국수를 먹여 주자고. 다들 좋아할 걸?
- 에이, 우리끼리 그냥 해 먹는 거하고 파는 거하고 같나?
- 아 새끼, 간은 조막만해가지고. 그럼 넌 빠져, 형 혼자 한다. 진수야
행동하는 지식인이 되어야 돼. 행동하는 지식인. 너 민규형이나 석현
이형 같은 사람은 어떤지 알지? 밤낮 입으로만 이런 사업하면 좋겠다.
저런 거 하면 대박날거야 하면서 같이 하자 어쩌구 하지만 백날 말만
앞서잖아. 그러면 쓰나, 행동에 나서야지. 그래 그럼 너는 그럼 고문해
라 맛 고문.

- 형, 왜 그래. 또, 발끈해가지고는. 아니, 할려면 또 형이랑 나랑 같
  이 해야지.

그렇게 해서 우리는 막국수 장사를 시작하게 됐다. 순전히 즉흥적인, 주먹구구식 장사였다. 중국에 잠깐이라도 살아 본 사람들은 알겠지만, 중국은 우리나 일본과 달라서 허점이 많다. 다시 말해 빈틈이 많다는 말이다. 그런 중국의 상황을 잘 이해하고 짱구만 잘 굴리면 돈벌이 될 만한 것은 수없이 많다. 적어도 나는 그렇게 생각한다. 그러나 문제는

중국의 상황을 잘 모르는 많은 한국 사장님들이 무작정 중국에만 가면 돈을 벌거라고 생각하는데 있다. 그들의 대개는 본전도 못 찾고 중국을 뜬다. 지피지기가 우선이다. 어쨌든 그렇게 장사를 결심한 진수와 나는 우선 방을 하나 빌리고 조선족 주방장을 한 명 구했다. 단골 한국 식당에 가서 주방장에게 쓸 만한 주방장을 알아보라고 했다. 두세 명의 주방장이 하겠다고 찾아왔다. 그중의 한 명을 쓰기로 했다. 내내 단골 식당 주방장의 동생이었다. 이름이 미란(美蘭)이었는데 고향인 연길(延吉)를 떠나 언니, 남동생과 함께 상하이에 와서 식당 주방 일을 하고 있었다. 조카를 데리고 와서 살아도 되냐고 하길래 그러라고 했다. 미란과 진수와 함께 여러 마트를 돌며 적합한 재료를 샀다. 그리고 그날부터 맛을 연구했다. 어느 정도 자신이 생겼다. 이렇게 해서 미흡한 대로 준비가 완료됐다. 불과 일주일 만이었다. 우리는 몇 가지 우리만이 갖는 특징을 정했다. 첫째, 배달만 한다. 사실 그럴 수밖에 없는 것이 일반 가정집을 구해 음식을 만들었으니 사람을 받을래야 받을 수도 없었다. 둘째, 막국수 하나만 전문적으로 한다. 전문성을 확보하는 게 관건이었다. 셋째, 새벽까지 한다. 근처 한국식당들은 대개 12시 이전에 문을 닫기 때문에 충분한 경쟁력이 있다고 판단했다. 넷째, 하나만 시켜도 배달 간다. 중국은 우리처럼 야식류의 배달문화가 발달하지 않았기 때문에 대개 하나를 배달시키기가 껄끄러웠다. 그 점을 주목했다. 우리 자신이 유학생이었기 때문에 누구보다 유학생들의 상황과 심리를 잘 파악하고 있었다. 자 이런 우리만의 특색을 가지고 장사를 시작했다. 이제 배달원을 구해야 했다. 중국 대학생 5명을 확보했다. 평소 그들이 아르바이트를 해서 받는 액수보다 조금 더 주기로 했다. 다

상하이를 추억하는 밤 123

만 한 가지 아쉬운 건 오토바이를 구하지 못한 점이었다. 오토바이를 사기엔 비용이 부담스러웠다. 배달은 무엇보다 기동성이 중요한데, 이 점이 가장 취약점이긴 했다. 어쩔 수 없었다. 그래서 대신 자전거를 빨리 탄다는 학생으로 뽑았다. 다음엔 광고였다. 온오프라인 두 방법을 모두 사용했다. 인터넷 카페에 소개하고 간단한 팸플릿을 만들어 학교 주위에 뿌렸다. 이제 주문만 받으면 된다. 가슴이 두근두근 뛰었다. 아니 내가 중국에 와서 장사를 하게 될 줄이야. 그래도 새로운 활력이 생기고 짜릿한 긴장감이 있었다. 물론 그 과정에 문제가 없었던 건 아니다. 이런저런 부분에 있어 진수와 의견 차이가 있었지만 적당한 선에서 조율했다. 어쨌든 진수와 내가 반반 투자를 했는데, 당시 우리가 갖고 있는 생활비의 일부를 투자한 셈이었고, 그 액수는 그리 크지 않았다.

결과는 어땠을까, 초반엔 선풍적인 인기였다. 처음엔 호기심으로 많이들 시켰을 것이다. 맛있다는 반응이 많았다. 새벽에 나가는 양도 많았다. 진수와 나는 우리의 예상이 적중한 것에 대해 쾌재를 불렀다. 첫 달엔 우리가 예상했던 것보다 더 많은 수익이 생겼다. 음식을 만드는 미란에게도 또 배달을 다니는 학생들에게도 조금씩 더 돈을 얹어 주었다.

- 형, 이거 짭짤한데요. 기왕에 시작한 거 더 크게 확장해 볼까?
- 욕심 부리지 마라, 진수야, 우리가 여기 장사하려고 왔냐, 이만하면 됐지.
- 형, 오늘은 시내로 한번 뜹시다. 가서 재미 좀 보자구.

재미도 있었고 무료한 유학생활에 신선한 활력이 된 것이 무엇보다 좋았다. 그리고 미란이와 조카, 그리고 배달하는 학생들까지 한 식구처럼 지내다 보니까 정도 쌓였다. 밥도 같이 만들어 먹으니 혼자 먹을 때에 비해 편하고 좋았다. 미란의 음식솜씨가 좋았다. 사장 소리를 듣는 것도 나쁘지 않았다. 중국 동기들, 한국 동기들에게 먹어보라고 선심을 많이 썼다. 석현형과 민규형은 처음엔 나와 진수가 하는 것이란 걸 몰랐다. 알고 나서는 부러워하는 눈치였다. 그러다 졸업 못하는 거 아니냐는 소리를 하기도 했지만. 장사를 하며 새롭게 알게 되는 사람들도 많았다. 어쨌든 이 즉흥적인 장사는 지루한 유학생활 중에서 새로운 경험이라는 점에서 적지 않은 의미가 있었다. 수시로 신경 써야 할 부분이 많았으므로 생각하기에 따라서는 공부에 방해가 된다고 볼 수도 있겠지만, 반대로 얻는 활력과 재미가 적지 않았다. 오히려 그런 것이 답답하고 무료한 유학생활에 도움이 된 점도 많았다.

그러나 우리의 장사는 곧바로 문제점을 드러냈다. 예상했던, 그리고 예상하지 못했던 문제들이 하나둘 터져 나오기 시작했다. 먼저 날씨가 서늘해지자 막국수의 판매량이 갑자기 줄었다. 이건 예상했던 문제였다. 우리는 메뉴를 늘렸다. 칼국수와 수제비, 김밥과 떡볶이까지. 두 번째 배달하는 학생들이 하나둘 그만두기 시작했다. 너무 힘들다고. 학교수업을 병행해야 하는 형편이라 체력적으로 많이 힘든 모양이었다. 그래서 이번엔 하루 종일 일할 수 있는 인력을 구하기로 했다. 근처 인력시장에 연락했다. 지방에서 올라온 수많은 사람들이 있었다. 말 그대로 돈을 벌기 위해 무작정 대도시로 몰려든 인력이었다. 18살쯤 되는 젊은 친구 둘을 쓰기로 했다. 그들은 자전거도 없었다. 해서 자전거 두 대를 새로 사주었다. 근처 지리를 잘 몰라 처음에 적응하는 데 시간이 좀 걸렸다. 좀 더 심각한 문제는 진수가 더 이상 못하겠다는 의사를 밝힌 것이었다. 종종 의견 차가 있었는데 그것보다는 여러 가지 문제들로 인해 심리적으로 부담이 된다는 말이었다. 몇 번 설득을 했지만 어쩔 수 없었다. 그냥 이쯤에서 접을까도 했지만 오기가 생겼다. 그래서 그때부턴 내가 모든 걸 맡았다. 계속 메뉴를 늘리고 지속적으로 홍보를 했음에도 불구하고 매상은 계속 줄었다. 국수류는 신속 정확이 생명인지라 좀 멀리서 배달을 시킨 경우, 가는 도중에 이미 불게 되는 문제가 있었다. 못 먹겠다고 되돌려 보낸 적도 여러 번이었다. 그렇다고 손해를 보는 정도는 아니었다.

배달원이 말도 없이 사준 자전거를 타고 사라져 버린 적이 몇 번 있었고, 심지어는 얼마 되지도 않는 돈이지만 외상을 자기가 임의로 받아 가지고 도망가는 경우도 있었다. 가족처럼 여기고 잘 해준다고 했는데 그런 일이 벌어지니 회의가 생겼다. 음식을 주문했던 한국학생들의 항의 전화도 종종 있었다. 배달원의 태도가 너무 딱딱하다는 것이었다. 나는 배달하는 친구들에게 좀 더 친절하고 상냥하게 보이라고 계속해서 주문했다. 그런 사소한 문제보다 훨씬 심각한 경우도 많았는데, 한 번은 이런 일이 있었다. 이웃집 신고로 갑자기 경찰이 들이닥쳐 미란과 배달원을 위압적으로 몰아댄 일이었다. 물론 이런 일을 대비해 평소에 미란과 배달원에게 적당히 둘러대라고 몇 번이고 말했었다. 소용없는 일이었다. 잔뜩 겁먹은 그 어린 친구들은 한국인 사장이 시킨 일이라고 경찰에게 말한 모양이었다. 잔뜩 긴장한 미란이 집으로 전화를 했다. 집에서 텔레비전을 보고 있던 나는 그 얘기를 듣고 화가 머리끝까지 났다. 일단 미란을 안심시킨 후 가게로 갔다. 경찰은 자리를 뜨고 없었다. 내일 다시 오겠다며 돌아갔다는 것이었다. 배달원들을 보니 잔뜩 주눅이 든 모습이었다. 순간 애처로운 생각이 들었다.

- 겁먹을 거 없어. 너희가 뭐 잘못한 거 있냐. 걱정하지 마, 뭐라든 개네들이?

- 신분증 내놓으래요. 이거 불법이라고 각오하래요.

- 이런 씨발! 됐어. 걱정하지 마, 내가 해결할거니까. 그리고 내 그렇게 말했거늘 그거 하나 제대로 못하니?

미란은 미안해 몸 둘 바를 몰라 하고 있었다.

- 제가 말하지 말라고 했는데……

- 에이, 야야 됐어. 괜찮아. 별일 없을 거야. 그건 그렇고 오늘은 몇 개나 나갔어?

- 점심에 세 그릇 나가고 아직 없어요.

- 야휴 이걸 그냥 접고 말어?

나는 경찰 쪽에서 일하는 중국인 친구를 찾아 이 상황을 설명하고 도움을 청했다. 역시 예상했던 대로 그 친구는 별일 아니라며 자기한테 맡기라고 말했다. 나는 담뱃값이라도 건네라고 얼마를 친구에게 전해주었다. 과연 그 후론 아무 일도 없었다.

나는 마지막 보루로 생각하며 도시락 판매에 올인했다. 도시락은 내가 좋아하는 메뉴이기도 했다. 분명히 호응이 있을 거라고 생각했다. 사실 그때까지 계속 추가된 메뉴가 열 가지도 넘었지만, 아무리 메뉴를 늘려도 한 여름 막국수 판매량에 미치지 못했다. '매일 반찬을 바꿔가며 도시락을 팔자, 이게 마지막이다.' 도시락을 팔기 위해선 도시락 그릇이 따로 필요했다. 그릇 천 개를 샀다. 적지 않은 비용이었다. 기본 반찬과 메인반찬을 정해 요일마다 색다르게 만들었다. 홍보도 열심히 했다. 직접 전단지를 들고 나가 학교 앞에서 한국학생들과 중국학생들

에게 돌렸다. 지성이면 감천이라고 했다. 마지막이다 생각하고 열을
올렸던 회심의 도시락은 곧잘 팔려 나갔다. 유학생 카페에도 맛에 대
한 다양한 반응이 나왔다. 입소문이 빠르게 퍼졌다. 첫 달 막국수만큼
의 매상이었다. 민규형과 석현형도 도시락 단골이었다. 지인들에게는
종종 서비스로 떡볶이와 막국수 등을 보내주기도 했다. 이제 어느 정
도 자리가 잡히기 시작했다. 우리 가게의 대표 메뉴는 역시 막국수와
도시락이었다.

12월이 되었고 장사를 시작한 지 5개월이 되었다. 더불어 5학기가
지나가고 있었다. 물론 장사를 하는 동안에도 부지런히 논문을 준비했
다. 사장으로 장사에 대해 이런저런 신경을 쓰긴 했어도 이미 상당부
분을 미란이에게 위임하고 있었다. 나로서는 논문이 급한 시기였다.
2003년 12월, 어쨌든 나 역시 논문의 절반 이상을 써가고 있었다. 다음
해 3월이 예비답변, 5월이 최종답변이었다. 논문과 장사로 정신없이
바쁜 나날이었다. 종종 진수가 들렀다.

　- 형 참 대단해, 논문은 어떻게 돼 가?
　- 진수야, 형이 누누이 말했지? 연장은 없다. 그냥 밀고 가는 거지,
　　넌 형만 따라와.

나에게 그 장사경험은 앞서도 말했지만 새로운 활력이었다. 오히려
쓸데없는 감정의 소모를 줄여주는 생산적인 일이었다. 논문을 쓰다가
지치면 가게에 나와 기분전환을 하고 미란과 미란의 귀여운 7살짜리
조카, 그리고 종종 사고를 터트리는 애물단지이긴 하지만 그래도 정이
듬뿍 든 배달원 친구들과 얘기하며 같이 시간을 보냈다. 가게에 갈 때
는 이런저런 먹거리들을 많이 사들고 갔다. 장사가 되고 안 되고는 이

미 큰 문제가 아니었다.

드디어 새로운 한 해가 밝았다. 2004년 1월, 새해를 맞는 내 기분도 새로웠고 또 비장함도 있었다. 논문 예비 답변까지는 2개월 남짓이 남아 있었다. 내 논문도 상당히 진척되어 있었다. 방학이라 많은 유학생들이 귀국했고 그에 따라 가게의 매상도 급격히 줄었다. 설날이 다가오고 있었다. 중국에서 설날(春節)은 최대의 명절로 대대적인 연휴를 갖는다. 보통 일주일, 혹은 보름 이상씩 쉰다. 해외 화교까지를 포함하면 20억의 인구가 귀향을 위해 이동하는 명절, 중국 곳곳은 축제 분위기로 달아오르고 있었다. 미란이 고향에 다녀오겠다고 했다. 가면 언제 오냐고 했더니 가봐야 안다는 말을 했다. 배달하는 친구들도 마찬가지였다. 난감했다. 자, 그렇다면 이쯤에서 가게를 정리해야겠다고 생각했다. 나도 논문에 좀 더 몰두하기 위해 그게 낫겠다는 판단이 들었다. 고향에 돌아가는 미란과 배달원 친구들에게 선물이나 좀 사라고 얼마씩 쥐여 주었다. 그동안 고생했다는 말과 함께. 좋은 인연, 앞으로도 쭉 이어 나가자고 약속했다. 서운한 마음이 컸다. 그래도 고향 귀성을 앞둔 그들의 얼굴은 밝았다. 아쉬웠지만 홀가분했다.

8.

외국어로 글을 쓴다는 건 어려운 일이다. 단순히 말을 잘하는 것과는 차원이 다른 일이다. 내가 과연 내 생각을 외국어를 사용하여 논리적이고 매끄럽게 표현할 수 있을까. 그것도 그냥 레포트가 아닌 박사학위 논문을 과연 쓸 수 있을까. 많은 외국학생들이 일단 거기서 겁을 먹는다. 자신의 글이 과연 그 정도 수준에 도달할 수 있는가에 대한 불안함, 두려움이 수시로 밀려든다. 나 역시 그랬다. 그러나 어쩌겠는가, 겁이 나든 안 나든 모든 노력을 집중해 볼 수밖에. 중국에 유학 와서 그 시점까지 나는 몇 번의 글쓰기 경험을 거쳤다. 첫 번째는 입학시험이었다. 입학시험에서 필기시험은 공통시험과 선공시험 두 종류였는데, 모두 논술식이었다. 두 번째로는 학교 수업시간을 통한 글쓰기였는데, 수업시간 발표를 위해 준비한 글이 있었고 기말 레포트 쓰기가 있었다. 이를 통해 조금씩 중국어로 글쓰기가 손에 익었다. 세 번째는 종합 시험이었다. 특별한 범위도 없는 중국의 전통적인 문, 사, 철에 대한 포괄적 지식을 묻는 시험이었다. 서너 시간 동안 이루어진 글쓰기 시험이었다. 나는 이 시험에서 그날 시험에 참가한 유학생 중 1등을 했다. 네 번째는 학술논문을 써서 중국의 학술지에 기고한 경험이었다. 박사 논문을 쓰기 전에 중국 핵심잡지에 학술논문을 2편 이상 발표해야 한다는 규정이 있었다. 이 역시 굉장히 부담스러운 글쓰기였다. 어쨌든 이러한 글쓰기 과정을 거치면서 중국어를 사용한 나름대로의 글쓰기 감을 키웠다. 어느 정도 글쓰기에 대한 자신은 있었다.

- 석현이형, 어때? 몇만 자나 썼어?

중국 학위논문은 그 양에 있어 글자 수를 따졌는데, 박사학위 논문은 대략 8만자 이상이어야 한다는 게 중론이었다. 오랜만에 같이 점심을 먹으면서 내가 물었다.

- 몰라, 임마. 죽겠다. 아주.

석현형 역시 마음고생이 심한 모양이었다. 얼굴이 해쓱했다. 왜 아니겠는가. 그즈음 석현형도 거의 독자노선이었다. 일요일엔 빠지지 않고 성당에 가서 기도를 한다고 했다. 내가 수영과 섹스로 스트레스를 조절했다면, 석현형은 종교에 많이 기대는 눈치였다.

- 민규형은 어떨까? 벌써 다 해 놓지 않았을까?
- 그 양반은 아마 그럴지도 모르지.

그 즈음 민규형의 소식을 아는 사람이 없었다. 모든 연락을 끊고 칩거 중이었다. 그만큼 심적으로 부담을 많이 느끼는 모양이었다.

- 정욱아, 걱정이다. 지도교수는 자꾸 태클 걸고. 안 될 거 같은 불안 감이 자꾸 드네.
- 안 되긴 왜 안 돼, 하, 다 썼으면서 또 엄살이네 형. 소심하게 왜 그 래 또?
- 다 쓰긴 뭘 다 쓰냐, 큰일이야 지금.

석현형은 불안한 마음을 숨기지 않았다. 특히 지도교수와의 의견 차이에 대해 크게 걱정하고 있었다. 혹시나 그것이 불리하게 작용되지 않을까 하고. 그러나 석현형만큼 착실하고 우직하게 논문을 준비한 사람은 없었다. 나는 석현형이 무난하게 논문을 통과할거라고 생각하고 있었다.

다행히 나와 내 지도교수님과의 관계는 아주 좋았다. 나는 논문이 되는대로 그때그때 교수님 댁에 찾아가 의견을 구했다. 지도교수님은 나에 대해 늘 과분한 평가를 하셨다. 아마도 외국인 학생을 문하에 두신 게 내가 처음이었기 때문에 더 그러했던 것 같다. 또 당신의 책 한 권이 일찍이 한국에서 번역, 출판된 적이 있었기 때문에 한국과 한국인에 대해 호감을 많이 갖고 계신 듯했다. 교수님은 특히 나의 예의바름에 대해 칭찬을 많이 하셨다. 앞서도 말했듯이 나는 일이 있거나 의논 드릴 일이 있으면 직접 댁으로 찾아가 뵙고 말씀을 드렸다. 이미 정년 을 하신 터라 학교에 나오시는 일이 거의 없었기 때문에 댁으로 가는 것을 난 당연히 여겼다. 빈손으로 가기가 뭣해서 갈 때마다 과일을 약 간씩 사 가곤 했다. 방학 중 잠시 귀국할 때는 가기 전에, 그리고 다녀 와서 한번 찾아가 인사를 드렸다. 추석이나 설날 등의 명절이 되면 작 은 선물을 들고 찾아갔다. 난 그 정도는 당연한 것이라고 생각했다. 특 별할 게 없는 일이니까. 더 자주 찾아 봬야 한다고 생각했지만, 그러 지 못한 것은 순전히 내가 게을러서 그렇다고 스스로 생각하고 있었 다. 나는 체질적으로 누구에게 잘 보이기 위해 어떤 행동을 하거나 부 지런히 따라다니고 하는 타입이 아니었다. 그저 그 정도는 기본으로 해야 하는 일이라고 생각했고 또 순전히 자발적인 수준이었다. 그런데 교수님은 그런 나를 예의가 아주 바르다고 생각하신 것이었다. 내 중 국 동기들은 교수님과 상의할 일이 있으면 아주 자연스럽게 전화를 이 용했다. 논문이 힘들어서 못하겠다고 전화기를 들고 우는 동기의 모습 이 나에겐 아주 낯설게 느껴졌다. 그리고 보니 유학 초기시절 수업을 듣는 교실 안에서 벌어지는 낯선 풍경에 어이없던 일들도 더러 있었던 것 같다. 그것도 학부가 아닌 대학원 수업시간에 말이다. 도저히 스승 을 대하는 학생의 태도가 아닌 경우를 종종 발견하곤 했었다. 물론 중 국과 한국의 문화는 적지 않은 차이가 있다. 신중국 성립 이후, 특히 문 화대혁명을 거치면서 그런 분위기가 심화된 것 같다. 한국에 잠깐이라 도 다녀온 적이 있는 교수들은 모두들 한국엔 아직 '공맹(孔孟)'이 살아 있다고 놀라워한다. 어쨌든 나는 의도하지 않게 아주 예의바른 학생이 되어 적잖은 덕을 봤다. 그렇다고 논문을 쓰는데 직접적인 도움을 주신다거나 일일이 지도를 해주시는 건 물론 아니었다. '논문은 스스로 쓰는 거라네. 스스로가 최고라고 생각하라'며 큰 맥락에 대한 의견을 주실 뿐이었다. 그게 오히려 나에겐 맞는 방식 같았다.

세 명의 중국 동기 중 샤오원이 연장을 결정했다. 나머지 두 명 중 한 명도 논문이 잘 써지지 않는다며 상당히 힘들어 했다. 그랬을 것이다. 중국 학생들에게도 박사학위 논문을 쓰는 것은 결코 쉽지 않은 일이었을 것이다. 외국 학생들은 오죽 했겠는가. 민규형의 기이한 행동도, 석현형의 끝없는 푸념도 그런 맥락에서 충분히 이해할 만한 것이었다. 그 즈음 나의 하루 일과는 아주 단순했다. 거의 하루 종일 방에서 보냈다. 눈을 뜨면 바로 책상에 앉아 논문을 이어갔다. 간단히 나가서 아침을 때우고 들어와 다시 책상 앞에 앉았다. 점심은 거의 배달을 시켜 먹었고, 저녁은 나가서 사먹었다. 간간히 진수 정도와 같이 먹는 적이 있었지만 대부분 혼자서 먹는 경우가 많았다. 다시 들어와 자기 전까지 논문을 썼다. 그러다가 쓰러져 자는 식었다. 밤늦게까지 컴퓨터 앞에 앉아 타자를 치다보면 허기가 지기 마련이었다. 그러면 나가서 국수나 꼬치구이를 야식으로 사먹었다. 날짜, 요일 관념이 없어졌다. 을씨년스러운 날씨, 며칠씩 계속되는 비에도 아랑곳하지 않았다. 창문 뒤로 덧댄 비닐을 처리하는 게 귀찮아서 창문도 거의 열지 않았다. 그렇게 환기도 제대로 되지 않는 방 안은 담배연기로 완전히 너구리굴이었다. 그래도 매일매일 속도가 붙는 논문의 진행 상황을 보며 스스로 뿌듯해 했다. 하루에도 몇 번씩 논문의 글자 수를 확인했다. 사전이 너덜너덜해졌다. 수없이 펼쳐본 탓도 있지만 그보단 수시로 집어던진 탓이었다. 몸은 좀 말라갔지만 이 시기 나의 눈빛은 꽤나 형형했을 것이다.

한편, 주체할 수 없이 성적인 욕망이 치솟았다. 논문에 대한 압박이 커지면 커질수록, 곧 다가올 답변회로 긴장이 되면 될수록, 하루 종일 컴퓨터 앞에 앉아 글자를 두드리면서 힘이 쪽 빠지면 빠질수록 육욕은 더욱 거세어졌다. 이런저런 운동으로 그런 욕구를 덜어내 보려 했지만 별 소용이 없었다. 그렇다면 해결하고 갈 수밖에 없었다. 그런데 그 즈음엔 웨이웨이도 취업준비로 거의 학교에 없었고, 준꼬는 이미 귀국하고 없었다. 그렇다고 예전처럼 시내에 있는 바나 나이트클럽으로 헌팅을 나갈 마음의 여유도 없었다. 아는 여자들에게 전화를 돌려보지만 당장에 어떻게 할 수도 없는 상황이었다. 메이린의 도움도 한계가 있었다. 그러면 어떻게 했을까. 궁하면 통하는 법이다. 하루는 자주 가던 동네의 안마방 사장에게 그런 사정을 털어놓았다. 나와 비슷한 연배였는데 자주 다니면서 친구 비슷하게 지내던 터였다. 한참을 듣더니 자기가 도와줄 수 있다며 씩 웃음을 지었다. 중국에선 일단 친구가 되면 이해관계를 떠나 성립되는, 소위 의리의 강도가 강했다. 혜택이라고 하면 좀 우스운 표현이겠지만 그때 그 친구 덕을 톡톡히 봤다. 그러니까 그 친구는 다양한 부류의 여자들을 관리하고 있었는데, 안마 일을 하려는 여자들 외에도 남자들과의 조건 만남이나 데이트, 함께 여행하기 등등 다양한 대행 서비스를 해주고 돈을 버는 여자들도 많이 알고 있었다. 대도시 상하이인 만큼 충분히 그런 직업도 가능할 터였다. 주로 지방에서 무작정 상하이에 올라와 일을 구할 때까지 임시로 그 일을 하는 여자들이 많았다. 그 안마방 사장을 통해 많은 여자들을 소개받았다. 그중에는 이제 갓 스무 살이나 됐을까 싶은 어린 여자들도 있었다. 그때 정말 많은 여자들을 만났다. 중국의 땅덩어리가 정말 크긴 크구나 싶게 그녀들의 고향은 다양했고, 말투도 다 달랐다. 잠자리도 잠자리였지만 더불어서 그녀들과 밤늦도록 이런저런 얘기를 하는 재미도 쏠쏠했다. 그때쯤이면 나의 중국어 실력도 제법 훌륭해서 대화에 전혀 문제가 없었다. 그녀들은 대개 착하고 순진했다. 그리고 한마디로 사회적 약자였다. 각자의 다양하고 안타까운 사연들에 마음이 짠했고, 또한 소박하지만 절박한 그녀들의 꿈에 가슴이 아프기도 했다. 그중의 몇몇과는 연락처를 주고받으며 나중에 꼭 다시 만나자고 약속을 하기도 했다. '내가 지금 뭘 하는 건가'라는 자괴감이 들기도 했지만 '어쩔 수 없다. 이것도 외국생활을 견디고 논문을 쓰는 과정이다', 라고 마음먹었다. 하나만 더 부기하자. 아침에 돌아가는 그녀들에게 택시비를 건네주고 나서 멀어져 가는 그녀들을 볼 때 왜 그리 허망하고 쓸쓸하던지…

9.

전공별로 예비답변 날짜가 정해졌다. 나는 발표회를 며칠 앞두고 다시 한번 지도교수님을 찾아 논문의 체제와 내용에 대해 최종점검을 받았다. 예비답변의 경우는 지도교수에 따라 요구하는 정도가 조금씩 달랐다. 예비답변에 제출되는 논문이 아예 완정한 논문이길 요구하는 교수도 있었고 아직 시간적 여유를 두는 교수도 있었다. 내 지도교수님은 후자의 경우였다. 지도교수님을 제외한 세 분의 전공교수가 예비답변 위원회를 구성했다. 같은 전공을 하는 많은 대학원생들이 답변회장을 채웠다. 홍엔도 위린도 긴장한 기색이 역력했다. 나는 애써 긴장감을 누르고 내 논문에 대해 소개했다. 논문의 독창성과 그를 뒷받침하는 근거들을 분명히 밝히는데 주력했다. 또한 아직 미진한 부분은 남은 시간을 이용해 확실히 매듭짓겠다는 의지를 보였다. 예상외로 긍정적인 평가가 많았다. 분명 허점이 많았는데도 불구하고 그런 평가를 해준 여러 교수들이 고마웠다. 물론 부분적인 문제 지적은 여러 가지가 있었고, 그로 인해 일정부분 체제상의 수정이 불가피해졌다. 그 정도는 이미 예상하고 있었다. 홍엔과 위린도 큰 무리 없이 예비답변을 마쳤다. 한 고비를 넘겼다. 그날 저녁을 함께 먹었다.

- 한숨 돌렸다. 이제 밀고 나가면 되겠지?

내가 약간 흥분해서 말했다.

- 이제부터 시작일거야. 정말 조마조마해서 미치겠어.

평소에도 감정기복이 좀 있는 편이었던 위린은 지난 몇 달간 신경이 많이 쇠약해진 것 같았다.

- 잘 되겠지. 우리 모두 파이팅하자.

홍엔은 가장 나이가 어렸지만 제일 의젓했다.

- 그래 우리 꼭 같이 졸업하자.

우리는 같이 다짐했다. 그로부터 약 한 달간 나의 생활은 논문으로 시작해서 논문으로 끝나는 나날이었다. 남은 내용을 써 나가고, 다시 고치고 고치기를 반복했다. 고통스러웠다. 지도교수님을 몇 번이고 찾아갔는데, 교수님은 서론과 결론 부분의 문장을 좀 더 매끄럽게 다듬어야 한다는 지적을 해 주셨다. 그뿐이었다. 따로 새로운 지적도 주문도 없었다. 지난 몇 달이 내 생각과 논리를 글로 옮기는 데에 주력했던 시간이었다면, 마지막 이십여 일간은 문법적으로 틀린 문장이 없는가와 문맥이 매끄러운가를 최종적으로 점검한 시간이었다. 사람들의 마음을 간질이는 강남의 봄도 나와는 무관했다. 창문 넘어 목련과 라일락이 피고 지는 것만을 안타깝게 바라봤을 뿐이다. '내가 할 것은 다했다. 부족하더라도 어쩔 수 없다. 여기까지다.' 마침내 나는 완료를 선언했다. 논문을 디스켓에 담아 근처 인쇄소에 건넸다. 그 곳에는 수많은 논문이 출력과 제본을 기다리고 있었다. 논문을 완성했다고 모든 과정이 끝난 것이 아니었다. 제출해야 할 서류는 왜 그렇게 많은 건지, 미칠 지경이었다. 서류 제출을 위해 홍엔과 위린과 같이 움직였다. 한 학기 연장을 선언한 샤오원은 그 무렵 학교에 나오지 않았다. 홍엔과 위린도 극도록 예민한 모습을 보였다. 특히 위린은 극심한 감정 기복으로 위험해 보이기까지 했다. 어떤 날은 방문을 잠그고 펑펑 울기도 한다는 얘기를 홍엔으로부터 들었다. '위린, 조금만 더 힘내자.' 나는 마음속으로 응원을 보냈다.

드디어 논문이 제본되어 나왔다. 찾아가라는 인쇄소의 전화를 받고 나는 애마 상하이표 자전거를 타고 한걸음에 달려갔다. 감개무량했다. 80권을 한 번에 다 찾아올 수가 없어 우선 일부만 가방에 담아가지고 자전거에 실었다. 비가 내리고 있었다. 지긋지긋하게만 느껴지던 그 비가 왜 그렇게 상쾌하게 느껴지던지. 자전거를 타고 집으로 돌아가면서 나는 노래를 불렀다. '그래, 이런 날이 올 줄 알았어!' 나는 진수를 불러냈다. 그날 저녁 진수와 나는 불고기로 푸짐하게 저녁을 먹었다. 그간 논문 쓴다고 진수랑도 밥 한 끼 편히 먹지 못했던 터였다.

- 형, 드디어 완성한거야? 야, 정말 부럽다.

- 부럽긴 뭘 부러워 임마, 너도 내년이면 할 건데, 진수야 오늘 간만에 수영 좀 하자.

- 좋지, 그리고 수영 갔다가 헌팅 한번 합시다. 형.

- 왜, 오늘 여자가 땡겨? 말 나온 김에 좀 묻자. 너 요즘 말밥은 제대로 좀 주냐? 맨날 비 오고 우중충해서 여자 생각이 더 간절할 것 같은데.

- 그러게 형이 맨날 바쁘다고 그래서 같이 작업할 사람도 없고, 요즘 맨날 굶고 지냈다구.

- 야, 넌 임마, 형 없다고 여자 하나 못 구하냐? 난 작년에 잘 나갔어. 너 지난번 내가 소개해 준 메에지아, 걔 하곤 좀 보냐? 걔 은근히 죽이는데.

- 메이지아? 아 그 기집애? 그때 한번 그러고는 끝이야. 전화도 안 받구.

- 아, 진짜 깝깝한 청춘이시네, 마, 너는 줘도 못 먹냐? 아예 떠 먹여 주리? 알았어, 알았으니까. 오늘 확실히 한번 챙기자구. 형이 없다고 그거 하나 못 하냐?

그 날은 나도 기분이 업 되서 진수와 함께 밤늦도록 여기저기를 돌아다녔다. 석현형은 아직 한창 마무리 작업 중인 듯 했고, 민규형은 아예 연락이 안 되서 소식을 몰랐다. 어쨌든 같이 입학한 10여 명의 한국 동기 중 졸업을 신청한 사람은 그렇게 우리 셋이었다. 다들 어떻게 지내는지 알 수 없었다. 논문 사전심사를 위해 학교에 제출해야 되는 논문이 열 권이 넘었다. 그렇게 제출된 논문은 2, 3차에 걸쳐 엄정한 심사를 거친 후, 최종적으로 논문 답변에 찬성한다는 각 위원들의 동의서가 있은 후에야 최종 논문 답변이 이루어질 수 있었다. 객관적이고 엄정한 심사를 한다는 게 취지였다. 그 과정에서 적지 않은 학생들이 탈락의 고배를 마셔야 했다. 석현형과 나 역시 불안한 마음으로 그 시간을 버텼다.

- 제발 무사히 통과돼야 할 텐데, 내 이번에 통과만 되면 정말, 정말 소원이 없겠다.

- 에이, 진짜. 안 되면 다음 학기에 하면 되지. 이게 뭐 인생의 전부야?

온갖 소문이 난무했지만 석현형과 나는 무난히 통과했다. 학과로 도착한 각 위원들의 평가서를 읽어보니 여러 가지 문제들에 대해 세세한 지적들이 있었다. 어쨌든 이로서 거의 모든 단계가 지난 셈이었다. 마지막으로 논문의 최종답변회가 남았을 뿐이었다. 민규형도 통과했다는 소식을 중국 친구에게 들었다.

5월 29일, 내 3년 유학생활의 종지부를 찍는 자리인 논문 답변회가 열렸다. 답변위원회는 지도교수님을 포함하여 총 6분의 교수들로 구성되었는데, 그중의 세 분은 타 학교 교수들이었다. 그들은 이미 논문에 대한 문제점들을 속속들이 알고 있었다. 발표자는 나와 내 동기들, 그리고 다른 교수 밑에 있는 두 명의 학생까지 총 5명이었다. 팽팽한 긴장 속에 답변회는 시작되었다. 나는 차례에 맞추어 전날 미리 준비한 내용들을 차근차근 발표했다. 겸손하지만 당당하게 내 논문에 자부심을 갖자고 스스로에게 주문을 걸었다. 논문에 대한 질문이 이어졌고 나는 하나하나 내 생각을 밝혔다. 다섯 시간에 이르는 긴 답변회였다. 드디어 심시위원장의 종합평가 시간이 다가왔다. 각 심시위원들의 평가점수를 더해 최종점수를 발표하였고 논문의 통과여부를 선언했다. 5명 모두 논문답변에 통과했다는 심사위원장의 선언에 여기저기서 박수가 터져 나왔다. '끝났다!!' 그 순간 내 머릿속에 스치는 말이었다. 축제분위기였다. 수고 많았다는 격려가 이어지고 답변회에 참가했던 여러 친구들의 축하인사가 이어졌다. 누가 먼저랄 것도 없이 같이 답변회에 참가했던 발표자끼리도 서로 축하의 말을 건넸다. 그날 저녁 마련된 심사위원들과의 만찬은 즐겁고 유쾌했다. 그리고 달콤했다.

이후 졸업에 필요한 몇 가지 절차를 마치고 귀국준비를 하기 시작했다. 귀국준비는 빠르게 진행됐다. 책과 이런저런 사물들을 먼저 배로 부쳤다. 그리 많이 산 것 같지도 않은데 3년간 모은 책들이 큰 박스로 15박스였다. 컴퓨터와 텔레비전 등의 가전제품은 중국친구들에게 주었다. 따로 인사를 해야 할 사람들과 차례로 만났다. 논문을 한 권씩 선물했다. 시원섭섭했다. 평소 좋아하던 장소를 다시 한번 차례차례 둘러보았다. 애틋한 마음이 들었다. 민규형은 벌써 귀국했다는 말을 들었다. 며칠 전 한국 동기들이 마련한 송별회 자리에도 나타나지 않았다. 그동안 스스로 연락을 끊고 살았으니 그 자리에 나오기가 좀 그렇기도 했을 것이다. 난 그냥 민규형을 이해하기로 했다. 석현형과 나는 같은 날 귀국하기로 했다. 그날 그 자리는 즐거웠지만 한편으론 같이 입학한 동기들을 두고 먼저 귀국하는 것이 좀 미안하기도 했다. 각자의 건투를 빌며 인사를 나누었다. 귀국 하루 전 비행기 티켓이 배달되어 왔다. 티켓을 받아드니 드디어 귀국이 실감났다. 석현형에게 전화를 걸었다.

- 형, 드디어 내일 귀국이다. 기분이 어때?

- 야, 드디어 우리 가는 거냐. 실감이 잘 안 난다. 그나저나 이제 들어
  가면 어떡하냐. 대책도 없는데.

예의 그 엄살이었다. 그래도 그 날엔 그게 그리 얄밉지 않았다.

- 어떡하긴 뭘 어떡해, 가서 생각해 보는 거지. 형 마지막으로 진수랑
  같이 해서 안마나 한번 받자. 오늘 여기저기 돌아다녔더니 몸이 뻐
  근하네.
- 그럴까? 그럼 네가 진수한테 연락해.
- 그래, 형네 집으로 갈 테니까 기다려.

그날 밤, 진수와 석현형과 함께 잘 가던 단골 안마방에 가서 전신 안
마를 받았다. 모처럼 넉넉하고 편안한 시간이었다. 셋이 나란히 누워
지난 시간들을 추억했다. 함께 공유했던 갖가지 에피소드를 끄집어내
어 웃고 떠들어 대면서. 안마를 해주던 아가씨들이 무슨 좋은 일이 있
냐며 따라 웃었다. 안마를 받고 나와 석현형은 짐 정리 한다며 바로 돌
아갔고, 진수가 집으로 따라왔다.

- 형, 상하이에서의 마지막 밤이네, 형들 다 가고 나면 난 심심해서
  어쩌냐?
- 마, 심심할 새가 어딨어? 이제부터 열심히 논문 써야지. 그리고 니
  동기들이랑 또 새로 들어온 후배들 있잖아.
- 에이 이젠 나도 정신차리고 제대로 해야지. 형 들어가면 나도 바로
  논문 돌입할거야. 나도 민규형처럼 아예 잠적할까?
- 야, 그건 아무나 하는 줄 아냐? 사람이 어울려 살아야지. 그렇게 살
  면 너 정신 이상해진다.
- 아무래도 그렇겠지? 근데 어째 맘이 싸 하네. 형은 어때? 이제 시원

하겠지?

- 글쎄다, 묘하다 기분. 내가 과연 잘 하긴 한 걸까? 끝난 게 맞긴 맞
나? 뭔가 되게 허전해.

그날 밤 늦도록 진수와 얘기를 나눴다. 상하이에서 있었던 수많은 추
억들과 앞으로 일어날 일들에 대해서...

10.

상하이여, 오늘 난 이렇게 자네에게 편지를 쓴다네, 어떤 말을 쓸 수
있을지 사실 나도 잘 모르겠네. 이제 난 자네를 떠나간다네. 서운한 마
음도, 또 시원한 마음도 함께 든다네. 지난 3년간 자네에게 정이 많이
들었는데 떠나는 마당에 그 흔한 선물 하나 준비를 못했으니 나도 참
무심하네. 자네는 그동안 나에게 많은 것을 선물해 주었네. 내 목표를
이룰 수 있도록 공간을 제공해 주었고, 또 많은 친구들을 안겨주었지.
자네는 여러 가지 모습으로 나를 자주 감탄시켰고 내 고뇌와 슬픔도 감
싸 주었네. 내 젊은 날의 한 부분을 자네와 함께 할 수 있어 참 즐거웠
네. 고맙게 생각한다네. 물론 자네와 함께 한 시간들이 즐겁기만 한 것
은 아니었지. 답답하기도 했고 외롭기도 했으며, 또 고통스러운 날들
도 많았다네. 말로 형용할 수 없이 힘든 시간들이 참으로 많았다네. 게
다가 그 숨통을 조르는 무더위와 뼈까지 스며드는 차가운 공기는 두고
두고 잊지 못할 걸세. 비는 왜 그리 또 많았는가. 참으로 사람을 우울
하게 만들더군.

처음에 자네를 만났을 때 나는 자네를 잘 몰랐다네. 자네가 품고 있는 슬픔을, 자네의 그 화려했던 과거도 처음엔 잘 몰랐었네. 그냥 어렴풋이 들은 바는 있었지만 말이네. 많은 시간을 자네와 함께하면서 차차 자네를 알게 되었지. 나는 자네의 그 높고 우람한 자태와 세련된 외양도 물론 좋아했지만, 자네만이 가지고 있는 왠지 모를 그 우울함과 쓸쓸함도 나는 참 좋아했다네. 종종 그런 모습이 더 애틋하게 다가올 때가 많았어. 문득 자네를 처음 만나던 그날이 떠오르는구만. 참으로 더운 날씨였네. 강렬한 첫 만남이었지. 곳곳에 야자수가 심어져 있어 남국의 정취가 물씬 나더라구. 신선하고 유쾌한 느낌이었다네. 자네는 비록 많은 역사유물을 지니고 있진 않지만 자네만의 그 독특하고도 낭만적인 분위기를 갖추고 있지. 난 그런 분위기를 참 좋아했다네.

많은 사람들이 와이탄(外灘)을 두고 자네의 아름다움을 얘기하지. 물론 그렇지. 나도 그곳에 많이 갔었네. 특히나 괴롭고 답답한 밤에 혼자서도 많이 찾아갔었어. 흐르는 강물을 바라보며 많은 생각들을 했었다네. 언젠가 그 강에서 유람선을 타던 날이 생각나네. 그 황푸강(黃浦江)을 오르내리며 많은 배들이 내는 뱃고동 소리를 나는 참 좋아했었네. 뿐인가. 난징루(南京路)의 그 활기찬 모습과 푸저우루(福州路)로의 많은 책방들도 내가 좋아하는 자네의 모습이었네. 위엔(豫園)의 애잔함과 그 주위의 멋스러움도 그랬고, 무엇보다 지난 세기 3, 40년대 화려하고도 우울한 자네의 전성기 때 흔적이 발견되는 많은 건물들과 공간들을 난 참 좋아했다네.

이보게 친구, 그런 자네를 두고 나는 오늘 이렇게 떠나간다네. 어떤가. 자네는 나에게 뭐 해줄 말이 없는가? 자네와 헤어지려니 참으로 서운하구만. 친구여, 난 한국남자라네. 감정을 절제하는 것이 남자의 미덕이라고 믿고 살아왔다네. 그러니 섭섭하긴 하지만 눈물을 보일 수는 없잖은가. 대신 이렇게 자네를 한번 안아보겠네. 부디 건강하길 바라고 늘 그랬듯 씩씩하게 발전해 가길 바라네. 돌아가면 자네가 많이 그리울 것 같네. 내 가끔 자네를 기억하겠네. 자네도 그렇게 해줄 수 있겠는가. 오, 이런 자꾸 아낙네처럼 말이 많아지는군. 이쯤에서 우리 작별 인사를 나누세. 잘 있게나. 친구, 내 젊은 날의 숱한 시간들을 말없이 지켜봐준 친구여. 굿바이!

에필로그

두 개비째의 담배가 거의 다 타들어 갈 때쯤, 방문을 열고 아내가 천천히 걸어 나왔다.

- 당신 안 자고 뭐해요? 아휴, 담배 연기.

두 손을 하늘로 뻗으며 길게 기지개를 켠 아내는 내 어깨에 살며시 손을 얹으며 말했다. 재떨이에 담배를 비벼 끄고 돌아서서 아내를 살짝 안았다.

- 어, 빗소리가 좋아서 말이야, 아니 자다 말고 왜 나와?

- 이럴 때보면 꼭 무슨 문학청년 같단 말이야, 당신. 아니 옆에 당신
  이 없는데 잠이 오겠어?

아내는 살짝 눈을 흘겼다. 그 모습이 사랑스러웠다.

- 오 그랬어? 한번 잠들면 누가 업어 가도 모르는 자기가? 어때, 이렇

게 비도 오고 하는데 한 번 더?

- 아이, 이이는 참.

그렇다. 상하이에서 돌아와 한국에서 보낸 지난 4년 동안 나에게도 많은 변화가 있었다. 우선 싱글이었던 내가 유부남이 되었다. 한 모임에 나가 지금의 아내를 우연히 만났고, 1년여의 연애를 거쳐 결혼했다. 돌이켜 생각해보면 무엇보다도 착하고 밝은 면에 끌려서 결혼까지 하게 된 것 같다. 그렇게도 나를 괴롭히던 공허감과 상실감, 불안감이 결혼과 더불어 많이 해소된 것이 사실이다. 결혼을 하고 나니 여러 가지로 편리해지고 심적으로도 상당히 안정이 되었다. 여유가 좀 더 생겼다고 할까. 직업적으로도 이젠 자리를 좀 잡았다고 할 수 있다. 귀국해서 세 학기 동안 여러 대학의 강사를 거쳤고, 또 1년간 초빙교수로서 경력을 쌓은 뒤, 지난 봄 수도권의 한 대학에 전임으로 자리를 잡았다. 간략히 말해서 그렇다는 것이고 물론 그 과정에서 수많은 우여곡절이 있었다는 점을 밝혀둔다.

민규형과 석현형은 귀국과 동시에 자리를 잡았다. 배경들이 든든한 그들은 처음부터 믿는 구석이 있던 셈이었다. 그런데도 그렇게 엄살들을 떨었으니. 후배 진수는 1년 뒤 졸업하고 들어와 지금 열심히 여기저기 강사로 뛰고 있다. 여전히 여자는 갈구하지만 그 방면으로는 여전히 신통치 못하다. 스즈키와는 가끔 이메일을 주고받는다. 올 봄에 졸업한 스즈키는 역시 졸업과 동시에 동경시에 있는 한 여대에 자리를 잡았다. 오, 그 수줍은 많은 스즈키가 여대 교수라니.

지난 4년간 상하이에 세 번 다녀왔다. 두 번은 여행이었고 한 번은 초빙교수 시절 업무차 중국에 갔다가 상하이에 들렀다. 중국 동기들은 그해 졸업과 동시에 다들 교수로 자리를 잡았다. 교수되기가 어려운 한국으로서는 상당히 부러운 상황이다. 홍옌과 샤오원은 상하이에 남았고, 위린은 고향인 구이린(桂林)에 돌아가 교편을 잡고 있다. 지도교수님은 이제 완전히 은퇴하시어 더 이상 제자를 받지 않는다. 70이 훨씬 넘은 연세에도 여전히 건강하시고 유머러스하시다. 중국 어디를 가든 마지막은 꼭 상하이를 경유하게 된다. 그리운 선생님, 친구들이 있는 곳이니까. 메이린과 웨이웨이 등과도 가끔 이메일을 주고받는다. 상하이에 가면 꼭 연락해서 만난다. 상하이는 갈 때마다 느낌이 다르다. 그만큼 역동적으로 발전을 하는 곳이 중국이라는 얘기고, 그중에서도 상하이는 중국 경제의 엔진과도 같은 존재로서 계속해서 더 크고 화려하게 업그레이드되고 있다.

방에 들어와 누웠는데도 빗소리는 선명하게 들린다. 밤새 내릴 모양이다. 아내는 옆에서 곤히 자고 있다. 나도 이젠 잠을 청해야겠다. 비가 와서 한결 시원한 밤이다.

그 남자의 연애담

그 남자 L은 올해 서른여섯 살이다. 그의 직업은 대학교수다. 좀 더 정확히 말하자면 정교수는 아니고 초빙교수다. 요즘은 대학마다 초빙교수, 객원교수, 강의전담교수, 연구교수 등등 온갖 이름을 단 교수들이 참 많다. 어쨌든 교수는 교수다. 게다가 L은 외국까지 나가서 박사학위를 따온 재원이다. 그리고 그는 잘생겼다. '잘 생겼다'라는 것은 물론 주관적일 수 있는데, 그는 누가 봐도 인정할 만큼 꽤 잘생겼다. 키역시 아주 큰 편인데, 185센티미터는 족히 된다. 요즘 들어 배가 슬슬 나오기 시작했지만 아직은 탄탄한 몸매다. 어디 내놔도 빠지지 않는 외모와 몸매의 소유자다. 그런데 그런 그는 아직 싱글이다.

나는 누구냐고? 나는 L의 절친한 친구다. 중학교 2학년 같은 반 친구로 시작하여 지금까지 가깝게 지내고 있으니 자타공인 베스트 프렌드라고 할 만하다. 우리는 무슨 얘기든 터놓고 한다. 정치, 경제, 시사 문제부터 시작하여 소소한 사적인 얘기까지. 그가 간밤에 상대한 여자의 가슴 크기부터 시작해서 나의 섹스 트러블까지도 낱낱이. 아, 나는 유부남이다. 결혼 7년차의 가장이지만 아직 아이는 없다. 특별히 문제가 있는 건 물론 아니다. 나는 반도체 관련된 일을 한다. 한국 경제 어렵다 어렵다 해도 반도체 분야는 아직 그럭저럭 괜찮은 편이라 나름 먹고살 만하다. 각설하고 나는 L을 무척 좋아한다. 친구니까 당연히 좋아하지만, 친구를 떠나 그냥 남자 대 남자로 그를 바라보아도 그는 참 매력적인 남자다. 남자인 내가 봐도 반할 만한데 여자들이야 오죽하겠는가. L은 그런 자신의 매력을 스스로 잘 알고 또 적극적으로 즐길 줄 아는 친구다. 절친한 친구지만 그런 면에서는 나와는 판이하게 다른 남자다. 지금부터 그의 얘기를 좀 해 볼까 한다. 서른여섯의 싱글인 남자, 멋지고 잘생긴 내 친구의 사랑과 인생에 대해 말이다.

L은 끝없이 연애를 한다. 나로서는 부럽기도 하고 때로는 경이롭기까지 할 만큼. 나는 그의 얘기를 듣는 것을 좋아한다. 최근의 이야기를 좀 더 자세히 듣고 싶지만, L은 최근 얘기보다 과거의 얘기를 하는 것을 좋아한다. 과거의 연애담은 내가 익히 아는 얘기들이지만, 나를 배려해서인지 내가 잘 몰랐던 부분을 그때그때 디테일하게 얘기해준다. 그는 「연애야말로 전 우주적 활력소」라는 신조를 지니고 산다. 일본의 문호 나쓰메 소세키가 썼다는 표현이라고 하는데, 나도 그 표현에 동감하긴 한다. 그러나 나는 친구로서 L이 이제 그만 결혼을 해서 정착을 했으면 좋겠다. 나로 말하자면, '여자는 다 거기서 거기가 아닐까'라고 생각하는 사람이다. 살아 보니 별것도 아닌데 많은 남자들이 여자를 두고 너무 쓸데없이 돈과 시간과 정력을 낭비하는 것 같다는 생각이 든다. 물론 남자에게 여자란 중요한 존재다. 한때는 나 역시 사랑이란 감정이야말로 남자가 모든 걸 걸어 볼 만한 가치가 있는 어떤 것이라고

생각했지만, 지금 생각해보면 그건 그냥 어렸을 때 잠시 품는 판타지가 아니었을까. 어쨌든 L은 여자, 그리고 사랑에 대한 가치 비중을 나와는 다르게 두는 친구다. 입장 차이는 얼마든지 있을 수 있는 것이고 또 그 때문에 L과 내가 다투거나 하는 일은 물론 없다. L 역시 나이가 나이니 만큼 이제는 정착하고 싶어 한다. 그러나 그게 그리 쉽지만은 아닌 모양이다. 내가 보기엔 그 많은 여자 중에서 하나 골라잡으면 간단할 것 같은데 말이다. L은 '요즘 세상은 결혼이 고시보다 어렵다'라고 말한다. 일리가 있는 말이다. 여러 가지 이유로 결혼이 점점 어려워지고 있는 것이 현실이긴 하다. 그러나 L의 경우는 그런 일반적인 경우와는 좀 다르다고 생각한다. 본인만 마음먹으면 쉽게 할 수 있을 것 같은데, 친구로서 참 안타깝다. 내가 보기에 L이 가정을 꾸리고 좀 더 안정이 된다면, 많은 면에서 지금보다는 훨씬 더 성과를 낼 수 있을 것 같다. 사실 교수란 직업은 자신의 전공을 깊숙이 파서 연구 성과를 내놓아야 하는 직업 아니던가. 또한 교육자로서 학생들의 바른 길잡이가 되어야 할 의무도 있을 텐데 말이다. 솔직히 말하면 부러운 면도 없지 않지만, 나는 L이 늘 불안해 보인다.

이제부터 L의 흔적을 따라가기로 하겠다. 곁가지는 치고 말하기로 하겠다. L을 사모했던 여성들은 이루 헤아릴 수 없다. 여기서 말하는 내용은 모두 상대 여자와 L이 동시에 불타올랐던 '참다운 연애', 즉 '진짜 연애'에 한정된다.

그의 첫 번째 연애는 중3 때로 거슬러 올라간다. 상대는 직장인 여성이었다. L은 조숙했다. 중3 때 이미 키가 182에 육박했다. 키 크고 잘 생기고 또 공부도 잘 하는 그를 학교 여선생님들은 대놓고 좋아했다.

이웃 학교의 여학생들로부터 편지공세도 이어졌다. 그런데 그를 사로잡은 여자는 뜻밖에도 그가 매일 등교하는 버스에 같이 타던 직장 여성이었다. 여러 학교의 학생들로 가득 찬 그 아침 버스에 이십 대 초반의 어여쁜 여성이 매일 탔던 것이다. L은 매일 그녀를 볼 수 있어 좋았다. L은 그녀의 모든 게 좋았다. 그녀의 깨끗한 피부가, 웨이브 진 머리카락이, 하늘거리는 그 노란색 원피스가, 날렵한 종아리가. 그냥 멀리서 바라만 봐도 좋았다. L은 매일 밤 그녀를 생각하며 자위를 했다. 그녀가 꼭 그 시각 그 버스를 타란 법은 없다. 어쩌다 그녀가 보이지 않는 날이면 L의 하루는 우울했다. 사춘기 남자들이 마음을 주는 대상은 대개 연상녀(年上女)다. 그녀들을 통해 본능적으로 '그리움'이라는 감정을 알게 되는 것이다. 중 1, 2때 학교 선생님들을 짝사랑했던 L은 더 이상 시시한 짝사랑에 가슴을 졸이지 않았다. 어느 날 아침, 그날도 직장인 여성은 L이 타고 있는 버스에 올라탔다. 만원 버스, 이런 열악한 버스에 그녀가 매일 몸을 싣는 것이 L은 가슴 아팠다. 이윽고 내려야 할 학교 앞을 지났건만 L은 내리지 않았다. 그녀를 따라가기로 했던 것이다. 그녀는 L의 학교 정류장보다 세 정거장을 더 가서 내렸다. L은 따라 내렸다. 무작정 뒤를 따라갔다. 그녀는 하천을 가로지르는 다리를 향했다. 이른 아침 몇몇 오가는 사람들이 있었다. 다리의 중간쯤을 건넜을 때 그녀는 뒤돌아 L을 쳐다보았다.

- 학생, 왜 자꾸 나를 따라오죠?

그러나 그리 놀란 기색은 아니었다. L은 뛰어갔다.

- 좋아합니다.

- 뭐라구요?

- 그쪽을 좋아한다구요.

그녀는 약간 당황하는 눈치였지만 이내 가볍게 웃었다.

- 학교 갈 시간 아니에요? 어서 돌아가요.

그날 이후 L은 종종 학교에 지각했다. 그녀와 아침 데이트를 하느라 늦었던 것이다. 처음엔 L의 구애에 냉담했던 그녀도 점점 마음을 열었다. L의 그녀는 혼자 자취를 하고 있었다. 회사의 경리 일을 하는 22살의 싱그러운 아가씨였다. 어린 나이에 집 떠나 혼자 밥 해 먹고 회사 다니는 건 쉬운 일이 아니었을 것이다. 아무리 발랄한 젊음이었다고 해도 때로는 외롭기도 하고 힘들기도 했을 것이다. L은 그녀에게 두 살을 속여 자기가 고등학생이라고 했다. 일요일엔 종종 그녀와 공원에서 데이트를 하기도 했다. 같이 떡볶이도 먹으러 다니고 드물게는 영화도 보러 다녔다. 나무랄 데 없는 연인이었던 것이다.

어느 날 아침이었다. L은 친구들의 넋을 완전히 빼놓고 말았다. 아침부터 이 무슨 난리란 말인가. L은 자신의 가방에서 거침없이, 아주 거침없이 앙증맞은 노랑색 팬티를 꺼내어 친구들의 눈앞에 들이밀었다. 나는 정확히 기억한다. 핏자국이 선명한 그 노랑색 팬티. 이어서 L은 웃통을 훌렁 벗었다. 등에는 손톱에 긁힌 자국이 선명했다. 오, 그것은 자랑스런 상처였다. 이제 기껏 자위행위를 시작하고 도색잡지를 보기 시작한 소년들 사이에서 L은 홀로 우뚝 솟은 영웅으로 등극했던 것이다. 아, 그때 그 수많은 친구들의 부러움과 질투란 L은 의기양양하게 소리쳤다.

- 짜식들, 니들이 여자를 알아?

한번은 L이 나에게 그런 말을 한 적이 있다.

- J 어때? 여자랑 한번 해보고 싶지 않아?

왜 아니겠는가. 밤마다 영어선생님을 상상하면서 자위에 몰두하던 시절이었는데. 그러나 실제로 한다고 생각하면 왠지 무서웠던 시절이었다. 하하. 그런 나이였다.

그렇게 두어 달 그녀와의 연애에 몰두하던 L. 점차 그녀와의 만남이 뜸해지기 시작했다. 아마도 그녀가 의도적으로 거리를 두기 시작했던 것 같다. 어느 일요일 아침 L은 그녀의 자취방을 찾아간 적이 있다. 그녀를 놀라게도 해줄 겸, 또 점점 차가워지는 그녀를 돌이켜 세울 겸, 나름대로 진지한 멘트를 많이 준비했다. 그런데 그녀의 집으로 막 들어서려던 찰라, 웬 남자와 다정히 손을 잡고 집을 나오는 그녀를 발견했다. 그녀는 잠깐 멈칫했지만 아무 일도 아니라는 듯 남자와 팔짱을 끼고 L의 옆을 휙 하고 지나갔다. 그 순간 L의 가슴속에서는 뜨거운 뭔가가 솟구쳐 올랐다.

- 이런, 씨발!

L은 그들의 뒤에 대고 한줄기 욕을 뱉어 냈다. 남자가 힐끗하고 잠깐 뒤돌아 봤을 뿐이었다. 며칠 후 L과 그녀는 한차례 만났고, 서로 깨끗하게 이별에 동의했다. L은 의외로 담담했다. 마치 세상을 다 알아버렸다라는 투의 늠름함이 그때 L에게 있었다. 어쨌든 사춘기 소년의 연애는 생각보다 쿨한 것이었다. 마치 언제 그런 일이 있었냐는 듯이 다시 중3의 학생으로 돌아와 공부에 매진했던 것이다. 고입 연합고사가 석 달 정도 남아 있었다. 어쨌든 입시는 입시였다. 2학기에 접어들자 우리는 종종 저녁 무렵까지 학교에 남아 자습을 했다.

L과 나는 가볍게 고입 연합고사를 마치고 같은 고등학교에 입학했

다. '오 마이 갓', 우리 학교는 남녀공학이었다. 그런데 공학은 공학인데, 도대체 왜 공학인지 알 수 없는 그런 학교였다. 그것이 무슨 말인고 하면, 일단 남녀의 비율이 전혀 맞지 않았다. 남자는 여덟 반, 여자는 겨우 두 반이었던 것이다. 이게 반대였으면 좋았겠지만 현실은 냉혹했다. 또 하나 남녀공학을 만든 취지가 무엇인가. 자연스러운 이성교제를 위함이 아니겠는가? 그래야 성적도 더 올라가고 즐겁게 학창시절을 보낼 수 있을 텐데. 그러나 무시무시했던 우리 학교는 남녀가 사용하는 통로마저 철저히 분리했고, 남녀 합반은커녕 층도 달리 썼다. 어쩌다 여학생의 통로나 복도를 지나가다 적발되면 개처럼 맞아야 했다. 오, 암울했던 80년대여. 나의 고교시절이여.

그래도 그 안에선 핑크빛 사연들이 가득했다. 편지가 오가고 선물이 오가고 학교를 벗어난 곳에선 종종 찐한 연애가 이루어지기도 했다. 물론 L은 단연 돋보였다. 늘 여학생들의 선물공세가 이어지고 L이 지나가는 길목엔 여학생들이 득시글했다. 4대 1의 경쟁률이 L 앞에선 전혀 통용되지 않았다. 나를 포함한 많은 친구들은 그저 누가 예쁘네, 걔가 낫네, 쟤가 낫네 하면서 이빨이나 까면서 만족하던가, 아니면 혼자서 속앓이하며 끙끙댔는데 말이다. 그런데 희한하게도 L은 같은 학교 여학생들에겐 눈길 한번 제대로 주지 않았다. 한마디로 필이 안 온다는 것이었다.

- 그냥 가족 같은 느낌이야. 가족이 이성으로 느껴지냐고.

'허, 상당히 독특한 취향이로군' 하고 친구들은 생각했고, 또 다행이라고 생각했다. 왜냐, 내가 죽자고 좋아하는 여학생은 L을 좋아한다. 그러나 L은 그녀에게 관심이 없다. 자, 그렇다면 다시 한번 해 볼 만한 것 아니겠는가. 그 수많은 선물 앞에서 L은 종종 이런 멘트를 날렸다.

- 하, 그년 참.

혹은,

- 이럴 시간에 공부나 한자 더하지, 웬 지랄이냐?

어쨌든 L의 옆에 있으면 늘 달콤한 초콜릿을 먹을 수 있었다. 여학생들이 가정이나 가사시간에 만든 음식들은 득달같이 L에게 배달되었다. 이뿐만 아니라 체육시간이 끝나면 어김없이 몇 명의 여학생들이 음료수를 들고 우리 반을 찾아왔다. L에게 건네기 위해서였다.

L은 물론 남자 사이에서도 인기였다. 동시에 질투의 대상이었고. 훤칠한 외모와 시원시원한 성격, 게다가 공부도 잘했으니까. 보통 자그마한 체구의 쪼잔한 범생이들과는 차원이 달랐다. 뿐만 아니라 학기초 서열 매기기가 한창일 무렵, 여러 중학에서 몰려온 고만고만한 주먹들을 L은 가볍게 평정했다. 주먹 한번 휘두르지 않고 말이다. 게다가 우리 학교는 우리가 1회 신입생이었기 때문에 선배들이 없었다. 따라서 L의 파워는 절대적이었다. 고1 신체검사에서 L의 키는 184로 측정되었다. 우리는 감탄했다. 참고로 나는 176이었다. 절대 작은 키는 아니었다.

'내가 L이라면', 그때 그런 생각을 많이 했다. 싸움짱, 외모짱, 공부도 상위권, 여학생들의 구애공세, 살맛나지 않겠는가. 내가 그가 될 순 없었지만 그런 친구를 둔 것만으로도 참 행복했다. L의 절친한 친구라는 이유로 나도 고등학교 내내 목에 힘을 줄 수 있었다. 그러나 우리들의 고교시절은 참으로 혹독했다. 오로지 성적만이 전부인양 몰아대는 선생들, 밤 11시까지 계속되는 무지막지한 자율학습, 1학년 2학기에 들어서자 우리는 벌써 질려 버렸다. L 역시 종종 피로한 얼굴로 중얼거렸다.

- 뭐냐 이게 미친 짓이지.

한번은 L의 주동으로 몇몇이서 자율학습 막바지 시간에 급수실에 들어가 소주를 깐 적이 있다. 그날 저녁 모의고사 성적으로 매타작이 한번 벌어졌는데, 우리는 모두 이런저런 이유로 우울해했고 이에 L이 음주를 제안했던 것이다. 안주는 동원 참치캔, 서너 잔씩 돌려 마시고 벌겋게 달아오른 얼굴로 킥킥거리고 있을 때 급수실 문이 들썩 거렸다.

- 문 열어! 뭐야 니들, 빨리 문 안 열어!

자율감독 선생이었다.

- 죽었다!

우리는 공포에 질렸다. 방금 전의 의기양양함이 싹 가셨다. 그러나 L은 의연히 걸어가 문을 열었다. 우리를 패죽일 기세로 문을 두드리던 선생은 184의 L 앞에서 멈칫했다.

- 어, 니들.

밖은 자율학습 마치고 돌아가는 애들로 떠들썩했다. 희한하게도 선생은 우릴 꾸짖지 않았다. 그리고 이런 말을 남겼다.

- 니들 힘든 거 안다. 그래도 기운내야지. 언제 시간나면 새벽 시장
   에 한번 나가 봐. 사는 게 뭔지 알게 될 거다.

그 수학선생은 아마도 우릴 위로해 주려고 했던 것 같다. 물론 우리들은 새벽시장에 가지 않았다.

암튼 잠시 우울했던 고교시절 얘기로 샜는데, 다시 본론으로 돌아가자. L의 두 번째 사랑은 2학년 여름에 찾아왔다. L은 암기과목을 싫어했다.

- 국영수나 좀 하면 되지. 뭔 이런 시답잖은 걸 자꾸 배우냐.

L도 나도 중학교에 비해 성적이 조금씩 떨어지고 있었다. 그건 우리 탓이 아니었다. 새파란 청춘이 암기과목이나 달달 외우면서 얼굴 노래 지도록 책을 봐야 하겠나. 이 나라의 교육제도가 총체적으로 문제였다. L과 나는 모두 수학을 싫어했다. 그래서 나란히 문과를 택했다. 그때 그 시절엔 방학을 이용해서 학원 단과반을 많이 수강했다. L과 나는 근처의 단과학원에서 영어와 수학을 수강했다. L의 두 번째 연애대상은 바로 거기서 만나게 된다. 같은 중·고등학교를 다녔던 L과 나는 교복을 입어본 적이 없다. 당시 여러 학교들은 다시 교복을 입기 시작했다. 가끔 교복을 입어보고 싶기는 했다. 그 단과학원엔 여러 학교에서 학생들이 몰렸다. 여러 가지 다양한 교복들이 보였다. L은 거기서 초등학교 동창 여자애를 만났다. 그 동창은 하얀 여름교복을 입고 친구들 몇 명과 같이 와서 수업을 들었다. L은 그 동창에게 아는 체를 했다. 그 동창도 훌륭한 미모였다. 그런데 L의 관심은 동창이 아닌 동창의 친구에게 있었다. 그러던 어느 날 L은 작업을 걸었다. 사전에 나와 한마디 상의도 없었다.

- 우리 얘기 좀 하자.

거침없는 L의 제안이었다. 그녀는 수업을 마치고 돌아가는 길이었다. L의 동창을 포함한 친구들 여러 명과 같이 걸어가는 길을 L이 가로막고 한 말이었다. 친구들은 웃으면서 자리를 피했다. 그녀는 의외로 당돌했다.

- 무슨 얘기? 난 할 얘기 없는데.

당황한 건 L이었다. 그러나 L이 누군가. 곧 평정심을 찾아 당당하게 말을 이어갔다.

- 음, 딴 게 아니고 친구로 지내자는 건데, 한번 생각해보고 알려주라.

멋지고 잘생긴 L의 제안을 그녀가 거절할 까닭은 아마도 없었으리라. 이튿날 수업을 L은 쪽팔려서 빠지겠다고 했다. 그날 그녀의 편지를 내가 받아서 L에게 전해주었다.

- 그러면 그렇지. 하, 그 기지배.

L은 기뻐했다. L에게 기쁜 소식을 전할 수 있어서 나 또한 기뻤다. 나는 내심 L의 동창생과 잘 되길 기원해 봤지만 전혀 먹히지 않았다.

- 잘 해봐. 임마, 쪽팔리게 뭐냐, 삔치나 먹구.

L이 다리를 놔주긴 했지만 L의 동창은 너무나 도도했다. 그날은 쪽팔려서 내가 수업에 빠졌지만, L의 동창은 편지를 보내오지 않았다. 세상은 불공평한 것임을 그때 절실히 느꼈다. 어쨌든 L의 두 번째 사랑 Y는 하얀 교복이 잘 어울리는 청순한 소녀였다. 18살의 여고생, 그랬다, 청순했다. 말도 똑 부러지게 잘 했다. Y는 뉴스앵커가 꿈이라고 했다. L은 Y에게 푹 빠졌다. 보충수업이다, 자율학습이다. 그 빽빽한 시간 중에도 시간을 내서 Y와 갖가지 추억을 만들어 갔다. Y의 편지를 주머니에 넣고 다니면서 읽고 또 읽었다. 나도 Y의 편지를 몇 번 읽어본 적이 있는데, 편지를 참 잘 썼다.

- 야, 편지 죽이지 않냐?

Y의 편지를 받은 날엔 L의 얼굴에서 하루 종일 웃음이 떠나지 않았다. Y에게 보내는 L의 편지는 온갖 수식어와 감탄사로 가득했다. L에게는 Y뿐만 아니라 학교 여학생들이 보내오는 편지가 많았다. Y와의

사랑에 빠져있는 L에게 그런 편지들이 들어올 리 없었다. 하지만 L은 가끔 그녀들에게도 답장을 써주곤 하였다.

- 나 좋다는 여자에게 상처는 주기 싫다.

L은 그렇게 말하곤 했다. 어쩌다 한번 L의 답장을 받은 여자애들은 감격에 겨워 더욱더 열성적으로 편지와 초콜릿을 보내왔다.

그해 겨울은 눈이 많았다. 그 겨울을 보내고 나서 우리는 드디어 고3이 되었다. 3월부터 몰아치는 각종 모의고사와 그럴수록 더욱 사나워지는 매질에 우리는 지쳐갔다. L과 Y도 어쩔 수 없는 고3이었다. 아무래도 2학년 때보다는 자주 만날 수 있는 시간이 적었다. 그러나 반대로 L의 머리는 더 굵어졌고 Y에 대한 애정표현 역시 더 대담해지고 적극적이 되었다. L은 당연히 섹스를 요구했지만 Y는 받아주지 않았다. L은 답답해했다.

- 섹스 없는 사랑은 사랑이 아니지!

그러다가 거의 우격다짐 비슷하게 해서 Y와 관계를 맺었다. 그러나 그 일을 두고 Y는 상당히 혼란스러워 했다. Y의 태도변화로 L과 Y의 관계는 점점 소원해졌다. 야간 자율학습이 끝나고 짐을 싸면 거의 12시가 되었다. 다 돌아간 그 교실에서 L은 자주 담배를 피웠다. 창문 밖으로 담배연기를 길게 뿜으며 L은 말했다.

- 아 씨발, 더럽게 힘들다.

공부도 힘들었지만 L을 더 힘들게 했던 건 Y였으리라. 급기야 Y는 L의 편지에 답장도 하지 않았고 전화도 받지 않았다. 그즈음부터 L은 다른 학교 여자애들과 종종 어울렸다. 또 가끔은 학교 애들이랑 어울려 사창가에 드나들 때도 있었다. 물론 거기엔 베스트 프렌드 나도 끼어 있었다. 처음엔 무서웠지만 자꾸 가고 싶은 마음이 들었다. 그 팽팽한 긴장과 서스펜스, 이윽고 그 후련한 마무리까지. 최고의 스트레스 해소법이었다. 우리들은 각자 용돈을 아끼고 문제집을 사야 한다며 돈을 받아내 자금을 만들었다. 물론 모든 건 L이 리드했고 포주와 안면을 트면서 L은 화대를 흥정하고 깎아내렸다.

  - 안되겠어. 아무래도 가서 한번 만나야지.

어느 날 저녁을 먹고 야간 자율학습이 막 시작됐을 무렵 L은 말했다.

  - J야, K야, 같이 좀 나가자.

감독 선생에게 걸리면(분명히 걸리겠지만) 작살나는 걸 뻔히 알지만 우리는 망설임 없이 동참했다. 그리하여 6월의 어느 날 밤, 우리 세 명의 친구들은 버스를 타고 Y의 학교를 찾아갔다. 사립여고였던 그 학교 정문에는 수위아저씨가 굳건히 지키고 있었다. 들어갈 수 없었다. 하는 수 없이 세 친구는 정문 근처 치킨 집에서 맥주를 마시면서 기다려보기로 했다. 맥주 맛이 시원했다. 치킨도 맛있었다.

  - 야, 우리 가끔 이렇게 먹자.

K가 말했다.

  - 씨발, 공부하기 힘드냐?

L은 K에게 그런 말을 했던 것 같다. 드디어 자율학습을 마친 여학생들이 쏟아져 나오기 시작했다. 우리 셋은 교문 앞에 서서 Y가 나오길 기다렸다. 어두운 데다가 수많은 학생들이 한꺼번에 나오는 바람에 Y를 찾기가 쉽지 않았다. 그러나 남녀는 결국 만나게 돼있다. 친구 서넛과 함께 걸어 나오는 Y를 L은 놓치지 않았다.

  - 어, 여기 웬일이야?

Y가 놀란 듯 물었다.

- 너 보러왔지, 자율학습은 잘 했냐?

L는 역시 고수였다. 나 같았으면 먼저 다그쳤을 텐데 말이다. Y는 그러나 끝내 L의 마음을 외면했다. 그 차가움이 L은 낯설었다. 자율학습이 끝난 어느 날 밤 L은 학교 앞 공중전화 한 대를 부셨다. 학교에서 L은 한동안 의기소침했다. 의욕을 잃은 듯했다. 중3 때와는 사뭇 달랐다. 쓰라린 감정을 종종 반 애들한테 퍼붓곤 했다. 슬슬 독자적인 패거리를 구성하던 다른 반 짱들 여러 명이 L에게 얻어터졌다. 개긴다는 이유였다. 한동안 L의 폭력적인 모습이 두드러졌다. 그거 말리느라 그때 나도 고생깨나 했다. 하긴 그즈음엔 누구라도 세상 살 맛이 안 날 때였다. 꼭 Y 때문만이 아니더라도 열 받을 일은 수두룩했다. 대입연합고사는 하루하루 다가오고 있었다.

- 가자, 대학에. 좆빠지게 공부해서 대학가서 다시 좆나게 놀아보자.

L은 공부에 몰입하기로 했다. 당구장, 만화가게, 락카페, 그리고 역전 골목에 종종 드나들긴 했지만 L과 나는 열심히 공부했다. 1학기에 비해 성적이 조금씩 오르기 시작했다. 숱하게 많은 여학생들이 L에게 접근했지만 중, 고교시절 L이 마음을 준 건 그렇게 두 명 뿐이었다.

천신만고 끝에 L과 나는 대학에 진학했다. 비슷한 수준의 서울 소재 대학이었다. 기왕이면 같은 학교에 가고 싶었지만 맘대로 되지 않았다. L은 불문과를 택했고 나는 경영학과를 골랐다. 풍요의 90년대가 시작된 이후, 대학의 분위기는 말 그대로 활기가 넘쳤다. 한쪽에서는 간간히 이념과 민주화를 외쳤지만 L이나 나나 크게 관심을 두지 않았다. 그저 집회에 몇 번 나가본 것이 고작이었다. 그나마도 기질적으로 맞지 않았다. L도 나도 단체행동을 끔찍이 싫어했다. 우리의 주된 관심사는 역시 '여자'였다. 여자를 간절히 원했지만 변변한 연애 한번 못해보고 중고교 시절을 억울하게 마감한 나 역시 대학에 들어가서는 그에 대한 보상 심리가 발동하여 첫 달부터 미팅에 적극적으로 나섰다. 그러나 서둔다고 될 일이 아니었다. 허둥지둥 공수표만 남발하기 일쑤였다. 한편 L의 출발은 어땠을까?

- 야, 씨발 이런 게 대학생활이냐, 뭐하자고 여긴 들어왔냐.

입학한 지 두 달이 채 지나지 않아 L은 그런 말을 했다.

- 뭐 그래도 좋잖아, 여자도 많구.

L은 씽긋 웃으며 말했다.

- 여자야 어딜 가면 없냐. 새끼, 이젠 연애 좀 하는거냐?

연애, 그래 연애에 관해서라면 L은 당연히 군계일학이었다. 물 만난 고기였다. 게다가 L이 다니는 불문과는 여학생들이 압도적으로 많았다. 골라도 꼭 그런 전공을 골랐다. L이 특별히 불문과에 관심이 있었던 것은 아니다. L은 예전부터 자기는 기질적으로 문학을 전공해야겠다고 했었고 기왕이면 영문과를 가려고 했다. 영문과에는 점수가 좀 못 미쳤고 아무렴 어떠냐 싶어 불문과를 택했다. 그건 나 역시도 마찬가지였다. 경영학에 특별한 관심이 있었던 것도 아니었고, 굳이 이유를 댄다면 졸업 후 취업이 용이하겠다는 생각 때문이었다. 어쨌든 대학에 들어가자마자 L은 상종가를 쳤다. 과 여학생은 물론 타과 여학생, 심지어는 여자선배들까지 L의 관심을 끌기 위해 고심했다. 새삼스러울 게 없었다. L이 누군가? 그런 분위기에 그는 익숙했다. 그러나 L은 고등학교 때도 그랬듯이 그렇게 먼저 들이대는 타입을 별로 좋아하지 않았다. 게다가 같은 범주 안에 있는 여자들은 가족 같아서 별 감흥이 들지 않는다는 것도 예전이랑 똑같았다. 그저 간간히 그 초짜들과 어울렸을 뿐이었다. 과의 남자 동기들과 남자 선배들에게 L은 말하자면 '공공의 적'이었다. 그러나 L이 누군가. 그런 견제에 눈 하나 깜짝 하지 않았다.

L의 세 번째 연애 대상은 독문과 여학생이었다. S였다. 그녀는 과대표를 맡고 있었다. 그녀는 상당히 예뻤다. 그리고 아주 당찼다. 소위 말하는 '의식을 추구하는' 여자였다. 많은 남학생들이 그녀에게 다가갔지만 그녀는 눈길 한번 주지 않았다. 마치 '너희 같은 애송이들과는 상대하지 않겠다', 라는 투의 극히 도도한 태도였다. 그러나 역시 L의 대시에 그녀는 무력하게 무너졌다. L과 S는 〈문학의 이해〉라는 교양과목을 같이 들었다. 중간고사가 다가왔다. 어느 날 L은 수업을 마치고 일어서는 S의 앞으로 뚜벅뚜벅 걸어갔다.

- 잠깐만, 네 노트 좀 빌리자.

L은 거침없이 말했다. S는 깜짝 놀랐지만, 늘 있는 일이라는 투로 대답했다.

- 내가 왜 너한테 노트를 빌려줘야 하는데?

L은 그 매력적인 웃음을 살짝 지어보이며 말을 이었다.

- 너 글씨 참 예쁘더라, 네 노트로 공부하면 장학금 받을 거 같은데.

S는 얼굴을 빨갛게 물들이며 할 말을 찾지 못했다. 특별할 거 없는 평범한 작업멘트였지만 누가 하느냐에 따라 하늘과 땅 차이인 것이다. 그 이후 S는 과대표 일도 거의 팽개치고 L과 붙어 다녔다. 학교의 구석구석, 그리고 학교 주변이 온통 데이트 코스였다. 어둑어둑해지면 으

숙한 곳을 찾아 대담하게 사랑을 나눴다. S는 그녀의 처녀를 L에게 주고 난 뒤 더욱 L에게 매달렸다. 그 즈음부터 L은 학교 근처에서 자취를 했다. 둘만의 사랑을 속삭이기가 더 편해졌다. 당연히 S는 L의 방에 자주 들락거렸다. 물론 동거는 아니었다. S의 집은 서울이었고 집에서 외박을 허락하지 않았다. 어쨌든 달콤했던 시간이었다. 마치 신혼부부처럼. L의 그런 모습이 부러워 미칠 지경이었다. 그렇게 열심히 뛰었건만 나는 2학년이 다 지나가도록 변변한 연애를 하지 못 했다.

- 나는 왜 안 될까?

어느 날 난 술에 취해 L의 자취방을 찾았다.

- 여자가 뭐 별거라고, 왜 그래 너?

L은 말했다.

- 됐어, 새끼야. 니가 내 마음 아냐? 친구란 새끼가 좆나게 이기적이고. 넌 너만 아는 이기적인 새끼야.

난 취한 김에 L에게 가지고 있던 열등감을 그렇게 표현했던 것 같다. 가만히 듣고 있던 L은 뭔가를 결심한 듯 부드러운 목소리로 말했다.

- 그래, 알았다. 니 마음 몰라줘서 좆나게 미안하다. 미안하고 내가 너 책임지고 죽이는 애 소개해줄게.

그렇게 해서 난 S의 친구를 소개받았고 몇 달이었지만 연애를 했다. L의 절친한 친구라는 것이 크게 어필했을 것이다. 어쨌든 우리는 종종 넷이 어울렸다. 대학시절을 돌이켜 생각했을 때 가장 즐거웠던 시간이 그때가 아니었나 싶다. 오래가진 못했지만 그로서 나도 애틋한 추억 한 토막 갖게 됐으니 L에게 고마운 마음이 든다. 2학년을 마치고 L과 나는 거의 같은 시기에 군대에 갔다. L과 S는 지난 2년여 열렬히 사랑했지만 L이 군대를 갈 무렵에는 그 열렬함이 한풀 꺾여 있었다. 사실 그즈음부터 L은 S와의 연애에 싫증을 느끼기 시작했고, 또 군대라는 성가신 의무 때문에 마음이 편치 못했다.

- S는 어떡할 거냐?

어느 날 내가 물었다.

- 어떡하긴 뭘 어떡하냐, 정리하는 거지. 그리고 걔가 물건이냐, 달고 있게. 좀만 지나면 걔도 다 잊게 돼있어.

L은 기다리란 말도, 또 헤어지잔 말도 하지 않았다. S는 그게 오히려 서운했는지도 모른다. L이 입대하는 훈련소에 당연히 S가 동행했지만 거기서의 헤어짐은 꽤 담담했다. L이 군대생활을 하는 동안 S는 딱 한 번 면회를 갔다. L이 막 일병을 달 즈음이었다. 하루 외박을 허락받고 나온 L은 S와 함께 저녁을 먹고 여관에 들었다.

- 나 사랑해?

S가 물었다.

- 웬 사랑 타령이야? 군인한테.

L은 씩 웃으며 S를 안았다. 그 이후로 S는 L에게 편지를 보내지 않았다. L 또한 휴가를 나와도 따로 S를 만나지 않았다. 거의 제대 무렵, S가 과 선배랑 동거를 한다는 얘기를 친구를 통해 들었을 때도 "그러냐?"라고 담담히 말했을 뿐이었다. L이 군대에 있는 동안 과 여자후배들이 자주 면회를 왔다. L은 과 후배들에게 따뜻하게 대해 주었다. 그녀들과 편지를 주고받으며 나머지 군생활을 유쾌하게 마무리 지었다. 군대 얘기가 나왔으니 그 시절 얘기를 잠깐 해보자. 나는 육군으로 L은 공군으로 병역을 마쳤다. L은 언제 나올지 모르는 영장을 수동적으

로 기다리느니 직접 입대시기를 결정하겠다며 공군에 지원했다. 공군은 육군보다 복무기간이 몇 개월 더 긴 관계로 보름쯤 늦게 입대한 내가 먼저 제대했다. 제대 후 L을 면회 간 적이 한 번 있었다. 외박을 끊고 나와 근처 읍내에서 오랜만에 회포를 풀었다.

- 짜식 좋아 보이네. 사회 물이 좋긴 좋은가 보다.
- 너두 금방 제대잖아. 빨리 나와라.
- 야, 진짜 안 갈 거 같더니 그래도 가긴 갔다.

L과 나는 소주잔을 부딪치며 웃었다.

- K야 우리 입은 채웠으니까 나가서 말밥도 좀 주자.
- 아 새끼, 너 같은 색마가 어떻게 군생활을 했을까. 신기하다 신기해.
- 마, 다 수가 있지. 그럼 군바리는 뭐 평생 딸딸이만 치랴?

L의 단골 다방에 들어서니, 앉아있던 레지들이 호들갑을 떨며 반겼다. 어딜 가나 여자복 하나는 타고난 놈이 바로 L이었다.

90년대 중반, 대학가엔 어학연수, 배낭여행이 유행처럼 번지기 시작했다. 나는 제대한 뒤 바로 복학했지만 L은 복학 대신 캐나다로 한 학기 연수를 떠났다. L은 그곳에서 가슴이 확 트이는 해방감을 맛보았다. 뭐든 해낼 수 있을 것 같은 자신감으로 충만했다. 새로운 환경에서 L은 열심히 공부하고 마음껏 재충전을 했다. 그리고 거기서 네 번째 사랑인 크리스티나를 만났다. 그녀는 L이 연수를 하던 대학의 대학원생이었다. 어느 날 저녁 아름다운 학교 교정을 산책하다가 L은 크리스티나를 만났다. 눈부시게 아름다운 청춘이었다. 크리스티나는 혼자 벤치에 앉아 저녁노을을 바라보고 있었다. '아, 캐나다의 아름다운 자연이 빛은 걸작품이로군' L은 감탄했다.

- 잠깐 앉아도 돼?

크리스티나는 밝고 명랑했다. 게다가 친절했다. L을 향해 환하게 웃으며 말했다.

- 물론!

그녀 역시 동양에서 온 핸섬한 남자의 매력에 흠뻑 빠졌다. 군대에서 단련된 체력과 그 폭발할 것 같은 자신감으로 무장한 L에게 그 금발의 미인은 완전히 빠져버렸다. 그들은 밑이 빠져나가도록 사랑을 나누었다. L도 소위 섹스머신이었지만 크리스티나 또한 섹스에 있어서는 둘째가라면 서러울 만큼 좋아하고 적극적이었다. 그런 싱싱한 두 육체가 만났으니 오죽했으랴. L도 크리스티나도 학교 기숙사에서 살았다. 처음엔 L이 그녀의 기숙사에 놀러가는 형식이었으나 곧 그녀가 L의 기숙사에서 거의 살다시피 했다. 그 자유분방한 크리스티나가 자신을 위해 앞치마를 두르고 밥을 짓는 모습을 보고 L은 감동을 먹었다. 그리하여 L은 처음으로 '결혼'이란 단어를 떠올렸다. L은 스물다섯이었고 크리스티나는 스물넷이었다. L은 크리스티나와 결혼하겠다, 라고 마음먹었다.

- 빨리 와서 나를 데려가 줘!

귀국 즈음 그녀는 L에게 말했다. 6개월의 달콤했던 연수를 마치고 L은 귀국했다. 그리고 3학년에 복학했다. L은 자신만만했다. 워낙에 출중한 외모에다가 군대와 어학연수를 통해 더욱 다져진 그 자신감 넘치는 태도는 누가 봐도 매력적이었으리라. 복학생은 찬밥이라고 하는 말도 L에겐 전혀 적용되지 않았다. 늘 그랬듯이 여자들의 줄기찬 구애가 이어졌지만 L의 마음속엔 크리스티나가 오롯이 자리하고 있었다. 아직 이메일이 상용화되기 전이었다. 국제전화로 돈이 많이 들어갔지만 L은 개의치 않았다. 나도 L과 크리스티나의 원활한 통화를 위해 적지 않은 용돈을 보탰다. '아, 금발은 아름다워라', 사진 속의 크리스티나는 영화배우, 세기의 미인, 샤론 스톤과 닮아 있었다. 내가 L에게 느껴본 질투 중 그때 그 강도가 최고로 높았으리라.

　- 야, 너 캐나다 언제 갈 거야? 같이 가자. 같이 가서 걔 친구 좀 만나
　　자.

그러자 L이 웃으며 말했다.

　- 해주면 잘 할 자신이나 있냐? 그냥 한국에서 한국여자랑 잘해 봐.
　　이거 생각보다 힘들다. 그리고 잠자리에서 걔네들 만족시켜 주기
　　는 또 쉬울 줄 알어?

　- 에라, 니가 친구냐?

L은 웃으며 말했다.

　- 아, 새끼. 또 그 소리냐?

그해 가을 IMF가 터졌다. 달러값은 치솟고 나라경제가 바닥을 쳤다. 대학가 취업전선도 꽁꽁 얼어붙었다. 착실하게 취업준비를 하던 L과 나도 그런 상황에 맥이 풀려 버렸다.

　- 왜 꼭 우리가 뭘 해 볼려고 하면 이 지랄이냐구. 씨발!

L은 푸념했다.

　- 그러게 말이다. 좆같이 꼬였어.

나도 한숨이 나왔다.

L은 3학년 겨울방학 때 한 차례 캐나다에 다녀왔다. 한 달간 크리스티나와 캐나다 곳곳을 누비며 달콤한 시간을 보냈다. 그러나 돌아온 L

은 다소 피곤한 얼굴로 이런 말을 던졌다.

- 씨발, 나 힘들 것 같다. 문화적 차이란 게 생각보다 큰 거 같다.

줄기차게 이어지던 편지도 차츰 횟수가 잦아들더니 자연스레 정리가 되었다.

- 왜? 결혼한다더니.

내가 물었다.

- 말했잖아. 자신이 없다. 그리고 아웃 오브 사이트, 아웃 오브 마인드, 그거 맞는 얘기다. 나도 그렇지만 그년도 그런 눈치야. 씨발년, 남자가 있는 거 같기도 하구. 하긴 그 섹스머신이 남자 없이 살긴 힘들거야.

1년 반을 불태운 L의 네 번째 연애였다. 아주 핫한 연애였고 또 쿨한 마무리였다. 4학년 2학기로 접어들자 L은 취업에서 대학원진학으로 방향을 틀었다. 그리고 소위 우리나라 빅3 중 하나인 대학을 택했다.

- 공부 좀 더 하면서 생각을 좀 해봐야겠어. 어떤 쪽으로 갈 건지.

대학원 진학을 앞두고 L이 말했다. 나는 몇 번의 우여곡절 끝에 그만 저만한 회사에 입사할 수 있었다. 물론 성에 차진 않았다. 우리 20대의 끝자락은 마침 20세기와 함께 저물고 있었다. L은 한동안 공부에 몰두했다. 낯선 환경과 학부 때와는 다른 공부로 L도 바빴고, 신입사원으로 정신없던 나도 바빴다. 가끔 회식으로 늦어지는 날에는 L의 자취방에서 잤다. 연애를 할 때는 여자들이 청소를 해주어서 늘 깨끗하고 정갈했던 방이었는데 그 즈음 L의 방은 엉망이었다.

- 다시 연애를 해야 하지 않겠냐?

내가 말했다.

- 아무래도 좀 그렇지?

L은 호탕하게 웃으며 말했다. 당시 L은 학과 공부 외에 조교일과 또 틈틈이 과외 아르바이트를 병행하고 있었다. 한동안 L은 의식적으로 여자를 만나지 않았다.

- 한 박자 쉴려구, 연애의 소모성, 나도 이젠 지쳤어.

L과 나는 바야흐로 서른을 앞두고 있었다. L은 대학원을 2년 반 다녔다. 서른이 되던 그 해 여름, L은 석사학위를 받았다. 그 2년 반 동안 L은 그럼 연애를 하지 않았을까? 물론 그렇지 않다. L은 그의 연애목록에서 그다지 크게 비중을 두지 않지만 근처 여대의 대학원생이었던 K와의 연애가 있었고, 또한 L의 표현대로라면 제대로 한 마지막 연애의 주인공인 N이 있었다. 다섯 번째, 여섯 번째의 연애였다. 아까도 말했지만 L는 대학원에 진학한 후 한동안 '금애(禁愛)'를 선언하고 공부에 몰두했다. 그러나 여자들의 눈이 삐지 않은 이상, 갈수록 남자로서의 매력을 발휘하는 L을 그냥 바라보고만 있을 수는 없었으리라. 게다가 이젠 지적인 분위기까지 가미됐다. 학과의 여학생들이 L에게 감정을 드러냈으나 L은 예의 그 쿨함으로 그녀들의 마음을 아프게 했다. L에게 구애를 하다 지쳐 휴학을 한 여학생도 있었다.

K는 학과 동기의 친구였다. 어느 날 학교 근처에 술집에 갔다가 동기와 함께 있는 K를 우연히 보게 된 L은 크게 힘들이지 않고 K와의 연애를 시작했다. 동기에게 소개팅을 부탁했다. 사실 L에게 마음이 있던 학과 동기로서는 마음 아픈 일이었지만 L의 부탁을 거절할 수 없었다. 그리고 소개팅의 결과는? 안 봐도 비디오다. L의 마음을 움직인 K는 어떤 여자였을까? 역시 한번 보면 자꾸 보고 싶어질 만큼 빼어난 미

인이었다. 그런데다가 의외로 순정파였다.

- 원래, 그런 스타일들이 한번 빠지면 걷잡을 수 없는 거야.

L은 웃으며 말했다. 집 떠나 자취하는 L을 위해 그녀가 퍼다 나른 반찬 및 각종 일상용품들은 나와 L 사이에서 두고두고 회자된다. 스물아홉, 이제 결혼적령기도 된 만큼 난 L이 K와 결혼하길 진심으로 바랐다. 그 즈음엔 나도 결혼을 생각하고 있을 무렵이었다. L과 K는 '선남선녀'라는 표현이 참 잘 어울리는 커플이었다. 그러나 L은 오래지 않아 K를 밀쳐냈다. K는 울고불고 L에게 매달렸다. 원래 이별을 먼저 말하지 않는 L이다. 이 경우는 상당히 예외적인 경우였다.

- 왜 그런 건데, 잘 어울리는 것 같던데.

아무리 친구라지만 잘 이해가 되지 않았다. 그 의외의 상황에 대해 L은 말했다.

- 어차피 결혼상대는 아니었다. 나 유학 갈 거야. 더 깊어지기 전에 정리하려고. 나도 마음이 아프다. 씨발.

- 오, 박사한다구? 결혼하고 같이 가지 그러냐? 그게 정신적으로 안정도 되고 좋을 텐데, 그렇게들 많이 하잖아.

- 그럴 돈이나 있냐. 내가? 새끼 지금 염장 지르냐?

하긴 미국 유학이 한두 푼 드는 것도 아니고, 듣고 보니 L의 입장이 이해되었다. 아무튼 그렇게 해서 7, 8개월간 전개되었던 L과 K의 사랑은 또 과거가 되었다. 몇 년 후에 L을 잊지 못한 K가 다시 한번 L을 찾지만 그때도 L은 그녀의 마음을 받아주지 않았다.

자 이제 L의 연애담도 슬슬 정리가 되어 간다. 그렇게 모질게 K를 밀어낸 L은 과연 한동안 공부에만 몰두했다. 그 결과 평가가 괜찮은 논문한 편을 완성했다. 공부도 재밌더라는 말을 L이 했을 때, 기분이 좀 묘했지만 친구로서 L이 자랑스러웠다. 성공적으로 대학원 과정을 마친 L은 내친김에 박사과정에 진학하려고 잠시 숨을 고르고 있었다. 아, 잠깐. L의 연애담을 마무리 짓기 전에 잠깐 내 얘기를 곁들이고 싶다. 앞서도 잠깐 말했지만 나는 중, 고교시절과 마찬가지로 대학시절에도 연애다운 연애를 제대로 못하고 번번이 헛다리만 짚었다. 나에게 여자는 난공불락의 성, 그 자체였고, 도저히 말이 통하지 않는 별종이었다. 그래도 한두 번 가슴 설던 기억이 있었다. 첫 번째 상대는 앞서도 말했듯이 L이 다리를 놔주었던 M이었다. L의 베스트 프렌드인 나를 위해 당시 L의 여자였던 S가 친구를 소개해 주었던 것이다. 군대 가기 전까지 반년 동안 태어나서 처음으로 연애란 걸 했다. 군에 입대하기 며칠 전 M과 함께 보냈던 그 밤을 나는 잊지 못한다. 그 얘기를 L에게 했더니 마치 자기 일처럼 좋아했던 기억도 난다. 또 한번은 제대 후 복학한 뒤 과 후배랑 1년여 사귀었던 일이다. 이땐 후유증이 꽤 컸다.

- 앓을 만큼 앓아야 낫는다.

L의 말이었다. 그 이후로 나는 여자에 두 손 들고 적당한 여자를 만나 빨리 안착하리라 결심했다. 나는 대학 졸업 후 몇 번 소개를 거쳐 만난 여자와 넉 달 만나고 결혼했다. 스물아홉 살 되던 그해 가을에. 여러모로 무난한 여자였다. 물론 L이 결혼식 사회를 봤다.

L은 석사를 마치고 반년간 직장을 다니면서 돈을 모았다. 다만 얼마라도 유학비용을 마련하기 위해서였다. 갑갑하고 짜증스러웠지만 곧 떠날 유학을 생각하니 그럭저럭 참을 만했다. 여느 날과 마찬가지로 그날 아침도 서울행 좌석버스를 타고 출근하는 길이었다. 출근하는 직

장인들과 학생들로 버스 안은 만원이었다. L이 앉아있는 뒷자리로 점점 사람이 밀려왔는데, 한 예쁘장한 여학생이 사람들 틈에 끼어 버거워하고 있었다. 가방을 옆으로 메고 있었다.

- 가방 이리 주세요.

L이 손을 뻗치며 말했다. 본능적인 움직임이었으리라. L의 본능은 주로 여자 앞에서 발휘된다. 그녀가 N이었다. N은 가방을 건네며 L의 좌석으로 돌아섰다.

- 학교에 일찍 가네요?

L이 자연스레 말을 건넸다.

- 아예, 일이 좀 있어서요.

왠지 모를 피곤함이 배어있는 얼굴이었다. 버스가 종점에 도착했다. L은 지하철역 앞에 있는 편의점에서 들러 N에게 커피캔을 하나 건넸다. 이미 서로에게 호감을 품기 시작했다. N은 대학을 졸업하고 취업을 준비하는 취업재수생이었다. 아마도 무척 외롭고 힘든 시기였으리라. N은 그런 감정을 L에게 여과 없이 그대로 드러내며 L에게 기대었다. L은 그런 N이 안쓰럽고도 사랑스러웠다. 남자란 대개 자기를 믿고 기대는 여자를 보호해 주려는 본능이 있는 법이다. 답답한 회사생활에 지쳐가는 L에게도 N은 한줄기 빛이었으리라. 그렇게 그들은 서로를 격려하며 사랑을 쌓아갔다. N은 취업공부를 위해 거의 매일 학교에 나갔고, L이 퇴근하면 만나서 시간을 보내다 함께 버스를 타고 돌아왔다. 어느 날 버스 안에서 N이 말했다.

- 우리가 부부라면 얼마나 좋을까, 지금 이게 퇴근하고 함께 집으로 돌아가는 길이라면...

L은 N의 손을 꼭 잡아주었다.

- 걱정하지 마. 곧 그렇게 될거야.

주말이 되면 L은 N과 함께 차를 몰고 여기저기 놀러 다녔다. 그렇게 몇 개월이 지나갔다. L은 회사를 그만두었다. 마침내 미국에서 입학허가 서류가 날아왔다. 이 주일쯤 남은 출국날짜, 이런저런 준비로 분주했다. 이때쯤부터 N은 몹시 불안해했다. 그 불안해하는 눈빛을 볼 때마다 L의 마음은 흔들렸다. L은 물론 할 수만 있다면 N을 데리고 가고 싶었다. 그러나 우선 경제적인 문제부터 시작해서 그럴 수 있는 상황이 못 되었다. L은 N을 안심시키기 위해 노력했다. 그리고 N의 취직을 위해 자신도 여기저기 백방으로 알아보았다. 몇 군데 면접을 거쳐 드디어 N은 한 기업의 인턴사원으로 입사할 수 있었다. 떠나기 하루 전, L과 N은 한 모텔에서 길고도 격렬한 정사를 나누며 서로의 사랑을 확인했다. L은 N과 만난 몇 달간 혹여나 임신이 되면 안 된다고 생각했고, N과의 섹스에서 늘 피임에 주의했다. 그러나 이날만큼은 '임신이 되면 좋겠다'라고 L은 잠깐 생각했다. L도 이후의 일들이 불안했던 것이었다. 예전 크리스티나와의 경험도 있었고. L은 N에게 말했다.

- 빨리 돌아와서 우리 공주님 행복하게 해줄게.

N은 고개를 끄덕이며 눈물 어린 눈으로 L을 바라보았다. 그 눈빛이 L의 가슴을 아프게 했다. 그렇게 L은 여섯 번째 연애상대인 N을 남겨두고 미국으로 훌쩍 떠났다. 그즈음 L은 나에게 이렇게 말했다.

- 막차를 탄 기분이다. 어쨌든 목표했던 박사과정에 입학하게 됐고, 또 사랑하는 여자를 옆에 둔 지금이 말이야.

- 그래, 다 잘 되겠지. 가서 건강하게 공부 잘 해라. 화이팅이다. 친구.

한동안 해방감과 신선함이 L을 들뜨게 했지만, 유학생활은 생각처럼 순탄치 않았다. 예전 군대 제대 후 떠났던 어학연수와는 여러모로 사정이 달랐다. 무거운 책임감과 공부에 대한 압박감이 L을 조금씩 갉아먹었다. 엄청난 양의 공부를 따라가기 위해 L은 종종 밤을 지새웠다.

- 이걸 하겠다고 한국을 떠나오다니, 오 마이 갓!

L과 N은 하루에도 몇 번씩 이메일을 주고받으며 서로의 사랑을 확인했다. 그러나 L은 이미 알고 있었다. '아웃 오브 사이트, 아웃 오브 마인드' 정확히 1년이 지난 시점, 둘의 사이엔 균열이 생기기 시작했다. 서로에 대한 서운함이 커져갈수록 연락은 뜸해져 갔다. 특별한 이유는 없었다. 그저 서로에게 서운했고 불안했고 힘들었을 뿐이었다. 그리고 서로 이별에 합의했다. 셋째 학기 방학을 이용해 귀국한 L은 술에 취해 말했다.

- 세상의 모든 여자와 결별하겠다!

퍽이나 그럴 친구겠냐만 그날 L의 그 쓸쓸한 모습이 내 마음을 아프게 했다. 그 건장하던 체격이 눈에 띄게 말라 있었다. 고단한 유학생활이, 실연의 고통이 그를 무척 힘들게 했으리란 걸 쉽게 짐작할 수 있었다. 그때 난 직장생활 5년차의 대리였다. 나 역시 일에 치여 고단하긴 했지만 그래도 조금씩 안정되어 가는 생활에 그런대로 만족하던 때였다. 늘 부럽기만 하던 L이 그 순간 안타깝게 느껴졌다. 서른두 살, 애매한 나이였다. 다시 학교로 돌아간 L은 마음을 독하게 먹었다. 코피를 쏟아 가며 공부를 했다. 흐트러지는 마음을 다잡기 위해 규칙적으로 운동했다. 먼저 졸업에 필요한 학점을 한꺼번에 몰아서 이수했다. 이제 졸업논문을 위해 전력투구했다. 외국어로 논문을 쓴다는 것은 정말 피 말리는 작업이었다. 스트레스가 엄청났다. L은 운동으로 스트레스를 풀어보려 했지만 역부족이었다. L은 섹스로 그 스트레스를 풀어나갔다. 역시 그에겐 다른 어떤 운동보다 섹스가 맞았다. 정말 많은 여자들이 그의 방을 다녀갔다. 스트레스의 강도가 높아지면 높아질수록 L의 섹스에 대한 몰입도 비례했다. 한번 본 여자는 다시 보지 않았다. 어쩌다 여자가 다시 방을 찾아올 경우에도 L은 섹스 그 자체에만 몰두했다. L은 의식적으로 그녀들과 일정선 이상의 감정을 교류하지 않았다. 그의 출중한 외모는 미국에서도 통했다. 그래서 섹스파트너를 손쉽게 구할 수 있었다. 그것도 다양한 국적의 여자를. 물론 상대를 구할 수 없는 날도 있었다. 그런 날은 콜걸을 불렀다. 넉넉지 않은 용돈이었지만 그나마 유학의 막판에는 용돈의 거의 모두가 그러한 용도로 쓰였다. 공부를 하러 미국에 온 건지 섹스를 하러 미국에 온 건지 나중엔 헷갈릴 지경이었다. 그렇게 논문과 섹스만 생각하면서 L은 유학생활을 마쳤다. 그가 한국을 떠난 지 4년 반 만이었다. L은 한 손에 박사학위증을 들고 돌아왔다. 다소 마르긴 했으나 L은 건강한 모습이었다.

- 씨발, 이 잘난 거 하나 따느라 죽다 살았다. 친구.

L은 예의 그 매력적인 웃음을 지으며 말했다. 나는 친구의 귀환을 진심으로 축하했다. 돌아온 장고였다. 거한 파티를 마련하기 위해 친구들을 호출했다.

이상이 나의 베스트 프렌드 L의 연애담이다. 물론 L은 귀국한 뒤로도 여러 여자들을 만나고 즐긴다. L이 만나는 훌륭한 여자들을 나도 여러 번 보았다. 그중의 한 명을 택해 이제 결혼하고 자리를 잡았으면 하는 게 친구로서 나의 바람이다. 그러나 L은 그녀들과 좀처럼 감정을 나

뭐 갖지 않는 것 같다. L 스스로도 그것을 인정한다. 그리고 그런 관계를 '연애'라고 부를 수는 없다고 L은 말한다. 혹은 그런 관계에 굳이 연애라는 이름을 붙인다면 '토막 연애'라고 할 수는 있을 거라고 한다. 연애면 연애지 토막 연애는 또 뭔가. 물론 절친한 친구인 내가 L의 심정을 전혀 모르는 건 아니다. 그가 무엇을 찾고 있는지 나도 안다. 그러나 내 관점에서 보자면 L에게 그런 상대는 이제 없다고 본다. 그러기엔 L은 너무 많은 것을 겪었고 또 너무 많은 것을 머리에 담았다. 없는 상대를 억지로 찾고 있으니 괴로울 수밖에. 예전같이 감정이입이 안 된다고 웃으며 말하는 L에게 언젠가 한번 내가 정색을 하고 말한 적이 있다.

  - 친구, 그런 연애는 이제 없다네. 우리 나이가 몇이냐. 아직도 예전
   의 그런 감정을 찾고 있는가. 그런 건 이미 가고 없다네. 그거 너도
   잘 알잖아. 그 정도 했으면 이젠 너한테 맞는 여자, 너 편하게 이해
   해줄 수 있는 여자 찾아서 정착해.

아끼는 친구가 시간과 돈을 허비하는 것이 안타까웠다. 그러나 L은 그저 싱긋 웃는 것으로 내 말을 받았을 뿐이다.

  - 친구, 난 연애가 좋아. 연애야말로 우주적 활력소 아닌가. 물론 시
   간과 정력이 낭비된다고 볼 수도 있겠지만 연애를 통해 얻게 되는
   에너지는 그런 것들을 다 상쇄할 만큼 강력한 어떤 것이라고 생각
   하네. 진정한 연애, 난 그걸 찾는 걸세. 내가 완전히 몰입할 수 있는
   그런 상대를. 그럴 수 있다면 자연스레 결혼도 하게 되겠지. 그런
   데 말이네 친구, 내가 안타까운 건 그런 상대를 찾기가 예전과 다르
   게 왜 이리 힘든가 하는 것이라네. 나도 괴롭다네. 친구.

- 기대치를 줄여 봐. 살다 보면 정도 들고 또 새로운 감정도 생긴다. 너도 이제 정착해서 성과도 내고 더 큰 재목이 돼야지. 언제까지 그렇게 소모적인 일에 몰두 할거냐구, 친구로서 안타까워하는 얘기야. 너 좋다는 애 많잖아. 그중에서 그냥 하나 골라 친구야.

나는 답답했다.

- 그래, 니 말 무슨 얘긴지 알아. 안다구. 근데 말이야.

그래, L 본인의 답답함이야 오죽할까. 나는 진심으로 L이 일곱 번째 연애를 찾아 그것을 결혼으로 잘 연결시키기를 바란다. 그는 내 소중한 베스트 프렌드이기 때문이다.

여행을 떠나요

푸른 언덕에 배낭을 메고
황금빛 태양 축제를 여는
광야를 향해서 계곡을 향해서

- 하지영 작사, 조용필 작곡

토요일 아침, 텔레비전의 한 여행 프로그램에서 인도를 비춰주고 있다. 얼마간 보고 있자니 무척이나 눈에 익으면서도 동시에 낯선, 어떤 기묘한 느낌이 들었다. 묘한 여운을 남기는 클로징 멘트는 인도를 꽤나 낭만적인 곳으로 채색하고 있었다. 아마 텔레비전을 본 많은 이들이 인도로 떠나고픈 충동을 느꼈을 것 같다.

2년 전 봄, 나도 무언가에 홀린 듯 인도로 떠났다. 그리고 그곳에서 1

년 넘게 살았다. 남들이 보기엔 그때의 내 행동이 무척이나 이상했을 것이다. 사실 가족들조차 이해시킬 수 없던 인도행이었다. 멀쩡히 잘 다니던 회사를 그만두었을 때까지만 해도 부모님은 나를 믿고 이해해 주셨다. 당분간 쉬면서 하고 싶은 것을 하라고 오히려 따뜻하게 위로해 주셨다. 곧 벌어질, 과년한 딸을 가진 부모로서는 속이 터질 그 일을 전혀 알지 못한 채로 말이다. 지금 와서 생각해보면 내가 왜 인도엘 갔는지, 또 갈 수밖에 없었는지 알 것도 같지만, 그것을 누군가에게 조리 있게 설명하긴 여전히 어렵다.

서른두 살의 봄, 그렇게 갑작스레 회사를 그만둔 나는 인도로 떠났다. 그리고 돌아왔다. 1년 4개월 만이었다.

*

나의 이십 대는 너무 밋밋했다. 난 서울에 있는 상위권 대학의 디자인학과를 다녔고, 남들 하는 것처럼 재학 중에 영어를 배우기 위해 미국으로 1년간 어학연수를 다녀왔으며, 방학 때 친구들과 유럽으로 배낭여행을 다녀오기도 했다. 특별히 부족한 것도 없었고 이렇다 할 문제도 없었다. 대학 때 과 동기와 1년여 연애를 하다 헤어졌는데, 그에 대한 특별한 기억도 없는 걸 보면 그때의 연애란 것도 지극히 밋밋했던 것 같다. 졸업 즈음 유례없는 취업난이라고 온 나라가 떠들썩했지만, 난 별 어려움 없이 졸업과 동시에 직장에 들어갔다. 다소 낯설고 힘들었지만 곧 직장생활에도 익숙해지기 시작했다. 주말이 되면 친한 친구들과 맛집을 찾아다녔고, 영화를 보았으며, 뮤지컬과 콘서트를 즐겼다. 분위기 좋고 커피 맛 좋은 카페를 찾아다녔고, 가끔은 홍대 앞 클럽을 찾아 스트레스를 풀었다. 휴가 때면 친구들과 여행을 떠났다. 일 년에 한 번뿐인 귀중한 휴가였던 만큼 평소에 가 보고 싶었던 외국의 휴양지를 주로 다녔다. 시간은 잘 흘렀고 나는 어느 정도 내 생활에 만족했다.

이십 대 중반을 넘어가면서부터는 엄마의 성화에 못 이겨 선을 보기 시작했다. 햇수가 넘어갈수록 선을 보는 횟수도 늘기 시작했다. 처음엔 낯선 사람과 마주 앉아 차를 마시고 이야기를 나눈다는 것이 어색했지만, 그것도 할수록 는다고 점점 익숙해지기 시작했다. 주로 엄마를 통해 연결이 된 그 상대들은 매너 좋고 직업 확실한, 소위 말하는 일등 신랑감들이었다. 더러는 몇 번씩 만남을 이어간 경우도 있었지만 아무래도 감정을 교감하기는 쉽지 않았다. 그 즈음엔 나뿐만 아니라 친한 친구들 역시 주말이면 선보러 다니기에 바빴다. 우리는 모두 운명적인 사랑을 꿈꿨지만, 현실에서 그런 사랑이 '짠'하고 다가올 거라고 믿을 만큼 어리지도, 순진하지도 않았다. 가끔 회사나 이런저런 모임에서 알게 된 남자들 중에 이런저런 방식으로 접근해오는 경우도 있었지만, 그런 경우엔 일단 믿음이 가지 않았다. 그냥 무난히 소개를 통하자는 게 나와 내 친구들의 일반적인 생각이었다.

K는 그러니까 스물여덟 가을에 만난 남자였다. 물론 소개를 통해서였다. 나보다 두 살이 많았고 대학원을 졸업하고 막 대기업에 입사한 전도유망한 남자였다. 그날도 어김없이 신촌의 어느 카페에서 만나기로 약속을 정했다. 약속시간 10분 정도가 지나 들어간 그 카페의 한쪽에 K가 앉아 있었다. 의례적인 인사와 또 지극히 의례적인 소개가 끝난 뒤, K는 굵은 저음으로 말을 이어갔다.

- 사실, 이렇게 좋은 날 선보러 나온다는 게 내키지 않았었는데, 나오
길 잘했다는 생각이 드네요. 은선씨를 만나게 돼서 정말 좋네요.

'뭐야, 또 이 남자는?' 나는 내심 아무것도 아니라는 척 했지만, 그의
솔직 담백한 면과 유연한 사고가 싫지 않았다. 특히 미국에서의 유학
생활과 배낭여행을 통해 얻은 폭넓은 경험이 좋아 보였고, 여행이 취
미라는 점에서 우리는 통하는 면이 많았다. '인연이 있긴 있나 보다' 당
시의 나는 그렇게 생각했다. 그렇게 해서 나와 K는 친해지게 되었고
몇 달간 많은 시간을 함께 했다. 친구들과의 약속도 모두 미루고 주말
엔 K와 보내는 경우가 많았다. 우리는 신촌과 명동, 인사동, 강남 일대
를 주 데이트 코스로 삼아 이런저런 추억을 만들어갔다. 비가 내리던
어느 늦가을 밤, 신촌 어느 카페에서 첫 키스를 했던 기억이 난다. 부모
님도 좋아하는 눈치였고, 자연스레 결혼으로 이어질 것 같은 분위기였
다. 만난 지 두 달이 됐을 때쯤이던가. K가 자연스레 섹스를 요구했지
만 난 그전에 확실한 다짐을 받고 싶었다. 그런데 K는 이상하게도 결
혼 얘기는 꺼내지 않았다. 지금 와 생각해 보건대 어쩌면 그때 K는 다
른 여자를 동시에 만나고 있었는지도 모르겠다. 혹은 결혼 자체를 꺼
리는 사람이었는지도 모르겠다. 요컨대 K는 결혼에 구애받지 않고 연
애를 즐기겠다는 생각이었던 것 같다. 그런 그를 당시의 나로서는 백
프로 신임할 수 없었다. 그렇다고 내가 먼저 그에게 결혼하자고 할 수
는 없는 노릇이었다. 중매를 섰던 사람을 통해 남자 쪽의 생각을 넌지
시 물어보기도 했었다. 중매인을 통해 알게 된 남자의 입장은, 내가 맘
에 들되 결혼은 좀 더 교제해본 뒤에 생각해보겠다는 것이었다. '웃겨,
누군 뭐 결혼 못해 안달인 줄 아나 보지?' 자존심이 상했다. 생각해보

니 그때부터 거리를 두고 그를 관찰하게 된 것도 같다. 그런 내 생각을 아는지 모르는지 아랑곳하지 않고 집요하게 섹스를 요구하던 K는 내가 계속 거절을 하자 답답한 듯 한번은 크게 한숨을 쉬며 말했다.

- 야, 너 참 대단하구나. 아니 대단한 건지, 뭘 모르는 건지...

경멸이 섞인 듯한 눈빛을 보내는 그에게 정이 확 떨어졌다. '웃기지 마. 니 속셈 뻔히 알거든' 그게 원인이 되었는지는 모르겠지만 그때부터 K와의 관계가 조금씩 소원해지고 연락도 뜸해지기 시작했다. 그냥 그렇게 자연스럽게 K와의 관계는 정리됐지만, 나는 태어나서 처음으로 남자로부터 적지 않은 상처를 받았다. 가슴 한구석이 시리게 아팠고 한동안 모든 일에 의욕을 잃어버렸다. 아마도 그때부터였던 것 같다. 혼자 훌쩍 여행을 떠나기 시작했던 것이. 한동안 마음고생을 심하게 했던 나는 주말을 끼고 다시 이틀 휴가를 더해 거제도로 여행을 다녀왔다. 부산도 안 가 본 내가 왜 뜬금없이 거제도로 여행을 갔는지는 나 자신도 모르겠지만, 왠지 문득 거제도에 가보고 싶었다. 조금씩 더워지기 시작하던 어느 봄날이었다. 평소엔 혼자 밥 먹는 것조차 끔찍이 싫어하고 조금이라도 불편하거나 낯선 곳은 피하던 내가 혼자서 겁도 없이 여행을 다녀왔으니 집에서 크게 걱정했던 것은 당연한 일이었을 것이다. 하지만 거제도 여행은 더 없이 유쾌했다. 오길 참 잘했다는 생각이 들었다.

나는 다시 일상으로 돌아와 착실하게 직장생활을 계속했다. 다시 주말이면 친구들과 어울려 다녔고 또 선도 들어오는 대로 나갔다. 그러나 K와의 일 이후로 나는 좀처럼 남자들을 신뢰하기 어려웠고 감정을 교감하긴 더더욱 어려웠다. 그냥 타성적으로 사람을 만났던 것 같다.

귀찮기도 했지만 안 하면 또 뭔가 허전했으니까. 간혹 적극성을 띠는 남자들이 있었지만 제대로 호응해준 적은 없었다. 혹은 그럼에도 자기 기분에 취해 계속 문자와 메일을 보내오는 투박한 남자들이 종종 있었다. 답을 하지 않자 그중의 어떤 남자는 불같이 화를 내기도 했다. '네 깟 기집애가 뭘 그렇게 대단하다고. 꼴 같지도 않다'라는 문자도 받았다. 그러나 그런 말에도 별 느낌이 없었다. 그러거나 말거나, 대꾸하지 않았다.

거제도에 혼자 다녀온 이후, 난 가끔씩 혼자 여행을 다니게 되었다. 뭔가 답답하고 내 뜻대로 일이 풀리지 않는다고 느낄 때면 인터넷을 뒤져 여행지를 정하고, 이틀이고 삼일이고 그렇게 홀쩍 떠나곤 했다. 중학교 수학여행 때 갔었던 경주, 일본인들이 많이 찾는다는 겨울연가의 촬영지 춘천, 동해안 낙산, 강화도 등등 여러 곳을 다녔다. 철저히 혼자인 그 느낌이 좋았고, 또 여행지에서 만나게 되는 낯선 사람들의 얼굴이 참 편안하게 또 선하게 느껴졌다. 휴가 때 해외여행을 가는 것도 예전과 같았지만 이젠 혼자 간다는 것이 달랐다. 물론 부모님께는 친구와 함께 간다고 안심시켰다. 그렇게 다녀온 곳이 방콕과 도쿄와 런던이었다. 그리고 나는 서른이 되었다.

- 너 요즘 왜 그래? 많이 변했어. 너, 혹시 숨겨둔 애인 있는 거 아냐?

고등학교 때부터 친하게 지내온 베스트 프랜드 현주는 어느 날 나보고 많이 변했다는 말을 했다.

- 그러니? 내가 보기엔 네가 더 많이 변한 것 같은데.

'변한다'는 표현처럼 진부한 말이 있을까. 세상 모든 만물은 변한다. 언젠가부터 나는 친구들과의 수다가 의미 없게 느껴졌다. 모든 이야기는 남자와 결혼에 집중되었다. 결혼, 결혼, 마치 결혼하기 위해 태어난 것처럼 너 나 할 것 없이 결혼에 관한 이야기였다. 도저히 듣고 앉아있을 수가 없었다.

*

원래부터 특별히 인도에 관심이 있었던 것은 물론 아니었다. 그동안 유럽과 아시아의 여러 나라들을 여행했지만, 인도에 갈 생각은 한번도 한 적이 없었다. 인도하면 떠오르는 피상적인 이미지, 예컨대 종교의 나라, 카스트 제도, 카레 정도가 내가 알고 있는 전부였다. 하지만 언젠가부터, 그러니까 직장생활이 지겨워지고 친구들과의 수다가 무의미해지고 선을 보러 다니는 것에 회의가 들기 시작할 무렵부터, 인도는 점점 내 마음속으로 파고들었다. 자꾸 말을 걸어왔다고 할까. 구도, 수행, 윤회, 전생, 이런 단어들이 머릿속에서 뱅뱅 맴돌았다. 그러면서 인도에 가고 싶은 강렬한 욕망이 생겼고, 그때부터 인도에 대한 정보를 수집하게 되었다. 그리고 왠지 이번엔 짧은 여행으로 끝날 것 같지 않다는 생각이 들었다.

서른두 살이 되자 엄마는 더욱 급하게 나를 몰아세웠다. 더 이상 선을 보지 않겠다고 수없이 말했지만 소용없었다.

- 엄마, 만나 봐야 아무 느낌 없어. 이제 그만 할게.
- 은선아, 올해 아니면 정말 힘들어져. 정말 괜찮은 사람이니까. 만나봐. 엄마 너 땜에 밤에 잠을 못 잔다.
- 엄마 나 괜찮아. 결혼이 인생의 전부가 아니잖아. 나 그냥 이대로가 좋아.

엄마의 걱정이 무엇인지 알고 또 나 역시 누군가를 만나서 예쁜 가정을 꾸리고 싶다는 생각을 늘 하고는 있었지만, 정말 괴로운 즈음이었다. 태어나서 처음으로 내가 잘못 살았다는 생각을 했고, 또 이 나라가 정말 싫다는 생각도 들었다. 그런 생각이 커지면 커질수록 인도에 가고 싶은 욕망도 커졌다. 이상하게도 당시는 그저 인도에 가면 뭔가 답을 구할 수 있을 것만 같았다. 그해 4월, 현주가 시집을 갔다. 숱한 우여곡절을 겪은 후 결혼하는 현주였지만 결혼식장에선 밝아보였다. 환하게 웃는 현주의 얼굴을 보고 있자니 부러웠다. 진짜 너무나 부러웠다. 돌아오는 길에 나는 결심했다. 회사에 사표를 내기로.

사표는 신속하게 처리되었다. 6년간 다닌 직장이었는데, 그래 서운함이 없었다면 거짓말이었다. 같이 일했던 동료들과 헤어지는 게 특히 그랬다. 그런 서운함이 컸고 그 다음엔 허망함이었다. '6년간 과연 내가 뭘 한 거지' 매일매일 나름대로 뭔가 열심히 일한 것 같은데 돌이켜 생각해보니 허망하기 그지없었다. 첫 번째 직장까지 포함하면 9년간 나는 일했다. 그리고 쉼표를 찍었다. 이제 인도를 향해 떠나기만 하면 된다. 문제는 부모님을 설득하는 일이었다. 혼자서 여행 다니는 것도 그렇게 걱정하고 말리던 부모님이셨다. 아빠는 절대 안 된다고 펄펄 뛰셨다.

- 네가 힘들어서 회사를 그만둔 것까지는 아빠가 이해한다. 그런데 왜, 도대체 왜 뜬금없이 인도에 간다 그래? 혼자서 여행? 안 돼! 차라리 유학을 가, 미국이나 영국으로. 그래, 유학이라면 내 보내주겠다. 정 가고 싶으면 가서 정식으로 유학 수속 해. 너 지금 그건 도피야, 도피! 현실에서 도망가고 싶어서 그러는 거야, 네가. 안 돼! 절

대 안 돼!!

내가 뜻을 굽히지 않자 아빠는 차라리 유학을 가라고 했다. 하지만 유학은 생각해보지 않았다. 그러고 싶은 맘도 전혀 없었다. 엄마는 그런 나를 보며 우셨다.

- 은선아, 아이구 은선아. 다 엄마 탓이다. 엄마가 죄가 많아서 널 힘들게 하는구나. 미안하다. 엄마가 미안해.

우는 엄마의 모습을 보고 나도 펑펑 울었다. 가슴이 찢어질 듯 아팠다.

- 왜 엄마가 미안해. 내가 미안하지. 그러지 마 엄마. 나 아무렇지도 않아.

돌이켜 생각해보니 그때까지 나는 부모님의 기대에 크게 벗어나지 않는 큰딸이었다. 말썽 한번 없이 학창시절을 보냈고, 소위 우리나라에서 일류라고 얘기하는 대학을 나와 무난하게 취직을 했다. 부모님은 나의 그런 모습을 늘 기특하게 여겼고 더러는 남들에게 자랑도 하고 다니셨다. 그러나 이제와 생각해보면 난 내가 진정으로 원하는 것이 무엇인지 깊게 생각하지 않았고, 또 그것을 그때까지도 찾지 못했던 것 같다. 어느 순간 갑자기 그게 너무 억울했다. 이제부터라도 그것을 찾겠다고 생각을 했다. 그리고 조금은 생뚱맞을지 몰라도 그 첫 번째 단계가 인도행이었던 것이다. 회사를 그만둔 지 3주 정도가 지난 어느 날, 마침내 난 인도행 대한항공 비행기에 몸을 실었다. 부모의 가슴에 못을 박고 떠나는 길이었다. 마음이 편할 리 없었다. 그러나 비행기가 이륙하는 순간, 나는 내가 그토록 바라던 새로운 세계로 향해 간다는 설렘에 흠뻑 취하게 되었고, 다른 모든 일들은 점점 내게서 멀어져

가는 느낌을 받았다. 비행기가 뉴델리에 도착했다. 막연한 이끌림에서 시작해서 마치 전생에 내가 살았던 곳이 아닐까 하는 기묘한 느낌이 더해져 나를 강하게 잡아끌었던 그 인도에 도착한 그 순간, 5월의 후덥지근한 열기조차 감미로웠다.

그러나 그렇게 열망하던 인도였는데, 일주일이 채 지나지 않아 나는 완전히 지치고 말았다. 익숙치 않은 기후, 생활풍습이 물론 가장 큰 원인이었겠지만, 내가 막연히 품고 있던 기대가 점점 무너져 내리는 느낌이 들었다. 외로움과 공허감에 밤에 잠을 이루기 힘들었다. 릭샤를 타고 박물관으로, 사원으로, 델리 곳곳을 돌아다녔지만 특별한 감흥이 생기지 않았다. 고온의 날씨도 너무 힘들었고, 외국인을 보면 너 나 할 것 없이 바가지를 씌우려는 그들의 모습에 기분이 몹시 상했다. 이상했다. 뭔가 잘못된 것 같다는 생각이 강하게 들었다. 그냥 돌아가고 싶었다. 바로 그때쯤 타지마할을 만났다.

타지마할을 보러가는 길도 순탄치 않았다. 아그라역에서 타지마할까지의 여정은 몹시도 혼잡했고 무질서했다. 그런 한복판에 그러한 완벽한 건물이 세워져 있다는 것이 참 아이러니했다. 그러나 타지마할은 인도가 가장 아낀다는 국보 1호답게 보는 이를 압도하는 매력이 있었다. 무덤이 이렇게 완벽하게 아름다울 줄이야. 그리고 그 무덤엔 절절한 사연이 깃들여 있었다. 사랑하는 이를 보낸 자의 애절한 그리움과 슬픔이 빚어낸 미의 극치가 내 눈앞에 펼쳐져 있었다. 그러한 애절한 사랑이 우리 사는 세상에 과연 존재했더란 말인가. 나는 깊은 감동에 젖어 밤늦도록 잠을 이루지 못했다.

그 다음 목적지는 갠지스강이었다. 어쩌면 내가 인도에 온 이유가 갠지스강 때문이었는지도 모른다. 삶과 죽음이 교차하는 곳, 죽음이 또 다른 삶의 시작이라고 믿는 이들, 그 모습이 참으로 궁금했다. 굽이굽이 좁은 길을 헤치며 찾아간 갠지스강, 가슴이 쿵쾅거렸다. 시신 타는 냄새가 진동했다. 화장터 한쪽에서 시신이 타들어 가는 광경을 가슴 졸이며 지켜보았다. 가슴에 강한 충격이 가해지는 느낌이었다. 인간의 유한한 삶과 그 허망함을 목도하는 듯했다. 그랬다. 도대체 인간이란 어떤 존재이고 나는 또 누구인지에 대한 물음이 저절로 생겼다. 과연 삶과 죽음은 윤회할까. 나는 덜컥 겁이 났다. 이튿날 아침 배를 타고 갠지스강을 유람하면서 그 이른 시각 강 곳곳에서 목욕을 하는 많은 인도인들을 보면서 나는 수많은 상념에 잠겼다. 내가 살아온 짧은 인생에 대해 다시 생각했다. 문득 두려웠다.

타지마할과 갠지스강을 둘러본 나는 한동안 움직일 엄두를 못 냈다. 그 두 곳에서 받은 감동과 충격이 너무 강했던 탓이었다. 처음 와서 묵었던 델리의 게스트 하우스에서 하루하루를 보냈다. 인도에 도착한지 한 달쯤 지난 시점이었다. 그 더운 날씨와 인도 음식에도 조금씩 익숙해져 가고 있었다. 몇 번 집으로 전화를 해서 부모님을 안심시켰지만, 부모님은 노심초사하시며 나의 귀국을 종용하셨다. 내가 다람살라에 가지 않았다면 아마도 나는 그쯤에서 인도여행을 마무리 짓고 귀국했을 것이다. 특별히 그곳에 가려고 했던 것도 아니었다.

그러나 운명이었을까. 나의 다람살라행은 말 그대로 새로운 세계와의 조우였다. 인도를 떠나기 전 마지막으로 둘러보기로 한 그 곳, 다람살라에서 나는 1년 3개월을 더 살았다.

다람살라, 티베트의 정신적 지도자 달라이 라마가 거주하고 있는 곳이다. 말하자면 인도 안의 티베트인 셈이다. 해발 1700미터 고산지역에 위치한 다람살라에는 달라이 라마와 수천 명의 티베트인들이 살고 있었다. 1959년 중국정부의 탄압을 피해 망명한 달라이 라마와 그의 추종자들이 모인 그곳 다람살라는 고요하고 평화로웠다. 종교와 생활이 일치되는 곳, 나는 그곳에서 드디어 한국을 떠난 진짜 보람을 찾았다. 외국인만 보면 바가지를 씌우려는 인도의 다른 곳과는 달리 그곳은 정직했다. 티베트 불교에 대해서도, 달라이 라마에 대해서도 거의 아는 바 없었지만 나는 그곳이 마치 내가 태어나서 자란 곳처럼 편안했다. 정신적인 포만감에 하루하루가 행복했다.

나의 하루는 단순했으나 평온했고, 행복으로 충만했다. 그날도 아침을 먹고 숙소 주위를 산책하는 중이었다. 언덕길을 올라가는데 그 맞은편에 한 남자가 서 있었다. 나를 쳐다보고 있다는 것을 의식한 후, 그를 슬쩍 바라보니 맑게 웃으며 가벼운 목례를 보내는 것이 아닌가. 나도 얼떨결에 인사를 했는데, 처음엔 한국인인 줄 알았다. "안녕하세요"라는 말이 나도 모르게 입 밖으로 살짝 나오려고 했다. 그만 무시하고 길을 가려는데 그가 뛰어왔다. 약간 어색하지만 부드러운 억양의 영어로 그가 말을 걸어왔다.

- 한국 사람인가요?

- 네, 맞아요.

- 어딜 가시나요?

- 그냥 산책이나 좀 하려구요.

- 제가 안내해 드릴게요.

괜찮다고 사양을 하려는 참이었는데 그는 그냥 불쑥하고 앞장을 섰다. 그러나 무례하다거나 기분이 나쁘다는 생각이 들지 않았다. 그의 맑은 눈에, 선한 웃음에 나의 경계심이 사라진 것일까. 한참을 말없이 걷고 있는데 그가 돌아보며 다시 웃었다. 이번엔 나도 따라 웃었다.

- 그거 알아요?
- 뭘요?
- 우리가 전생에 남매였다는 걸.
- 뭐라구요?

'무슨 뜬금없는 소린가' 싶었다. '여기 애들은 그런 식으로 여자들에게 작업을 거나?' 기가 차서 말이 안 나왔다. 나는 갑자기 기분이 상해 자리에 멈춰 섰다. 그러자 그는 금세 슬픈 눈빛으로 말을 이어갔다.

- 전생이란 게 있어요. 나는 그걸 볼 줄 알거든요. 당신과 나는 틀림
  없이 남매였어요.

나는 더 이상 그를 쳐다보지 않고 돌아서서 오던 길을 따라 숙소로 향해 걸어갔다. 숙소의 종업원이 굳은 얼굴로 들어서는 나를 보고 말을 건넸지만 대답하지 않고 그냥 방으로 들어갔다. 그날 하루 종일 묘한 기분에 사로잡혀 있었다. 처음엔 못 들을 말을 들은 것처럼 당혹스럽고 또 기분이 나빴는데, 시간이 지날수록 점점 '그 사람은 왜 그런 말을 했을까?', 그리고 '정말 전생이란 게 있을까' 하는 쪽으로 생각이 옮겨갔다. '전생'이란 단어가 계속해서 나를 따라다녔다. 갠지스강에서 구도를 하던 많은 사람들이 떠오르고, 그 적나라하게 타들어 가던 낯선이의 시신도 떠올랐다. 타지마할의 그 슬프도록 아름다운 모습도 눈앞에 아른거렸다.

그 이후로 나는 그 남자와 종종 마주쳤다. 시장에 가면 시장에서, 사

원에 가면 또 그곳에 그가 있었다. 경계심이 차차 가셨다. 그때마다 짤막하게 대화를 나누곤 했는데, 점점 그가 친숙하게 느껴지기 시작했다. 용판이란 이름의 남자였다. 나이는 스물다섯, 나보다 7살이나 어린 남자였다. 그러나 고생을 많이 해서 그런지 겉보기엔 내 또래, 혹은 내 나이보다도 더 들어보였다. 7년 전 중국 티베트에서 국경을 넘어 이곳으로 들어왔다고 했다. 그렇게 조금씩 나와 용판은 친구가 되어 갔고 편하게 이야기를 나누는 사이가 되었다.

- 그럼 고향은 티베트, 그러니까 중국이네?

- 그렇지.

- 그럼 가족은?

- 다 중국에 있어. 나 혼자 여기에 있는거야.

- 왜 같이 안 오구?

- 이곳에 오는 걸 부모님은 반대하셨어. 반대를 무릅쓰고 온 거야. 티베트을 떠나 국경을 넘으려는 첫 번째 시도 때는 아버지에게 잡혀서 매를 많이 맞았어. 절대로 날 보낼 수 없다고 나를 때리신 거지. 하지만 나는 떠날 수밖에 없었어. 부모님 몰래 집을 나왔고, 국경을 넘었어.

그 얘길 하면서 갑자기 용판은 눈물을 글썽이기 시작했다. 커다랗고 선한, 맑디 맑은 그 눈에서 굵은 눈물이 뚝뚝 떨어졌다. 그것을 보고 있으려니 마음이 아팠다. 가만히 그를 안아 주었다. 마치 진짜 누이가 된 듯이. 용판의 처지가 너무 안타까웠다. 그런 한편 자신의 신념을 따라 그 난관을 돌파한 것이 또한 대단해 보였다. 부모님의 반대도 반대지만 중국 경찰에 잡히면 죽을지도 모르는 그 국경지대를 넘는 것은 웬만한 신념과 각오가 없으면 사실 힘든 일이었다. 용판은 3형제 중 막내였다. 큰형은 대학졸업 후 중학교에서 교편을 잡았고, 둘째형은 은행원이었다. 그 시골에서 대학을 나와 도시에서 자리를 잡기는 실로 쉽지 않은 일이다. 이미 쉽지 않은 성취였다. 용판의 부모는 어려운 여건 속에서도 자식들의 교육에 심혈을 기울였던 것이다. 막내아들인 용판은 부모의 사랑을 듬뿍 받고 자랐다. 그의 부모는 그도 형들을 따라 도시의 대학에 진학하길 바랐다. 그러나 용판은 오래전부터 인도행을 꿈꿨다. 마침내 고등학교를 졸업하고 어느 정도 성장한 용판은 대학진학을 포기하고 국경을 넘어 인도에 입성했다. 첫 번째로는 티베트인의 정신적 지주인 달라이 라마를 만나기 위해서였고, 두 번째는 새로운 세상에서 기회를 잡기 위해서라고 했다. 용판은 열심히 종교생활을 하는 한편, 영어를 익혔다. 영어를 알아야 새로운 세상에 눈을 뜰 수 있을 것이라고 생각한 그는 정말 열심히 영어를 공부했다. 총명한 용판은 얼마 지나지 않아 영어를 능숙하게 할 수 있었다. 그러나 안타깝게도 인도에 온 티베트인들이 할 수 있는 일이란 거의 없었다. 그들은 모두 불법체류의 신분이었다. 그저 그곳에 모여 살 수 있는 것만도 행운이라면 행운이었다. 나는 용판에게 깊은 연민의 정을 느꼈다. 부모와 떨어져 외롭게 혼자 사는 것이, 불법체류의 신분으로 제대로 된 직장을 구할 수도 없는 상황이 너무나 안쓰러웠다. 용판은 그러나 낙담하지 않고 막연하나마 희망을 품고 있었다. 나는 진심으로 용판을 위로했다.

그때쯤부터 나는 용판과 내가 전생에 깊은 인연이 있었을 것이란 확신을 가지게 되었다. 정말로 그와 남매였는지까지는 모르겠지만, 뭔가로 연결되어 있었을 거란 믿음이 생겨난 것이다. 그러고 보니 나와 용판의 외모가 많이 닮았다는 생각이 들었다. 실제로 같이 음식점에 가거나 시장에 가면 닮았다는 얘길 많이 들었다. 이상하게도 그 말이 너무 듣기 좋았다. 우리는 이제 뗄래야 뗄 수 없는 사이가 되어가고 있었다. 한번은 내가 감기로 앓아누운 적이 있었는데 고열이 심해 잠시 헛것이 보일 정도였다. 그때 용판은 사흘 밤낮을 내게서 떠나지 않고 극진히 나를 간호했다. '아, 바로 이 남자구나' 나는 열에 들뜬 얼굴로 걱정스런 눈빛으로 나를 바라보는 용판을 쳐다보았다. 뜨거운 눈물이 흘러내렸다. 용판은 매일 나의 발을 씻겨 주었고, 나를 위해 요리를 했다. 우리는 소박하지만 세상에서 가장 맛있는 음식을 매일 함께 먹었다. 같이 사원에 가서 절을 하고, 달라이 라마의 강의를 들으러 다녔으며, 같이 시장에 갔다. 언제나 함께였다. 용판은 나에게 매일 티베트어를, 나는 용판에게 한국어를 가르쳤다. 매 순간이 행복했다. 어느 순간 자연스레 잠자리도 함께하게 되었다. 늘 섹스를 상상했었지만 그때까지 한 번도 경험이 없던 나, 나에게 섹스는 욕망이자 두려움이었다. 그러나 용판과 함께라면 전혀 두려워할 필요가 없을 것 같았다. 마침내 우리는 하나가 되었다. 모든 것이 너무나 자연스러웠다. 용판은 쑥스러워 하면서도 아주 섬세하고 부드럽게 내 안에 들어왔고, 나는 너무나 황홀해서 나도 모르게 비명을 질렀다.

그해 가을, 그러니까 내가 인도로 떠난 지 6개월이 조금 넘었을 때, 절친한 친구 미연이가 휴가를 내서 나를 보러 왔다. 뉴델리 공항에 용판과 함께 마중을 나갔다. 반갑게 인사를 나누고 정신없이 서로의 안부를 물었다. 미연이가 옆의 용판을 보고 물었다.

- 누구니? 왜 어색하게 모르는 사람을 데리고 나와?

- 응, 친구야.

용판은 친구 미연에게 선한 웃음으로 인사를 건넸지만, 미연은 뭔가 경계하는 기색이 역력했다. 그날 밤, 늦게까지 미연과 수다를 떨었다. 미연은 직장생활이 너무 힘들어서 괴롭단 말을 끊임없이 했고, 선을 보는 것도 너무 지겹단 말을 되풀이 했다. 여전했다.

- 근데, 너 언제까지 여기서 이럴거야? 아까 공항에서 너 보니까 완
  전 인도 사람 같더라. 그것도 진짜 시골에 사는. 너 정말 도 닦는 거
  니? 친구들이 네 얘기하면서 뭐라 그러는지 알아? 인도에서 도 닦
  는다고 소문났어 너.

- 그러니? 그럼 뭐 그렇게 해 두지 뭐. 도를 닦는 중이라고.

- 근데, 아까 그 남자앤 누구야? 너 혹시...

- 혹시 뭐? 그래, 사랑하는 사람이야.

- 뭐? 미쳤어 미쳤어. 너 정말 미쳤구나. 네가 그래서...너 어쩔려구
  그래. 부모님 아시면...

- 뭘 어째. 나는 너무 행복한 걸.

미연은 기가 차다는 반응을 보였다. 미연은 내가 잘못 생각하고 있는 거라고, 용판이 불손한 생각으로 나에게 접근한 거라고, 제발 정신 차리라는 말로 나를 일깨우려 했다. 반대로 나는 절친한 친구 하나 이해 못 시키는 상황이 너무 답답했고, 또 동시에 미연이가 불쌍했다. 미연이가 떠난 뒤 며칠간 마음이 심란했다. 이번엔 용판이 나를 위로해 주었다. 그날 밤 우리는 서로를 오래오래 부둥켜 안고 울고 또 울었다.

한국을 떠나 인도에 도착한 지 1년쯤 지났을 때, 나는 귀국을 생각했다. 일단 더 이상 부모님을 걱정시킬 수 없다는 생각이 들었고, 그와는

별개로 용판과 함께 할 미래를 위해 구체적이고 현실적으로 판을 짜야 겠다는 생각에서였다. 지난 1년간 전화를 붙잡고 흘린 눈물만 해도 엄청난 양이였을 것이다. 전화기 너머로 들려오는 엄마의 울음소리는 나의 가슴을 갈기갈기 찢었고, 아빠의 고함소리 또한 나를 너무 슬프게 했다. 그럴 때면 전화를 끊고 나서 하염없이 울었다. 더 이상 나올 눈물이 없을 만큼… 그런 내 모습을 옆에서 지켜보며 용판도 하염없이 눈물을 떨구었다.

그래, 용판이 내 남자라는 확신이 섰고 그와 1년이란 시간을 같이 했으니, 이제 인도에서의 생활은 충분했다는 생각이 들었다. 이제는 냉정하고 현실적으로 앞으로 보내야 할 몇십 년의 시간을 생각해야 했다. 용판은 여기서 제대로 된 직업을 구할 수 없고, 나 역시 자리를 잡기는 힘들 테니 인도에서 살 수는 없었다. 방법은 용판과 한국에서 살거나 아니면 용판의 고향인 중국에 가서 사는 것 두 가지였다. 용판 역시 한국에 가고 싶어 했다. 그러나 지금 불법체류의 신분으로는 한국행이 불가능했다. 한 가지 방법은 있었다. 나와 용판과 결혼해서 용판이 한국으로 귀화하는 것이었다. 그러면 자유롭게 한국에 갈 수 있다. 그러나 당장은 곤란했다. 어떻게든 부모님을 먼저 설득하는 게 순서였다. 하지만 아무리 생각해봐도 이 또한 거의 불가능한 일이었다. 달콤한 시간에서 깨어나 구체적으로 앞일을 생각하니 한마디로 막막했다. 일단 한국에 돌아가 다시 직장을 구하고 천천히 시간을 두고 부모님을 설득하기로 했다. 용판을 앞에 두고 그러한 생각을 자세히 설명했다. 고개를 끄덕이면서 용판은 다시 그 뜨거운 눈물을 뚝뚝 흘렸다. 너무나 애절하고 안쓰러워 나도 눈물을 펑펑 쏟았다. 바로 귀국하려던 나의 계획은 다시 무산되고 4개월이 더 흘렀다. 9월이 시작되고 있었다.

- 빨리 와야 돼. 빨리 만나게 해달라고 매일 기도할거야.

- 나두 매일 기도할게. 사랑해. 죽을 만큼.

공항에서, 비행기 안에서 하도 울어서 한국에 도착할 때쯤엔 눈이 퉁퉁 부어 있었다. 공항엔 늘 그랬듯이 많은 사람들로 북적이고 있었다. 떠나는 사람들, 떠나가는 사람들. 저기 멀리 나를 기다리고 계시는 부모님과 동생의 모습이 보였다. 다시 눈물이 솟구쳤다. 그리고 마음 한 켠에서 안도감이 솟아올랐다.

*

한국에 돌아와 있었던 한바탕 법석에 대해서는 생략하기로 하자. 한 차례 심한 몸살을 앓고 난 뒤 나는 새로운 직장에 들어갔다. 서른 셋, 적지 않은 나이였지만 경력이 있어 취업이 그리 어렵진 않았다. 부모님은 내가 드디어 마음을 잡고 본래의 일상으로 돌아온 것으로 믿고 안도의 한숨을 쉬셨다. 엄마는 선을 보라는 얘기를 더 이상 하지 않았다. 몇 달 동안 정성스레 한약을 다려주시며 딸의 건강을 챙겼다. 새로운 생활에 적응하느라 한동안 꽤나 긴장하며 살았고, 이제 어느 정도 자리를 잡아간다. 나의 위치가 새삼 소중하게 느껴지고 내 스스로가 꽤나 대견하게 느껴진다.

회사에 들어가고 얼마 되지 않았을 때, 한 유명 연예인이 자살했다. 그에 대한 안타까운 이야기들이 이어졌다. 다음 날 나는 한 결혼정보회사에 등록했다. 회원에도 여러 등급이 있었는데 나는 가입비가 가장

비싼 최고 등급으로 등록했고, 소개받게 될 상대의 여러 조건들도 꼼꼼히 상담했다. 친구들을 다시 만났다. 처음에 잠깐 인도에 관한 이야기를 묻더니 곧 자신들의 이야기에 열을 올렸다. 여전히 남자와 결혼에 관한 이야기가 대부분이었다. 인도에 왔었던 미연이가 용판에 대해 물었을 때 난 그저 웃음으로 대신했다. 아직 친구들은 대다수가 솔로였다. 여전히 선을 보러 다니는데 바빴고, 또 누군가와 만나고 있거나 또 헤어져 힘들어하기도 했다. 결혼한 현주가 가장 여유 있어 보였다.

가끔 용판의 얼굴이 가물거린다. 함께 찍었던 사진은 모두 없앤 터라 그의 얼굴을 떠올리려면 한동안 눈을 감고 정신을 집중시켜야 한다. 감았던 눈을 뜨면 마치 한 차례 꿈을 꾸고 일어난 것 같다. 가끔은 그가 절실히 보고 싶기도 하지만 또 아무렇지 않기도 하다. 나는 용판이 한국에 들어올 수 있는 방법이 무엇인지 찾아보려 했지만, 그때마다 번번이 그만두었다. 용판과는 그저 가끔 메신저를 통해 안부 인사 하는 게 전부였다. '안녕, 부디 잘 살아라 용판.' 쪽지를 남기고 며칠 전 메신저를 탈퇴했다. 그저 마음이 답답해질 때면 가끔 생각해본다. 인도, 다람살라, 그때 그곳에서 난 무엇을 하며 살았었나. 그리고 또 가끔은 이런 질문도 던져본다. 전생? 인연? 사랑? 인도? 티베트?...

김박사와 김교수

그해 겨울 김필석은 거대한 산 하나를 넘었다. 아무리 박사가 차고 넘치는 세상이라고 해도 박사학위를 딴다는 건 그리 호락호락한 일이 아니었다. 특히 논문이 통과되는 마지막 1년의 시간은 육체적으로, 정신적으로 무척 버거웠다. 1년 동안 진행된 논문 발표와 수정작업, 다시 몇 차례의 심사과정을 거치면서 김필석은 그야말로 기진맥진했다. 중간에 위궤양이 한 번 왔고 두 번의 독한 몸살을 앓았다. 흰머리가 눈에 띄게 나오고 있었다. 논문 통과가 결정되고 졸업을 하게 됐을 때, 김필석은 잠깐이었지만 스스로가 대견스럽고 가슴 저 깊숙한 데서 솟아오르는 어떤 희열을 느꼈다. 박사과정을 시작한 지 6년 만이었다. 6년은 짧지 않은 시간이었다. 김필석은 그 6년이란 시간 동안 수없는 자괴감을 씹어 삼켜야 했다. 중간에 때려 치고 싶었던 적도 한두 번이 아니었다. 학문탐구라는 명분 자체가 나쁘다고 할 수는 없겠지만 그게 그리 말처럼 쉽지도, 또 자랑스러운 일이라고도 할 수 없었다. 끝은 보이지 않았고, 앞으로 나아가면 갈수록 대상은 멀어져 가는 것 같았다. 그리하여 내가 뭘 하긴 하는 건가, 하는 생각이 끊이지 않았다. 박사과정 기간 간간이 조교도 하고, 또 운 좋게 몇 군데 시간강사 자리를 맡기도 했지만 그것을 돈벌이라 말할 수는 없었다. 겨우 책 사고 술 사 먹는 용돈이나 됐을까. 아니 그것에도 모자랐다. 그저 강의 경험을 쌓는 걸로 만족해야 했다. 결국 박사학위 취득까지는 부모의 도움을 또 다시 받아야 했는데, 아, 서른 넘은 남자가 책상을 지키고 앉아 부모의 도움을 받아야 한다는 사실은 퍽이나 민망하고 또 곤혹스러운 일이었다. 대학 졸업하고 취업한 친구들은 그때쯤이면 대개 과장급 정도의 직위에서 꽤 많은 연봉을 받고 있었다. 또한 다들 결혼하고 애를 낳아 당당한 가장 노릇들을 하고 있었다. 서른일곱, 박사학위를 받은 김필석은 아직 싱글이었다.

산 넘어 산이었다. 드디어 박사가 됐다는 기쁨도 잠시, 요즘 같은 세상에 박사학위는 말하자면 고등실업자 자격증 같은 것이었다. 집안에 박사가 나왔다고 잔치를 벌이던 시절이 있다고 들었다. 그것은 말 그대로 호랑이 담배피던 시절 이야기였다. 그래도 필석의 부모는 박사학위를 받은 자신의 아들을 대견해 했고 이제 자신의 아들이 곧 뭔가 해줄 거란 기대를 했다. 오랫동안 뒷바라지한 부모로서는 당연히 할 수 있는 기대였다. 물론 그걸 바라는 건 누구보다 김필석 자신이었다. 2년 반이란 시간이 훌쩍 지나갔다. 여기저기 강의를 다녔고 자신의 전공으로 채용공고가 나올 때마다 지원을 했고, 더러는 최종면접까지도 올라갔지만 번번이 떨어졌다. 마음을 추스르고 다시 강의를 하고 지원을 하고 떨어지고 실망하고를 반복했다. 서른아홉, 김필석은 점점 초조해졌다.

*

　오전 강의를 마치고 학교 구내식당에서 동료들과 점심을 먹고 나오
는 길이었다. 세 학교에 강의를 나가고 있었지만 그래도 모교에서 수
업할 때가 김필석은 젤 마음이 편했다. 친구, 후배들과 같이 밥을 먹
으며 이런저런 얘기를 나눌 수 있는 이 시간이 좋았다. 늦가을의 교정
은 팍팍한 그들의 마음처럼 을씨년스러웠다. 후배와 벤치에 앉아 담배
를 한 대 피우고 있었을 때 조교로부터 전화가 왔다. 박교수의 호출이
었다. 뭔 일이야. 늘 바쁜 체를 해서 얼굴 한 번 제대로 보기 힘든 그 박
교수가 웬일이야. 순간 김필석의 머릿속에 섬광처럼 스치는 것이 있었
다. 혹시 그 건 때문인가. 며칠 전부터 모교에 교수채용 공고가 날 것
이란 소문이 돌고 있었다. 학과장을 맡고 있는 박교수는 학과의 어느
교수보다 발언권이 있었다. 뭔가 언질을 주려나. 혹 날 밀어주려는 건
가. 행여나. 그래도 모교 아닌가. 그 짧은 시간에 김필석의 머릿속엔
여러 가지 생각들이 떠올랐다.

　- 그래, 점심은 했어, 김선생?

밥이나 한번 사주면서 물어봐라.

　- 아 예, 방금 먹었습니다. 선생님은 드셨습니까?

　- 어, 아침에 일이 있어 나갔다가 먹고 들어왔어. 뭐, 그럼 차나 한잔
　　할까. 뭘로 할까? 커피?

　- 예, 선생님, 커피로 하겠습니다.

　예상대로 박교수는 뭔가 긴히 할 말이 있는 눈치였다. 박교수는 학과
모임 같은 공식적인 자리가 아니면 좀처럼 개인적인 만남을 꺼려하는
사람이었다. 그런 그가 이렇게 김필석을 부른 데에는 뭔가 심상치 않

200

은 이유가 있을 터였다. 김은 그 말을 기다리고 있었다.

- 김박이 올해 몇이지? 아직 마흔 전이지?

- 곧 마흔입니다. 올해 서른 아홉 됐습니다.

- 음 그래. 참 빨리 장가도 가야지. 남자는 내조를 받아야 성공하는
  거거든.

박교수는 야릇한 미소를 지으며 말했다. 염장 지르냐. 누군 뭐 안 가
고 싶어서 안 가냐. 괜스레 염장 지르지 말고 본론을 얘기하라고 본론
을. 좀 도와달라고 이 양반아. 커피를 마시며 박교수는 뜸을 들인다.

- 뭐 말 돌리지 않고 본론을 말하지. 김박, 이번에 우리 과에서 신임
  을 뽑을 거야. 내일쯤 공고가 나갈거고.

- 아 예... 그렇습니까?

- 김박도 알겠지만 선배들이 많이 지원할거야. 혹시나 해서 말인데.
  김박은 아직 차례가 아닌 거 같애. 좀 더 기다려보자고. 지원해봐
  야 모양새만 이상해지고 할 거니까. 그렇게 알고 있으라고. 나중에
  또 좋은 기회 있을거야.

이런, 그 얘기였어? 김필석은 순간 울컥했다. 그러니까 넌 지원하지
말라는 말을 하고 있는 거 아닌가. 이런, 씨발.

- 아, 그런가요? 뭐, 그렇다면 그래야겠죠.

돌아 나오는 김필석은 기분이 더러웠다. 지원하고 안 하고는 내 맘이
지 뭘 이래라저래라야. 그걸 말이라고 하냐. 행여나 내가 미쳤지. 되도
않는 기대를 한 내가. 왜 그런 말을 하냐고 대차게 따져나 볼 걸. 박교
수와 김필석은 학번으로 8년 차이가 났다. 8년 선배라면 그리 많은 나
이 차도 아니고 선후배를 핑계 삼아 엉겨볼 수도 있을 텐데 지나치게

간간하고 권위를 세우는 박교수와는 늘 거리감이 있었다. 그러고 보니 필석은 학부와 대학원시절에도 그를 본 적이 없었다. 그는 학부 졸업과 동시에 미국으로 유학을 갔고, 돌아온 그해 바로 모교에 자리를 잡았다. 서른넷의 나이였다. 소문에 의하면 박교수의 집안이 꽤 대단한 집안이라고 했고, 또 장인이 전직 장관이라는 말도 있었다. 군대를 면제 받은 것도 다 그런 이유 때문이라는 말이 있었다. 에라, 지야말로 선배들 다 제치고 빽 써서 힘 안 들이고 교수가 된 판에 뭔 헛소리야. 말해 무엇하랴. 아, 괴롭다. 친했던 선배들, 동기들 중에 이미 교수가 된 이들이 여럿이고 최근에는 몇몇 후배들도 자리를 잡기 시작했다. 아는 이들이 자리를 잡았으니 축하를 해주어야 했지만, 그때마다 필석은 쓸쓸함을 삼켜야 했다. 그중에는 박교수와 같은 케이스가 여럿 있었다. 무리를 해서라도 유학을 갔어야 했나. 미친 척하고 로비를 했어야 했나. 애초에 이 길로 들어선 게 잘못이었나. 필석은 점점 더 많은 질문을 스스로에게 던지는 자신을 발견한다.

*

해물뷔페는 생각보다 먹거리가 푸짐했고 맛도 괜찮았다. 친한 친구 성욱이의 둘째 돌잔치 자리였다. 이런 자리가 반가울리 없어 몇 년 전부터는 의식적으로 피하게 되었지만 그래도 친한 친구인지라 안 올 수 없었다. 성욱은 필석의 처지를 이해하는 몇 안 되는 친구였다. 금을 한 돈 할까 하다가 그만두고 축의금 5만 원을 준비했다.

　- 야 필석아 한잔 받아라. 얼마 만이냐. 야, 임마 얼굴 좀 자주 보자.

　- 어, 그래.

- 성욱이한테 가끔 니 소식 듣긴 했다. 마 빨리 자리 잡아야지. 그거
  보다 빨리 장가를 가야지. 아직도 혼자면 어쩌려고 그래.

고교 동창인 동수와 진석이가 계속 염장을 지르는 중이다. 잘났다 이
새끼들아. 아주 위대하다 위대해. 그 잘난 결혼들 해서. 필석은 돌잔치
에 온 걸 후회했다. 일 년에 서너 번씩 정기적으로 만나온 고교동창 중
아직 싱글인 김필석을 제외하곤 성욱이가 가장 늦게 결혼했다. 서른다
섯 무렵이던가. 그런 성욱의 둘째 아이 돌잔치라니, 필석은 몹시 우울
해졌다. 고등학교 때는 그래도 그들 중에서 김필석이 제일 공부를 잘
했고 대학도 잘 갔다. 그때는 공부만 잘하면 뭐든 게 잘 풀릴 줄 알았
다. 선생님들도 늘 그렇게 얘기하지 않았던가. 하지만 딱 대학시절까
지였다. 세상이 그래도 만만하게 보였던 시절은. 이십 대의 김필석은
그래도 세상에 자신감이 있는 편이었다. 쾌활하고 활동적이었으며 친
구 관계에 있어서도 능동적인 편이었다. 연애에도 꽤 자신이 있었다.
그러던 자신이 왜 이렇게 소극적이고 비관적이며 움츠러들었을까? 되
고자 했던 교수가 못 되서 그런가. 아직 결혼을 못 해서 그런가. 저쪽
에서 성욱이가 싱글거리며 다가온다.

- 어이 친구들 다들 와 줘서 고맙다.
- 애 참 똘똘하게 생겼다. 그나저나 인제 돌이면 언제 키울래? 깝깝
  하다. 임마.

아이 둘이 모두 초등학생인 진석이가 안타깝다는 표정을 지으며 한
마디 했다.

- 야, 그럼 필석이는 어쩌라고 임마.

동수가 또 개념 없이 떠든다. 저 우라질 새끼.

- 야 거 뭔 쓸데없는 얘길 하고 그러냐. 자 한잔들 해.

결혼해서 애 있는 게 뭔 큰 벼슬이라고 별 같지도 않은 걸 가지고 으쓱대는 꼴이라니. 김필석은 속이 뒤틀렸지만 묵묵히 참기로 했다. 그런 말에 발끈한다면 그야말로 우스운 꼴이 될 것 같았다. 그런 필석의 마음을 아는 성욱이 얼핏 필석의 눈치를 살핀다. 남은 잔을 비우고 필석은 일어섰다.

- 일이 있어서 먼저 일어난다.

- 왜, 얘기 좀 하다가 천천히 가지.

성욱이 따라 나선다. 필석은 문밖까지 따라 나오는 성욱을 들여보낸다. 그래 니 맘 안다. 성욱의 눈빛이 안타깝게 다가온다.

*

한국사회, 참으로 혈연, 지연, 학연이 강한 나라였다. 소위 지식인들의 집단이라 할 대학사회는 더욱 심했다. 대학의 보수성과 폐쇄성은 더러 알려지기도 했지만 실상은 생각 이상이었다. 몇 년간 교수 채용 지원과 탈락을 반복한 김필석의 결론은 이러했다. 교수가 되기 위해서는 확실한 백그라운드가 있거나, 혹은 미친 곳에 돈을 쓸 수 있는 충분한 재력이 있어야 한다. 그리고 그도 저도 아니라면 인간관계에 능해야 했다. 실력이 좋고 운이 좋으면 그런저런 조건 없이도 될 수 있는 거아니냐고 누군가 반문할 수 있겠지만, 따지고 보면 그런 예는 극소수라고 해야 할 것이다. 학교에서 누군가를 뽑겠다고 생각하면 없는 조건도 만들어서 그 누군가를 뽑는다. 그건 손바닥 뒤집기보다 쉬운 일이다. 김필석은 주위에서 그런 예를 여러 번 보았고 그럴 때마다 못 볼 것을 본 것처럼 쓸쓸했다. 보통 의사 집에서 의사 나고 교수 집에서 교수 난다. 이는 먼저 자리를 잡고 있는 확실한 후원자가 있기 때문이다. 충분한 재력이 있다면 그 재력을 십분 이용하면 된다. 철따라 계절 따라 돈으로 거름을 쓰면 교수될 확률이 높아진다. 자, 빽도 없고 돈도 없다면 자신의 몸뚱어리를 백 프로 활용한다. 간이고 쓸개고 다 빼놓고 충실한 하수인으로 죽으라면 죽는 시늉도 하면서 주인의 밑도 닦을 충성을 보인다면 상황을 변화시킬 수 있다.

백그라운드도 재력도 없는 필석의 입장에서는 인간관계라도 잘 해야 하는데, 필석은 그런 주변머리조차 없었다. 욱하는 성격에 남에게 굽실거리는 짓은 할 수 없었다. 죽어도 하기 싫었다. 그런 자신이 때로 싫기도 했지만 어쩔 수 없다고 생각했다. 그런 필석과 반대로 소위 라인을 타면서 정치적으로 움직이는 이들이 결국엔 실속을 챙겼다. 물론 낙동강 오리알 되는 경우도 여럿 보았다. 소위 토사구팽이다. 그러나 이런 유형의 인물들은 한번 그렇게 내쳐져도 포기하지 않는다. 다시 새로운 라인을 타며 끝까지 물고 늘어진다. 어쨌든 그것도 능력이라면 능력이었다. 하지만 난 그렇게까지 해서 그 잘난 교수 되고픈 맘은 없다. 선비는 곧 죽어도 자존심 하나로 간다. 누가 뭐래도 나는 그렇게 살겠다. 필석은 다짐하고 또 다짐했다. 그러나 한 해 두 해 시간은 가고 계속 보따리 들고 뛰어다니며 지쳐가는 자신을 발견했을 때, 김필석은 점점 자신이 틀렸음을 인정했다. 이젠 시강강사 자리도 눈치를 봐야 하는 지경에 이르렀다. 그나마 선배들, 동기들이 챙겨줘서 이나마도 강의도 하고 있는 것인가. 하긴 그렇다면 나도 학연, 지연의 혜택을 받고 있는 건지도 모르겠다. 쓴 웃음만 나온다. 한마디로 답이 안 나온다.

중학교 평교사로 정년을 한 아버지는 그저 남들보다 두 배 세 배 노력해야 한다는 원론적인 얘기만을 반복했다. 평생을 중학교 아이들에게 훈계를 해오신 양반이니 그도 그럴 만했지만 필석은 그런 아버지를 보며 참 세상 물정 모른다고 생각했다. 아니다. 부모의 도움으로 그때까지 먹고 입고 공부한 자신에겐 그런 생각을 할 자격조차 없다고 필석은 생각했다. 하지만 어이없게도 자식 도리를 못하는 것에 대한 죄송스러움과 세상에 대해 분노가 쌓일수록 필석은 부모에게 볼멘소리를 하기 일쑤였다. 한번은 밑반찬 거리를 이것저것 싸주시는 어머니를 향해 그딴 게 뭔 소용이냐고 벌컥 화를 내고 부모님 집을 나온 적도 있었다.

- 것 참, 그런 거 싸지 말라구요. 가져가 봐야 안 먹고 버린다고. 괜히 기분만 더 비참해 진다구요.

그게 부모 맘이란 걸 모를 리 없건만, 왜 그런지 부모님 보기가 정말 편치 않았다. 스스로가 못 견디게 싫어진다. 그래도 이 나라에서 다섯 손가락 안에 드는 대학을 나오고 다시 8년이란 세월에 거쳐 학문을 연마했다. 그런데 이게 뭔가. 제대로 된 자식 노릇 한번 하기가 이다지도 힘들단 말인가. 이도 저도 아닌 지금 내 위치는 무엇이란 말인가. 뭐가 잘못된 것인가.

*

어색한 시간이었다. 창밖으로 오가는 사람들을 바라보다가 까페 안 시계를 쳐다보기를 반복했다. 약속시간에서 15분이 지나고 있었다. 이

모 친구 분의 소개라던가, 아무튼 몇 다리를 건너 어렵게 성사된 선 자리였다. 별로 내키지는 않았지만 달리 방법도 없는 상황, 김필석은 그러마하고 약속을 잡았다. 늙으신 어머니의 걱정스런 눈빛이 필석의 가슴에 와 박혔다. 이번에는 꼭 좀 어떻게 해보라는 어머니의 당부, 가슴이 아팠다. 4년 전 겨울이던가. 2년여를 만나던 애인과 헤어진 후 필석은 연애와 결혼, 아니 여자에 환멸을 느꼈다. 이제 여자는 필요 없다. 혼자서 살겠다, 라고 수없이 다짐했지만 그게 어디 그리 말처럼, 의지처럼 되는가. 그 문제가 순조롭게 해결되지 않으면 인생이 점점 힘들어 질 것이라는 것을 필석은 잘 알고 있었다. 그리하여 비록 횟수가 늘수록 씁쓸함도 비례해서 커졌으나 주변에서 소개가 들어오면 마다 않고 나섰다. 나이가 들수록 누군가를 만나는 게 쉽지 않다. 열정은 식었으되 눈높이는 결코 낮아지지 않는다. 아니 반대로 지금까지 이러고 살았으니 그에 대한 보상 심리가 발동하여 더 괜찮은 상대를 원하게 된다. 현실과는 반대로 가고 있으니 악순환은 계속된다. 거리 위 나뭇잎이 바람에 휩쓸려 뒹굴고 있었다. 그 광경을 한참이나 바라보았다. 누군가 문을 열고 들어온다. 헉, 저 여자일까. 으, 제발 다른 사람을 만나러 온 여자이길 바라보지만, 그 여자는 정확히 필석 쪽을 향해 걸어온다. 반동적으로 일어선다.

  - 안녕하세요. 제가 김필석입니다. 이쪽으로 앉으시죠.

  - 예, 안녕하세요.

  늦은 것에 대한 사과도 없다. 외모가 떨어지면 센스라도 있어야 할 텐데 어이가 없다. 아, 이 상황에서 무슨 얘길 해야 하나. 김필석은 아득했다. 그래, 어차피 당신도 나도 바쁜 시간 쪼개 나온 건데, 그냥 세상 살아가는 얘기라도 나누자. 너는 이 팍팍한 세상 어떻게 살고 있니. 김필석은 애써 마음을 다잡는다.

- 오늘 날씨 좋죠? 늦가을 분위기가 물씬 나네요.

- 그러네요.

여자라는 이들은 본능적으로 상대의 남자가 자기에 대해 호감을 갖는지 그렇지 않은지 아는 것 같다. 남자가 자신의 마음을 들키지 않으려고 아무리 포커페이스를 해도 말이다.

- 주말엔 보통 뭐하세요?

그래, 아무 얘기나 좀 하다가 빨리 정리하자. 뻔한 질문을 던지는 자신의 모습이 우습다. 그래도 면전에서는 실망의 내색을 하지 말자. 필석은 다짐해보지만 보아하니 상대 여자의 표정은 벌써 굳어있다. 하긴 상대인들 처음 만난 자신이 마음에 들었을까. 남자로서 당연한 얘기겠지만 필석은 매번 소개팅, 혹은 선을 보러 나갈 때 상대의 여자가 외모적으로 괜찮기를 기대했다. 나이 들어 소개를 통한 만남, 그나마 외모적으로라도 끌려야 뭘 어떻게 잘 해 볼 생각이 들지, 그렇지 않으면 뭘 어떻게 해보려는 의욕조차 들지 않았다. 물론 대화를 나누다 보면 종종 취향이 비슷하거나 말이 잘 통하는 상대도 더러 있었다. 하지만 그뿐, 다음을 이어가기가 좀처럼 어려웠다. 자신의 처지가 더 비참하게 느껴진다고 할까. 내가 이런 꼴을 당하자고, 이 나이까지 혼자 있었던 건 아닌데. 아, 내가 어쩌다 이렇게 된 거지. 그런저런 생각에 자괴감이 들기 마련이다. 여자는 별말이 없이 간간이 차를 마시며 간간이 창밖을 바라보았다. 빨리 일어났으면 하는 눈치다. 차라리 잘 됐다 싶었다. 둘은 그냥 별 대수롭지 않은 일상적인 얘기를 건조하게 주고받다가 자리에서 일어났다. 예의상 저녁이라도 하지 않겠냐고 묻는 필석의 말에 여자도 약속이 있다고 했다.

- 만나서 반가웠습니다. 그럼 조심히 들어가시구요.
- 안녕히 가세요.

이런 허탈한 만남 뒤 집으로 돌아온 날 밤이면 필석은 또 습관적으로 몇 년 전 헤어진 여자의 SNS를 찾는다. 그녀도 나처럼 아직 솔로인 채로 인생의 외로움과 쓴 맛을 곱씹고 있을까. 옹졸하게도 필석은 그러길 바라본다. 그렇다면 조금이나마 위로가 될 것도 같다. 그런 자신이 한심하게 느껴지면서도 말이다. 아, 이런 날은 정말 견디기 힘들다. 애꿎은 후배를 불러내 참으로 찌질한 넋두리를 늘어놓기 일쑤다. 마시지도 못하는 술 몇 잔을 억지로 들이켜면서...

*

전날 마신 몇 잔의 술, 그리고 두서없이 내뱉은 세상을 향한 독설, 그래 봐야 열등감을 토해낸 것이 전부였을 것이다. 아, 후회막심이다. 그 몇 잔의 술도 술이라고 다음날 일어나면 여지없이 머리가 아프고 속이 쓰리다. 담배를 찾아 물고 냉장고 속 찬물로 깔깔한 입을 헹구고 나면 조금씩 정신이 돌아온다. 그 와중에 또 밥을 먹겠다고 일어난다. 밥통에 밥이 있으면 그나마 다행이다. 쓰린 속을 달랠 국은 일회용 국으로 해결한다. 그렇게 얼기설기 차린 밥상 앞에 앉으면 여지없이 울컥한다. 이럴 땐 괜히 집을 나왔나 싶은 생각이 든다. 그렇다고 마흔이 되도록 늙으신 부모님 밑에서 뒹굴며 얹혀살 수도 없는 노릇이었다. 필석은 집을 나오며 다짐했다. 곧 자리를 잡고 싹싹한 아내를 얻어 부모님 모시고 살겠다고.

사는 게 참 서럽고 힘들다 싶은 때가 있다. 누구나 그럴 것이다. 서른아홉 시간강사, 노총각 필석에겐 그런 순간이 시시때때로 찾아온다. 세상살이가 힘들고 팍팍해도 여우 같은 마누라, 토끼 같은 자식이 있다면 사는 맛이 날 것도 같다. 어쩌자구 그 많은 세월을 흘려보냈던가. 삼십대 초반까지만 해도 혼자라는 게 아무렇지도 않았다. 이십 대의 연애가 소모적이라고 느꼈던 필석이었다. 앞으로 만나는 여자와는 신중하게 만나서 결혼을 해야지 생각했다. 마침내 삼십대 중반의 필석에게도 그런 여자가 다가왔다. 누구보다도 자신을 잘 이해해줄 거라고 믿었던 그녀는 그러나 필석에게 깊은 상처를 주고 떠나갔다. 아직 학생 신분이었던 필석은 그녀를 적극적으로 잡을 엄두도 내지 못했다. 그때 필석은 결혼은 현실이라는 인식을 뼈아프게 했다. 지친 몸을 끌고 손바닥만 한 집을 찾아 돌아왔을 때 불 꺼진 방 안의 썰렁한 기분이 싫어 일부러 불을 키고 나간 적도 있었다. 오랫동안 혼자 살다 보면 아, 그래서 결혼을 하는구나 싶을 때가 많다.

길었던 박사과정 중 포기하고 싶던 순간순간마다 든 생각들이 있었다. 어차피 공부는 누가 시켜서 한 것도 아니고 내가 좋아서 하는 것이다. 꼭 교수가 되는 것만이 능사인가. 얼마든지 새로운 일을 시작할 수 있을 것이다. 억울할 것도 없다. 내가 좋아서 하는 것이다. 이따금씩 시간강사의 고질적인 문제점을 지적하는 기사들, 혹은 어떤 이들의 자살 소식을 접했다. 물론 그런 소식을 들을 때마다 필석 역시 우울했지만 그들의 극단적인 선택을 좀처럼 이해할 수 없었다. 굳이 그렇게 교수란 직업에 목을 맬 필요가 있을까라고 생각했다. 왜 그렇게들 외골수로 치닫는가. 생각의 폭을 좀 넓히고 멀리 본다면 얼마든지 다른 길도 있지 않았을까, 안타까운 한편 답답했다. 막말로 입시학원에서 강사로 일하거나 아니면 공무원 시험이라도 다시 볼 수도 있는 거 아니 겠는가. 아니면 지금까지 공부한 전공지식을 대중적으로 알리는 저서 를 쓰는 작가가 될 수도 있다. 필석은 생각했었다.

하지만 지금 와서 보니 그게 아니었다. 왜 그들이 그런 극단적 선택 을 했는지 그들의 심정을 이해할 수 있을 것 같다. 선생이지만 선생이 아닌 대학 강사는 비유컨대 대학가를 배회하는 유령 같은 존재였다. 좌절과 절망으로 스스로를 물어뜯는, 아직 용이 되지 못한, 용이 되어 하늘로 승천하길 간절히 바라는 이무기였다. 시간강사로 몇 년을 살다 보면, 시도 때도 없이 찾아오는 우울감이 고질병이 되고 세상 모두가 대상이 되는 대책 없는 분노와 짜증을 아예 달고 사는 자신을 발견하 게 된다. 그런 생각에 빠지면 빠질수록 마음속 저 깊은 곳에서 보상 심 리가 발동된다. 내가 얼마나 고생하며 공부했는데 절대로 이렇게 당할 수는 없다. 교수는 꼭 되어야 한다. 그러면 그간의 고생은 다 상쇄될 것이다. 그리고 이때까지 기다렸는데 더 멋지고 훌륭한 여자를 내 꼭 잡는다.

*

새해가 시작되고 다시 2주가 지나갔다. 어떤 유혹에도 흔들리지 않 는다는 불혹(不惑), 김필석은 마흔이 되었다. 겨울답지 않은 포근한 날 씨가 계속되었다. 강의가 없는 방학, 수입도 없어 난감하지만 이젠 익 숙하다. 딱히 지출할 것도 없고 만날 이도 없다. 그저 겨울잠을 자는 곰처럼 몸을 둥글게 움츠리며 버티고 있는 형국이다. 컴퓨터를 부팅시키고 습관적으로 한 사이트를 찾아 들어간다. 교수 채용 정보를 모아 놓은 사이트다. 1월 중순이면 새로 공고를 내는 학교는 거의 없다. 이번 시즌도 사실상 끝났다고 봐야 한다. 창문을 살짝 열고 담배에 불을 붙인다. 벌어진 창문 틈을 따라 하얀 담배연기가 빠져나간다. 마치 영혼이 하늘로 올라가는 모습 같다. 그 순간 핸드폰이 울린다. 핸드폰에 낯선 번호가 찍혀 순간 스팸인가 했다. 아니면 누가 강의를 부탁하는 전화인가.

　- 여보세요. 아, 네. 안녕하세요. 네? 글쎄요. 그게, 아 예 그렇긴 한
　　데 좀 갑작스러워서…. 네, 네 그렇게 하겠습니다. 이 번호로 연락
　　드리면 되는 건가요?

　이럴 수가. 이것도 기회라면 기회라고 해야 할까. 지난번 별 기대 없이 지원한 지방의 한 대학에서 말로만 듣던 그 제안을 해온 것이다. 차로 4시간은 가야 도착하는 그 대학, 된다고 해도 어디 가겠나 싶은 대학이었다. 더구나 아무 연고도 없었다. 그러나 한편으론 어디든 일단 들어가고 보자는 생각으로 지원을 했었다. 공개강의를 건너뛰고 지원한 지 한 달여 만에 총장면접을 한 게 몇 주 전의 일이었다. 언제나처럼 아무 연락이 없었고 필석도 곧 그 상황을 잊었다.

　- 요즘 대학들은 교수들이 학교에 얼마나 기여를 할 수 있는지를 우
　　선적으로 생각해요. 어떻습니까. 김선생님은. 학교를 위해 뭔가 할
　　수 있다는 것에 대해서.

　전화를 한 이는 그 대학의 교무처장이었다. 요컨대 한 장, 즉 1억을 가져오면 교수자리를 주겠다는 것이었다. 김필석은 판단이 서지 않았

다. 못 들을 말을 들은 것도 같고 순간 머릿속이 하얘졌다. 허, 말로만 듣던 그 일이 나에게도 닥친단 말인가. 너무 갑작스러운 제안이라 필석은 선뜻 대답하지 못했다. 그러자 그쪽에서 천천히 생각해보고 다시 얘기해보자고 슬쩍 필석에게 주사위를 던졌다. 김필석도 들어서 알고 있었다. 일부 대학에서 이렇게 돈을 요구한다는 것을. 필석은 그런 상황에 대해 동료들과 침 튀겨가며 욕을 하던 기억이 떠올랐다.

한 장, 1억이라니. 나한테도 이런 일이 벌어진단 말인가. 말도 안 된다. 비현실적 상황이란 게 바로 이런 것이 아닐까. 아냐, 어쩌면 이건 절호의 찬스일지 모른다. 나는 이제 마흔이다. 30대의 시행착오를 계속해서는 안 된다. 그렇지만, 이게 말이 되는가. 돈을 내고 교수자리를 산다니. 그래 가지고 어떻게 학생들 앞에 설 수 있단 말인가. 게다가 그 돈이 지금 나에게 있기나 한가. 늙으신 부모님께 달라고 하나. 말도 안 되는 얘기다. 아무리 궁해도 이건 아니다. 하지만, 그래도 이건 어렵게 찾아온 기회일지 모른다. 교수가 못 된다면 지금까지의 고생은 물거품이 되고 앞으로의 희망도 없다. 어떻게든 되고 보아야 한다. 머릿속이 복잡해지면서 필석은 판단이 서질 않는다. 아니, 아니란 건 알겠는데도 마음이 흔들린다. 그렇다면 누구와 이 문제를 상의하지? 아버지? 아니야, 이런 말을 어떻게 아버지께 한단 말인가. 김필석은 몇 날을 생각하고 또 생각했다. 우선 '나는 왜 교수가 되려고 하는가'라는 근본적인 질문을 스스로에게 던졌다. 도덕적인 문제와 현실적인 문제가 다 걸렸다. 학생들의 또렷한 눈망울을 과연 아무렇지 않게 받을 수 있을까. 만약 내가 제안을 받아들인다면 그 돈을 어떻게 마련할 것인가. 어느 것도 쉽지 않다. 그래, 아무리 생각해도 이건 아니야. 미련을

버리자. 좋은 경험했다 치고 깨끗이 마음을 비우자. 김필석은 비로소
마음이 편해졌다.

　- 허, 그래요?... 우린 김선생이 누구보다 마음에 드는데... 음, 그럼
　　이러면 어떨까요? 지난번 말한 액수의 반을 하시고, 대신 1년간 봉
　　급을 받지 않는 것으로. 김선생님도 아시겠지만 아무에게나 이런
　　제안 하지 않습니다. 잘 생각해보시고 3일 내로 연락 주세요.

　교무처장의 또 다른 제안에 필석은 다시 고민했다. 생각에 생각을 거
듭했다. 이틀 밤낮을 꼬박. 태어나서 그렇게 무언가에 대해 골똘히 고
민해 본 적이 있었던가. 시간이 무척이나 더디게 지나갔다. 그 사이 눈
이 내렸다. 몇십 년 만의 폭설이라고 했다. 세상의 모든 것들이 눈으로
덮였다. 그리고 필석은 마침내 결정을 내렸다. 제안을 받아들이기로
결심한 것이다. 물론 엄청난 심리적 압박을 동원한 결정이었다. 그래 5
천이라면 어떻게 해 볼 수 있을 것 같다. 방 전셋값 빼고 그동안 모아둔
천을 더하면 3천은 되고, 죄송스럽지만 부모님께 마지막으로, 정말 마
지막으로 2천만 부탁드려보는 거야. 교수가 되어서 누구보다 열성적으
로 학생들을 가르치면 되지 않겠는가. 다들 그렇게 하는데 나라고 왜
안 되겠어? 들어만 간다면 내가 실력이 없어, 학벌이 떨어져? 나, 누구
보다 자신 있고 또 자격도 갖추고 있다고. 그래, 이제 나도 대학교수라
는 번듯한 명함을 파고, 그래서 정말 멋진 여자도 만나야 하지 않겠는
가. 평생 나를 뒷바라지 해주신 부모님께도 자랑스런 아들이 되어야겠
고, 누나와 동생한테도 자랑스런 동생, 형이 되어야지. 그래, 이제부터
나는 교수야, 교수. 김박사가 아닌 김교수라고...

*

　많은 사람들이 김필석의 임용을 축하해주었다. 물론 아무에게도 일의 내막을 말하지 않았다. 세상에 비밀은 없다지만 가능하다면 영원히 비밀이 되길 필석은 바라본다. 임용소식을 알렸을 때, 부모님의 기뻐하시는 모습을 보며 필석은 잠깐이었지만 눈물이 핑 돌았다. 몇 년 새 부쩍 늙으신 부모님의 얼굴에 가슴이 아팠다. 앞으로는 정말 잘 해서 멋진 아들이 되겠다는 다짐도 해보았다. 간만에 근사한 갈비집에 모여 거하게 가족 파티를 벌였다. 일등급 한우라서 그런지 갈비 맛이 정말 좋았다. 누나와 매형, 동생과 제수씨도 자신들의 일처럼 진심으로 필석을 축하해주었다. 당당히 모교를 찾아가 모교의 은사들, 선후배들과도 몇 차례 모임을 가졌다. 잘될 줄 알았다, 이제 후배들 좀 끌어주라는 등 축하인사가 이어졌다. 그들의 심리를 뻔히 아는 필석이지만 그래도 그들의 축하가 진심일거라고 믿고 싶었다. 필석의 속을 뒤집었던 이번 모교의 교수공채에서 모교 출신 선배들이 다 물먹고 생판 모르는 타 학교 출신이 신임교수로 채용된다고 학과 안에서는 말들이 많은 모양이었다. 박교수와 같은 대학에서 박사학위를 한 사람이라고 했다. 그래, 역시 그런 거였겠지. 필석은 입맛이 썼다. 그 와중에 박교수는 해외출장을 나가서 학교에 없었다. 출장은 무슨, 당신이랑은 늘 이렇게 안 맞아. 두고 보자구, 내 언젠가 당신에게 물 한번 제대로 먹일 테니까. 순간 목구멍 깊은 곳에서 가래가 끓어올랐다. 성욱을 비롯한 고교 동창들과도 모처럼 훈훈한 자리를 했다. 이제 자리를 잡았으니 빨리 결혼하라고, 역시나 그 잘난 결혼 얘기를 하는 동창들의 얘기도 그날은 그리 거슬리지 않았다. 성욱은 축하선물이라며 만년필을 건넸다. 역시 고마운 친구다.

그렇게 즐거운 시간들이 한차례 지나갔다. 드디어 새 학기가 시작되는 날이다. 3월이 시작되었지만 바람도 세고 아직 쌀쌀하다. 감기에 걸렸는지 목이 칼칼하다. 지난번 오리엔테이션에서 대충 얼굴을 익혔지만 학생들과 강의실에서 만나는 것은 오늘이 첫날이다. 마치 대학 신입생으로 되돌아간 듯 마음이 설렌다. 필석은 지금 자신의 연구실에 앉아있다. 다시 한번 연구실을 찬찬히 둘러본다. 책장에 책들이 빼곡하다. 집에 쌓아두었던 책들을 부지런히 날라 책장에 차곡차곡 채웠다. 그것을 보고 있자니 왠지 가슴이 뿌듯하다. 스스로가 조금은 대견스럽다. 다른 것은 생각하지 않고 스스로 자신감을 갖으려 노력 중이다. 이제 강의를 하러가야 할 시간이다. 필석은 어제 학과 조교에게 받은 출석부와 교재를 들고 일어선다. 문 옆에 붙은 거울을 보고 잠시 옷매무시를 살핀다. 새로 산 양복이 그런대로 어울리는 것 같다. 이만하면 됐어. 필석은 어깨에 힘을 한 번 주고 연구실 문을 연다.

가재를 찾아서

'후두둑', 금방이라도 소나기가 내릴 기세였다. 6월이 시작되면서 이른 더위가 찾아와 조금 덥게 느껴지는 즈음이었다. 아침에 텔레비전에서 본 일기예보에는 오늘 낮부터 비가 시작되어 저녁엔 많은 양의 비가 내릴 것이라고 했다. 남자는 평평한 돌을 찾아 걸터앉았다. 윗주머니에서 담배를 꺼내 물었다. '푸후-', 담배연기가 하늘로 흩어졌다. 담배 맛이 괜찮다고 남자는 생각했다. 아마 공기가 맑고 깨끗해서 그런 것이라는 생각이 들었다. 발 아래 흘러가는 맑은 개울물이 또한 정겨웠다. 역시 강원도는 아직 대자연이 주는 힘을 간직하고 있다.

남자는 가재를 찾고 있는 중이었다. 30분째 여기저기 돌을 들추며 가재를 찾았지만, 가재는 좀처럼 보이지 않았다. 간혹 남자가 들춘 돌 밑에는 올챙이가 가만히 숨어있거나 도롱뇽이 놀라 도망을 가곤 했다. "허, 도롱뇽이 사네." 도롱뇽이 있다는 건 물이 맑다는 증거였다. 남자는 곧 가재를 볼 수 있을 거라고 생각했다. 옛날에는 남자가 나고 자란 도시에서도 가재를 어렵지 않게 볼 수 있었다. 여름이면 종종 가족 모

217

두가 근처 산이나 시냇가로 놀러가곤 했던 그 시절, 그 냇가의 돌 밑에는 많은 가재들이 살고 있었다. 몇 년 전 돌아가신 아버지, 그때 그 젊은 아버지는 우리들에게 어떤 돌을 들추면 가재가 있을지 자상하게 알려 주시곤 했다. 그렇게 잡은 가재를 집으로 가져가 몇 달을 키웠던 기억이 있다. 중간에 탈피(脫皮)를 해서 신기해하던 기억도 난다.

　남자는 오늘 가재를 꼭 잡을 생각이다. 차 안에 우산이 몇 개 있을 터이니, 비가 와도 상관없다. 또한 근처의 팬션에 미리 예약을 해두었으니 비가 많이 내리면 일찍 숙소로 가면 될 터였다. 사실 남자는 평소에 비를 좋아하는 편이어서 웬만한 비는 오히려 반가워한다. 게다가 이렇게 산 좋고 물 맑은 계곡에서 맞는 비라면 더 운치 있고 좋을 것 같았다. "큰 놈으로 한 서너 마리 잡아서 어항에 두고 키워야지." 남자는 가재를 잡을 생각에 기분이 좋아졌다.

*

　아내가 이혼 얘기를 꺼낸 건 몇 주 전이었다. 아내는 자신만의 새로운 삶을 살아보고 싶다고 했다. '자신만의 삶이란 어떤 걸 말하는 걸까.' 처음 아내에게 그 말을 들었을 땐 무슨 말인가, 왜 저러나 싶었는데, 조금씩 시간이 지나자 남자는 아내의 그 말이 어떤 의미인지 어렴풋하게 알 수 있을 것 같았다. '그래, 아무것도 구애받지 않는, 온전한 나로서의 삶, 그게 진짜 인생이겠지.' 남자는 얼핏 아내를 이해할 수 있을 것 같았다. 또 한편으로는 올게 왔다는 생각도 들었고, 결과는 바꾸기 어렵다는 예감도 동시에 들었다.

　남자와 아내는 결혼한 지 이제 막 5년이 지났다. 남자는 서른여섯 살

가을에 친척 어른의 중매로 아내를 만나 6개월 만에 결혼했다. 아내는 시내의 공립중학교 교직원이었고 외모도 성격도 준수했다. 좀 특이했던 점이라면 남들이 부러워하는 공무원, 그것도 교육직 공무원이니 대개는 다 정년까지 일하기를 희망할 텐데, 결혼과 동시에 사직을 했다는 점이다. 남자는 아내의 결정에 동의했다. 결혼까지의 과정은 무난했고, 결혼 이후의 생활도 별 탈없이 비교적 평온했다. 지나온 5년 사이에 남자는 수도권 사립대학의 교수가 되었고, 2년 전세가 끝난 뒤 학교 근처에 30평짜리 아파트를 장만했다. 남들이 보면 그들의 결혼생활은 아주 물 흐르듯 순탄하게 보였을 것이다.

 - 요즘 무슨 일 있어? 일단은 당신 생각을 자세히 좀 듣고 싶은데.

아내로부터 이혼 얘기를 들었을 때 남자는 우선 아내의 보다 자세한 심정을 듣고 싶었다. 하지만 아내는 도통 속마음을 얘기하려 하지 않았다. 모든 게 빨리 마무리되길 바란다는 말을 남긴 채 옷가지 몇 개를 챙겨가지고 집을 나갔다. 갑작스러운 아내의 행동에 남자는 조금 멍했지만 곧 담담함을 찾았고 평소와 다름없이 일상을 유지해갔다. 딱히 불편하지도, 마음이 불안하거나 화가 나지도 않았다. 당장 이혼 절차를 밟을 마음은 생기지 않았다. 우선은 시간을 좀 가지면서 차분히 생각을 정리해볼 참이었다.

아내가 집을 나간 지 열흘쯤 되었을 때 처형이 만나자고 연락을 해왔다. 둘 사이에 무슨 큰 문제가 있냐며 걱정스레 물어오는 처형의 말에 별 문제 없으니 너무 걱정 말라고, 조금 시간이 필요한 것 같다고 대답했다. 평소 아내와 처형은 사이가 돈독한 편이었지만 아마 처형에게도 속마음을 시원하게 털어놓진 않은 모양이었다. 자리를 뜨면서 장인,

장모는 아직 이 사실을 모르고 있고 만약 알게 되면 정말 큰일날 거라는 말을 덧붙였다.

*

둘 사이엔 아이가 없었다. 처음부터 피임을 하지 않았으니 5년 넘게 아이가 생기지 않은 셈이다. 요즘엔 그들처럼 아이가 생기지 않는 난임 부부가 워낙 많다고 하니 딱히 이상할 것도 없었다. 남자 나이 마흔, 여자 나이 서른 일곱, 아이를 갖는데 있어서 더 늦어지면 어려울 수 있는 나이이기도 하다. 부모님을 비롯하여 주위에서 걱정스런 말들을 많이 했지만 남자는 별로 심각하게 생각하지 않았다. 마흔쯤 돼서 생각해보니 사람이 꼭 결혼을 해야 하는 것도 아니고 또 결혼했다고 해서 꼭 아이가 있어야 하는 것도 아닌 것 같다는 생각이 든다. 아내 생각도 대략 그런 편이었다. 언젠가 지나가는 말로 병원에 한번 가서 이것저것 검사 좀 받아보자고 했을 때, 아내는 굳이 그렇게까지 할 필요가 있냐며 고개를 저었다.

간혹 친구나 건너 건너 아는 사람들 중에 시험관 시술이나 인공수정으로 아이를 얻었다는 이야기도 들었지만 크게 다가오지 않아 별로 귀담아 듣지도 않았고, 남자도 아내도 굳이 그렇게까지 할 생각은 하지 않았다. 다만 언젠가 한번 시내에 용하다는 한약방을 찾아가 진맥을 짚고 한약을 지어먹은 적은 있었다.

'그렇다 해도 혹시 아내에게 아이 문제가 스트레스나 상처가 된 것은 아닌가?' 남자는 곰곰이 생각해보았다. 또 한편으로는 '만약 둘 사이에 아이가 있었다면 아내의 이런 행동은 없었을까?'라는 질문도 던져보았다. 사실 많은 부부들이 아이 문제로 갈등을 빚고 힘들어하기도 하니 남자의 생각도 나름 일리가 있다고 할 수 있을 것이다. 그러나 추측을 해 볼 뿐 아내의 생각이 어떤지 남자는 알 수가 없었다.

"그래도 애가 있어야 해. 애 없으면 둘이서만 무슨 재미로 사니? 애가 있어야 부부 사이도 더 좋아지고 그러는 거야. 더 이상 미루지 말고 빨리 병원에 가봐." 남자의 어머니는 걱정스러운 얼굴로 볼 때마다 그런 얘기를 하셨다. 반면 남자의 아버지는 그에 대해 별 말씀을 안 하셨다. 딱 한 번인가 어느 해 명절날 남자에게 그런 말을 한 적이 있었다. "돌아보니 너희들 낳고 한참 키울 때가 제일 행복한 때였다."

남자는 갑자기 부모님이 보고 싶어졌다. 몇 년 전 돌아가신 아버지는 시간이 갈수록 그리워지는 것 같고, 현재 요양병원에 계신 어머니는 생각만 해도 마음이 울컥해진다. 남자의 어머니는 가벼운 치매를 앓고 있는데 남자도, 그의 여동생도 마음만 앞설 뿐 현실적으로는 도저히 모실 수가 없어서 작년 가을에 인근 요양병원으로 모신 터였다. 어머니를 병원에 두고 온 날 밤 남자는 많이 울었다. 자주 찾아간다고는 해도 불효를 하는 것 같아 어머니를 생각하면 늘 마음이 많이 아프다.

*

남자는 겉으론 조용하고 과묵했지만 사실은 뜨거운 사람이었다. 여자 문제에 있어서도 그러했다. 아니 여자에 있어서는 특히나 격렬하고 변덕이 심했다. 그러나 빈 수레가 요란하다고 했던가. 10대 말부터 시작된 그의 연애는 20대를 거치는 내내 요란했다. 마치 세상의 연애는 혼자서 다 하는 양 쉽게 끓어올랐고, 또 그만큼 쉽게 사그라들었다. 그가 좋아한 여자도 많았고 또 그를 좋아한 여자도 많았다. 여자가 없으면, 즉 여자와의 불같은 사랑이 없이는 하루도 못 살 만큼 그는 온 힘을 다해 사랑했고 또 그만큼 많은 상처를 입었다. 대개는 1년 이내에 끝나는 관계였지만 그중에는 꽤 오랫동안 이어간 관계도 있었다. 스물여덟 가을에 깨진 여자와는 9년을 두고 만나고 헤어지고를 반복했었다. 남자는 그녀와 헤어질 마음이 없었지만 여자는 이제 새로운 삶을 찾아가야겠다며 남자를 떠났고, 몇 달 만에 결혼을 했다는 소식이 들려왔다. 그게 적지 않은 충격을 주었지만 아직은 젊디젊은 청춘인지라 남자는 어렵지 않게 마음을 추스르고 또 다시 의욕적으로 여자를 만났고 연애를 이어갔다.

30대 초반 박사학위 과정을 밟으러 외국으로 떠났을 때, 남자에게는 결혼을 약속한 여자가 있었다. 이제 평생을 함께할 반려자라고 믿었던 그 여자는 그러나 유학 1년 만에 또 다시 그를 떠났다. 남자는 큰 상처를 받았고 한동안 절망과 배신감에서 빠져나오지 못했다. 이후 외로움을 곱씹으며, 또 끊임없이 스스로를 자학하며 유학을 마치고 귀국했다. '아, 이제 다시는 여자에게 마음을 주지 않으리, 다시는 여자라는 존재에게 뒤통수 맞는 일은 없도록 하겠다.' 남자는 다짐하고 또 다짐했다. 하지만 그게 또 마음먹은 대로 되는 일이던가. 여자에게 거리를 두려고 하면 할수록, 비중을 두지 않으려 할수록 더더욱 여자를 갈망하였고 또 실망과 상처를 거듭했다. 그런 상황에 환멸을 느끼며 자포자기의 심정이 되어 '이젠 정말 독신으로 살리라'라고 마음먹었을 때쯤 지금의 아내를 만났다.

'이미 열정은 꺼지고 없다. 지금 상황에서 무슨 또 사람을 만나 감정을 가질 수 있겠는가. 그것도 소개라는 형식을 통해서.' 남자는 거의 아무런 기대도 없이 소개 자리에 나갔다. 그러나 결혼의 인연은 따로 있는 것인지, 그날 만난 여자와 결혼을 하게 된 거였다. 그것도 번갯불에 콩 구워 먹듯 몇 개월 만에. 결혼을 며칠 앞두고 남자는 친구와 만나 자신이 결혼하게 된 상황이 참으로 희한하다는 말을 털어놓았다.

- 야, 희한할 거 없어. 다들 그렇게 결혼하는 거라구. 오래 만나다가 결혼하는 케이스는 사실 별로 없어.
- 이럴 거였으면 뭔 지랄을 한다고 그렇게 유난 떨고 꼴통짓을 했나 싶다.

*

아내가 집을 나간 3주가 되었다. 남자는 일상을 보내는 틈틈이 결혼생활 5년을 되짚어보았다. 그리고 한동안 생각하지 않았던 남녀 관계의 이모저모에 대해서도 나름 생각해보았다. '아이 문제가 아니라면?' 남자는 혹시 아내가 자신에게 서운한 부분이 있다면 어디에 있을까를 생각해보았다. 소개로 만나 6개월 만에 결혼한 그들에겐 뜨거운 연애 과정이 생략되어 있었다. '그게 문제였을까?' '밋밋한 결혼과정과 별다를 게 없는 결혼생활에 불만이 있는 것인가.' 남자는 아내를 만났을 때 그녀 역시 자신처럼 연애와 결혼에 있어 많이 덤덤할 거라고 생각했다. 사랑이니 연애니 그런 걸 떠받들 만큼 더 이상 어리지도, 또 그런 걸 할 심적 여유도 없었기에 오히려 마음이 통하지 않았나 싶었다. 다시 말해 마음을 많이 비워낸 상태였기에 무덤덤했으나 역으로 소란 떨지 않고도 결혼까지 잘 진행된 것이 아니었나 싶었다. 물론 그것이 남자가 꿈꾸고 기대했던 연애나 결혼의 과정은 아니었지만 어쨌든 결혼을 하게 돼서 다행이다 싶었고 이후의 결혼 생활에도 별 불만은 없었다.

'결혼 후 남편으로서의 내가 많이 부족했던가? 특별히 많이 자상하거나 살갑진 못했어도 남들 하는 것만큼은 했던 것 같은데' 직업이 교수인 남자는 방학도 있고 해서 다른 직장인들보다 상대적으로 시간이 자유로운 편이다. 또 어문학 전공에 문화, 예술을 좋아하는 편이기도 해서 아내와 함께 다양한 문화 활동을 했다. 아내도 영화나 연극, 전시회 등을 좋아해서 함께 많은 곳을 다녔다. 또한 방학 때마다 일주일 남짓 일정으로 국내외 여행을 다녔다. 이 정도면 보통의 남편보다는 훨씬 더 점수를 줘야하는 거 아닌가, 남자는 그런 생각을 해보았지만 사실 그건 남자가 단정하긴 어려운 부분일 것이다. 물론 이런 부분은 남자도 인정한다. 가령 같이 여행을 가거나 어디 공연을 보러갈 때도 뭔가 막 절실하고 애틋하거나 이거 아니면 안 된다 하는 어떤 뜨거운 느낌은 없었다는 점을. 특히 여행같은 게 그럴 터인데, 함께 좋은 곳, 낯선 곳에 가면 '함께'라는 행복과 충만감, 합일감 같은 것이 극대화되게 마련일 텐데 남자는 별로 그런 느낌을 받지 못했다. 성적인 부분도 마찬가지였다. 그저 무난하고 덤덤한 느낌이랄까. 하지만 앞서도 말한 대로 남자는 그런 부분에 별 불만이 없었다. 아내의 생각과 느낌이 정확히 어떨지는 역시 알 수 없는 노릇이었다.

'혹시 남자 문제가 있는 건 아닐까.' 그런 질문도 던져보았다. 하지만 그것도 알 길이 없다. 아내에게도 잊지 못할 연애가 있었을 것이고 말하기 힘들 만큼의 상처도 있었을 수 있다. 그건 그대로 존중하겠다 싶어 지난 얘기를 묻지 않았고, 남자 또한 자신의 과거를 말하지 않았다. 그것이 서로를 존중하는 것이고 또 성숙된 모습이 아닐까 싶었다. 그리고 지금, '만약 아내에게 아직까지도 정리되지 않는 남자 문제가 있다면 어쩔 것인가' 하고 자문해보았다. '글쎄, 만약 진짜 그런 문제가 있다면, 그럼 어찌해야 하나.'

남자는 한편 좀 당황스러웠다. 그간의 결혼생활, 그리고 남녀 관계라는 게 과연 무언인가에 대해 이런저런 생각을 해보니, 뭐 하나 명쾌하게 떨어지는 답이 없는 것 같았다. 또 그쯤에서 되돌아보니, 겉으로 보기에는 그들 부부가 아무 문제없이 평탄하게 잘 살아온 것 같지만, 사실은 군데군데 허술하고 구멍이 많은 그물망 같다는 생각이 들었다. 아니면, 남녀 관계란 영원히 풀 수 없는, 혹은 답이 없는 그런 것일까.

*

한참을 다시 계곡 여기저기를 뒤졌지만 가재는 좀체 모습을 보이지 않았다.

- 휴, 쉽지 않네, 아니 이 맑은 계곡에도 가재가 없는 건가.

남자는 약간 낙담한 기분이 되어 다시 넓적한 돌을 찾아 앉았다. 쭈그린 자세로 계속 돌들을 뒤집었더니 허리와 목이 뻐근했다. 앉은 채로 크게 기지개를 켜본다. 주먹으로 허리도 툭툭 쳐본다. 핸드폰을 들여다보니 벌써 오후 2시가 가까워 오고 있었다. 거의 두 시간 넘게 가재를 찾아 헤맨 셈이었다. 멀리 하늘을 보니 온통 검은 먹구름이 가득인 것이 곧 비가 쏟아질 기세였다. 배가 출출했다. 남자는 어디 근처 식당을 찾아가 막국수라도 한 그릇 먹어야겠다는 생각이 들었다. 이번

강원도행을 준비하면서 남자는 막국수와 감자, 옥수수를 실컷 먹고 오리라는 다짐을 했다.

스마트폰으로 검색해보니 멀지 않은 곳에 꽤 이름난 막국수집이 있었다. 남자는 차를 몰고 막국수집으로 향했다. 가재는 찾지도 못했으면서 그것도 일이라고 몸 여기저기가 뻐근했다. 하지만 기분은 상쾌했다. 매일 강의실에서 학생들을 가르치고 연구실에 앉아 이런저런 행정 잡무를 하거나 컴퓨터를 보면서 느끼던 것과는 완전히 다른 종류의 피곤함이었다. 막국수 맛은 생각만큼 그렇게 특별하진 않았지만 그런대로 먹을 만했다. 계산을 하고 나오면서 주인아주머니에게 근처 계곡에 가재가 많이 있냐고 물었다.

- 예전엔 정말 많았죠. 비 오면 양동이 가지고 나가 엄청 주워오고 했거든요. 요즘은 예전같이 많이 없어요.
- 아, 그래요? 물이 맑아서 많을 줄 알았는데 안 보이더라구요.
- 그래도 잘 찾아보면 있을 거에요. 그런데, 다 큰 어른이, 가재는 뭐하게요?
- 아, 예. 제 꼬맹이 아들 숙제거든요. 가재 채집해 오는 게.

그렇게 말을 건네는 남자의 머릿속에서 불현듯 옛 기억이 떠올랐다. 맑은 계곡의 이곳저곳 돌맹이를 뒤집으며 가재를 찾는데 열중하던 어린 시절의 자신, 고사리처럼 작은 손으로 가재를 들어 올리며 세상을 다 가진 듯 환하게 웃던 여동생, 그리고 그런 자식들을 흐뭇하게 바라보던 젊은 날의 부모님이. '아, 어쩌다 이렇게 시간이 흐르고 모든 것이 변했단 말인가.'

막국수 집을 나와 차로 걸어가는데 후두둑후두둑 비가 떨어지기 시

작했다. 하늘을 올려다보니 온통 비구름으로 가득 차 있었다. 본격적
으로 쏟아질 모양이었다. 시동을 걸며 남자는 호기롭게 외쳤다. '비 오
니 시원하니 좋네. 그래, 지금부터 본격적으로 가재를 찾아보자!'

당신, 결혼하셨습니까?

며칠 새 차가워진 바람이 가을이 깊어가고 있음을 느끼게 한다. 길가의 은행나무들이 차례로 물들고 있다. 햇빛이 잘 드는 쪽 나무는 좀 더 노랗게, 그렇지 않은 나무들은 아직 초록색을 띄고 있다.

서른여덟의 남자 김은 컴퓨터 화면을 응시하며 자판을 두드린다. 혹시 하루 동안 새로 받은 메일이 있나 싶어서다. 대출에 관련된 스팸메일이 몇 통 왔을 뿐, 개인적인 메일은 없다. 시계를 보니 저녁 7시, 아직 약속시간까지는 1시간이 남았다. 오늘도 변함없이 야근이 계획된 관계로 동료들은 모두 저녁을 먹으러 나가고 사무실엔 김 혼자 남아있다. 그는 오늘 중요한 약속이 있어서 먼저 퇴근한다고 부장에게 미리 말해둔 상태였다. 그 약속이란 맞선이었다. 김은 2주일 전 한 결혼정보 회사에 가입했다. 그리고 오늘 첫 미팅이 잡혔다. 사실 김이 결혼정보 회사에 가입한 것은 이번이 처음은 아니었다. 2년 전에도 한 결혼정보 회사에 가입했다가 소개를 받을수록 실망을 거듭, 중간에 탈퇴를 한 적이 있었다. 다시는 그런 쓸개 빠진 짓을 하지 말아야지 생각했었는데,

이렇게 다시 가입하게 될 줄은 스스로도 몰랐다. 어쩔 수 없다. 미친 짓 하는 셈 치고 다시 한번 나서보기로 했다. 두 달 후면 서른아홉이 되는 상황, 김은 초조했다. 긴긴 방황과 외로움이 반복되는 악순환의 고리를 이번에는 기필코 끊어야겠다고 김은 다짐했다. 한국엔 현재 수많은 결혼정보회사가 성업 중이다. 서로 자기 회사가 가장 좋고 성공률이 높다고 과장광고를 해 대고 있었다. 김은 각 회사들의 가입 후기 등을 꼼꼼하게 체크하며 실제적으로 성혼율이 높고 평이 괜찮은 곳을 고르고 또 골랐다. 그리고 이번에는 반드시 성공해야한다는 절박한 마음으로 여러 차례 상담을 거쳐 마침내 한 회사에 가입했다.

수요일 저녁 8시라, 각자 저녁은 해결하고 차를 마시자는 얘기다. 그래, 그게 차라리 낫다. 처음 보는 여자와 밥을 먹는 게 쉬운 일은 아니지 않은가. 김은 회사를 나가면서 근처 롯데리아에서 햄버거로 간단히 저녁을 때우자고 생각한다. 어제 매니저와 전화통화로 한 말들이 머리에 맴돈다. 은행에 다니는 서른하나의 늘씬한 여성이라 했다. 학교는 서울 중위권 대학을 나왔고 집안의 장녀라는 말도 떠오른다. 김은 무척이나 빠른 매니저의 소개를 묵묵히 다 듣고 한마디를 물었다.

- 얼굴은 확실히 예쁜가요? 키는 정확히 몇이랍니까?

사실 김에게 여자의 직업, 학벌 같은 조건은 그다지 중요하지 않았다. 어차피 소개라는 형식에서 감정을 끌어내기는 쉽지 않다는 걸 그간의 경험에서 알고 있다. 일단 외모가 끌려야 한다고 생각했다. 매니저는 잠깐 뜸을 들였다가 말을 이어간다. 속사포처럼.

- 얼굴도 보통 이상이에요. 깨끗한 편이구요. 키는 164입니다.

- 음, 기대되네요. 근데 키는 확실히 164가 된답니까? 여자분들 160

도 안 되면서도 164, 165라고 하는 사람들 여럿 봤거든요. 하하.

말을 해놓고 김은 뻘쭘했다. 뭘 믿고 그렇게 여자의 키와 외모를 따지나, 그러는 당신은 그럼 그렇게 매력적인가, 라고 물을 수도 있는 거 아닌가. 이미 만나기로 결정이 된 상황에서 여자의 외모에 대해 캐묻는 것은 무의미하다는 걸 알면서도 김은 조금이라도 더 확인하고 싶었다.

 - 제가 직접 봐서 아는데요, 164는 확실히 돼요. 걱정하지 마시고 오늘 잘 하세요. 그럼 오늘 미팅 잘 하시고 내일 연락 드릴께요.

매니저의 말은 어느 정도 신빙성이 있을까. 김은 반신반의한다. 지난번 정보회사에서 중간에 탈퇴를 한 것도 회사 측 소개와 실제 여성의 모습이 너무 달랐기 때문이었다. 돈을 받고 직업적으로 하는 정보회사라면 객관적이고 정확한 정보를 알려줘야 할 것 아닌가. 그걸 따지자 회사 측은 이렇게 말했다.

 - 외모야 늘 주관적인 것이니...

장난 하냐. 돈은 돈대로 깨지고 마음은 마음대로 상하고. 미친 짓이었다. 다시는 이런 쓸개 빠진 짓 하지 않기도 굳게 다짐했었다. 그런데 또 이렇게 정보회사에 가입을 해서 매니저란 사람과 입씨름을 하고 있으니.

후, 나에게 결혼은 왜 이리 힘든가. 나이가 한 살 한 살 늘어 갈수록 김은 그런 생각에 빠졌다. 나는 도대체 어떤 여자와 결혼을 하고 싶은 걸까, 김은 스스로에게 계속해서 질문을 던졌다. 답은 언제나 나와 있었다. 내가 맘에 드는 여자, 같이 살고 싶은 마음이 드는 여자다. 그런데 그런 사람을 만나기가 참 어렵다. 결혼이 고시보다 어려운 시대, 그런 시대에 김은 살고 있다고 생각했다.

*

저녁 8시 5분이다. 김은 10분 전에 와서 15분째 기다리고 있는 중이다. 카페의 문이 열린다. 김은 촉각을 세워 문 쪽을 바라본다. 최대한 무심한 듯, 그러나 날카롭게 들어오는 사람을 자세히 살핀다. 어, 꽤 늘씬하고 눈에 띄는 미모를 지닌 여성이 들어온다. 나이는 대략 30대 초반으로 보이고 키는 얼추 165에 가깝게 보인다. 외모와 옷가짐이 화사하고 세련됐다. '호, 오늘 미팅 상대가 저 여성인가. 생각보다 훨씬 괜찮은데?' 김은 자신도 모르게 침을 꿀꺽하고 삼켰다. 순간 여자와 눈이 마주친다. 여자는 또각거리는 구두소리를 내며 김에게 다가온다. 그런 모든 것이 여유롭다. 긴장한 기색이 전혀 없는 것 같다.

- 혹시 오늘 미팅하시러 나오신 김민호씨 되시나요?
- 아 예, 맞습니다. 제가 김미홉니다. 반갑습니다. 이쪽으로 앉으시죠.

김은 허둥거리며 인사를 하고는 여자를 맞이한다. 여자가 잠깐 고개를 까닥하며 자리에 앉는다. 여자의 향수 냄새가 훅하고 다가온다. 김은 정신이 아찔하고 숨이 턱 막혀온다.

- 오시는 데 막히진 않았습니까? 어떻게, 저녁은 드시고 오셨나요? 상당히 미인이십니다.

김은 나름대로 최대한 어색하지 않으면서 화기애애한 분위기를 만들려고 애썼다. 정말 오랜만에 마음에 드는 여자를 소개로 만났으니, 최선을 다해 인연을 만들어 보겠다는 심산이었다. 대략 1시간 반의 시간

동안 김은 여자의 가족관계, 직업, 취미, 친구들 이야기까지 여러 이야기들에 대해 물었고, 자신의 장점을 어필하기 위해 노력했다. 중간중간 유머를 섞어가며 열심히 이야기했다. 헤어질 무렵 김은 여자의 반응이 어떤지, 다시 만날 가능성이 있는지 가늠해 보려 했지만, 여자의 생각이 어떤지 좀처럼 감이 오지 않았다.

- 오늘 너무너무 반가웠습니다. 다음엔 맛있는 식사도 같이 하고 좋은 곳에 데이트도 갈 수 있으면 좋겠습니다. 꼭 좀 기회를 주시죠. 하하.

정중하게 인사를 하고 여자를 보낸 뒤, 김은 참았던 긴장의 끈을 놓으며 큰 한숨을 쉬었다. 그리고 카페 건물 옆에서 연달아 두 대의 담배를 피웠다.

- 오, 죽인다. 죽여. 하느님 제발…

*

다음날 아침, 출근하자마자 김은 사무실 복도로 나와 매니저에게 전화를 걸었다. 궁금해서 전화가 올 때까지 도저히 기다릴 수가 없었다.

- 여보세요. 매니저님, 어제 여자분, 연락해보셨어요? 반응이 어떤 겁니까? 다시 만나볼 의향이 있대요?

- 아 예 회원님, 어제 만남 잘 하셨죠? 아직 여성분 매니저와 통화를 못 해 봤는데요. 일단 회원님은 어떠셨나요?

- 아, 그렇군요. 저요? 아 예, 저는 괜찮더라구요. 맘에 들어요.

- 하하, 회원님은 좋으셨다니 다행이네요. 여성분 입장 최대한 빨리 확인해보고 연락드릴게요.

- 그러게요. 간만에 진짜 괜찮았거든요. 매니저님이 여성분에게 잘 좀 얘기해주세요. 하하.

김은 전화를 끊고 사무실 자리로 돌아왔지만 좀처럼 일이 손에 잡히지 않았다. 마음이 복잡해졌다. 자, 정말 오랜만에 맘에 드는 괜찮은 이성을 만났다. 외모, 몸매 그 정도면 훌륭하다. 아, 정말 잘 되어야 할 텐데 과연 운이 따라줄 것인가. 좀 더 여유있고 부드럽게 어필했어야 하는데 너무 긴장한 것 같기도 하고, 마음이 급해 천천히 물어도 될 질문들을 한 것 같기도 하고, 김은 오전 내내 마음이 뒤숭숭했다.

점심을 먹고 들어와도 매니저에겐 연락이 없었다. '아, 이거 어떻게 된거야. 왜 전화를 안하냐고!' 다시 전화를 해 봐야 하나 싶었던 오후 3시쯤 매니저에게서 전화가 왔다.

- 아, 회원님 이거 어떡하죠? 여성분께서 다시 만날 마음이 없다는군요. 잘 되면 참 좋았을 텐데 아쉽네요. 그래도 너무 실망하지 마시구요. 조만간 또 좋은 분으로 매칭해 드릴 테니…

- 아니 잠깐만요. 왜요? 뭐가 문제랍니까? 그래도 몇 번 더 만나 봐야 하는 거 아닌가요. 사람이라는 게 그렇잖아요. 그러지 말고 매니저님이 얘기 좀 잘 좀 전해보세요. 예? 아니, 그 여자 진짜 소개팅 나온 거 맞아요? 확실해요? 혹시 그냥 회사에서 고용한 선수 아니에요? 괜히 남자들 마음만 부풀게 하고 쏙 빠져버리는 그런 여자 아니냐고!

김은 다급해진 마음에 매니저에게 사정조로 부탁도 해보고 괜한 화도 냈지만 다 부질없는 일이었다. '에라이, 개뿔도 없는 게 뭘 잘났다고. 얼굴만 반질거리고 속은 텅 빈 깡통인 주제에, 그럼 그렇지 내가, 잘 될 턱이 있겠냐고' 김은 연거푸 담배를 피우며 쓰린 속을 움켜잡았다.

*

이제 본격적인 찬바람에 몸도 마음도 사정없이 움츠러지는 계절이
되었다. 그나마 남아있던 낙엽도 다 떨어져 거리를 뒹굴고, 사람들의
옷차림은 점점 더 두터워진다. 이렇게 또 1년이 지나가고 있다. 몸이
추운 건 두꺼운 옷을 입어 어떻게든 참아낼 수 있지만, 마음이 추운 건
도저히 어떻게 해 볼 도리가 없다. 연말이 다가오자 김은 정말 비참한
기분이 들었다. '도대체 이게 뭔가, 이 나이 먹도록 내가 아직 싱글 노
총각이라니. 내 나이 서른여덟, 그나마 한 달 뒤면 서른아홉이 된다.
억울하다. 도대체 어디서부터 무엇이 잘못된 것인가. 건강한 몸과 긍
정적인 마음으로 지금껏 열심히 살아왔는데, 아직도 나에겐 따뜻한 가
정이, 사랑스런 아내가 없다. 내가 이렇게 살 줄은 정말 몰랐다. 부모
님께도 죄스런 마음뿐이다. 어머니, 아버지 죄송합니다!'
김은 언젠가부터는 모든 일에 자신감이 없어지고 삶이 무기력해졌
다. 요즘 같은 세상, 혼자 사는 1인 가구가 기하급수적으로 늘고 있고,
자발적으로 비혼을 선택한 이들도 많은 마당에 싱글이 뭐 어떻단 말인
가. 오히려 이 빡빡한 사회에서 혼자 자유롭게 사는 게 훨씬 좋다고 보
는 이들도 많다. '그래, 나도 잘 안다.' 알지만 아직 결혼을 못 한 김은
뭘 해도 즐겁지가 않고 자꾸 사람들을 피하게 되고 움츠러들었다. 물
론 그러면 안 된다는 걸 알기에 극복해보려 노력도 많이 해보았다. 가
령 억지로 운동도 하고 일부러 이런저런 모임에도 나가 보았지만 소용
이 없었다. 몸도 마음도 계속 축축 처지는 자신을 발견할 뿐이었다.

결국 이번에도 실패였다. 2번째 소개를 받고 난 뒤 김은 이번에도 또다시 결혼정보회사에서 탈퇴했다. 다시는 업체의 상술에 놀아나는 그런 정신 나간 짓을 안 하겠다고 다짐했건만, 혹시나 했지만 역시나로 끝나는 그런 바보짓을 또 했다는 생각에 자괴감이 물밀 듯이 몰려왔다. '아, 싫다 싫어. 이젠 정말 어찌해야 할지 모르겠다.'

*

"웅-"하는 전화벨 소리에 눈을 떠보니 벌써 9시 반이다. 전화기를 집으러 몸을 일으키자니 아, 몸 구석구석이 쑤시고 입안은 깔깔하기 그지없다. 졸린 눈을 비비며 전화를 받으니 종석이다. 김의 베스트 프렌드인 종석이 역시 솔로다. 황금 같은 일요일 오전의 전화가 종석이 전화라니, 좀 씁쓸하다. 물론 친구의 전화가 싫다는 건 아니다. 그나마 편하게 속내를 털어놓을 수 있는 친구도 이젠 거의 없다. 종석이가 있어 얼마나 다행인지 모른다. 결혼한 친구들은 다들 각자 먹고살기 바쁘고 애들 키우느라 등골이 휘고 있다. 그런 면에서는 책임지어야 할 식구가 없는 김과 종석이의 속이 편한 건지도 모른다. '후, 그렇게 위안을 삼아야 할까.' 김은 아마 오늘도 동병상련인 종석이와 차가운 소주를 넘길 수밖에 없을 것 같다. 온갖 푸념과 자학을 안주삼아서.

- 아직 잤냐? 벌써 10신데.
- 어, 그러게 이제 일어나야지. 아우 삭신이 쑤신다 쑤셔. 날이 추워져서 더 그런 거 같다.
- 그러게 말이다. 그려 그럼 좀 있다 만나 해장국이나 한 그릇 때리고 사우나나 가자. 가서 푹 지지고 오자.

- 그럴까?

- 오케이, 아, 그리고 뉴스가 하나 있는데, 아 좆도, 염장 지르는 뉴스다. 우리 동창 중에 경수란 애가 있나봐. 최경수라나. 걔가 담 달 결혼한다네. 것도 열 몇 살 어린 여자랑. 동창회 카페에 웨딩사진 올려놨더라구.

- 뭐? 결혼? 여자가 열 몇 살 어리다고? 그럼 20대란 말이야?

이름도, 얼굴도 전혀 기억 안 나는 고교 동창, 그의 결혼 소식이라, 글쎄다. 김은 기지개를 크게 켜며 하품을 했다.

- 휴, 결혼은 아무나 하는 게 아닌 모양이다. 위대하다. 위대해.

담배를 찾아 물면서 김은 중얼거렸다.

엄마야, 누나야

엄마야 누나야 강변살자
뜰에는 반짝이는 금모래빛
뒷문 밖에는 갈대의 노래
엄마야 누나야 강변살자

- 김소월 시, 안성현 작곡

1

휘영청 밝은 달이 바로 손에 잡힐 듯 가까이 떠 있었다. 김노인은 옥
상에 있는 평상에 앉아 달을 바라보며 그렇게 크고 둥글며 밝은 달을
본 게 참 오랜만이라고 생각했다. 그리고 보니 추석 대보름이 막 지난
즈음이었다.

- 저 너머 고향 땅에도 똑같은 달이 떴겠지.

김노인은 혼자 중얼거렸다. 늘 그랬듯 이번 추석도 왁자지껄 지나갔다. 특히 하루가 다르게 쑥쑥 자라는 손자 손녀들 보는 재미가 크다. 눈에 넣어도 아프지 않을 손주들을 보고 있으면 먹지 않아도 뿌듯하고 든든하다. 김노인에게는 다섯 명의 손주가 있는데, 큰 손주가 이제 막 대학에 갔고 제일 어린 녀석은 이제 7살이다. 각자의 개성이 다르고 재능도 다양해서 한 명 한 명 살펴보는 재미가 크다. 부디 다들 큰 인물로 커주길 내심 기대해본다.

김노인은 슬하에 자식 셋을 두었다. 두 아들과 딸 모두 인근에 살고 있어 평소에도 자주 모이는 편이었다. 자식 농사도 그럭저럭 잘 지은 편이라 다들 자기 밥벌이 잘 하고 있고, 셋 모두 속 썩이는 법 없이 적당한 때에 결혼하고 애 낳아 오순도순 잘 살고 있다. 요즘 같은 세상에 그러기 쉽지 않으니, 그만하면 자식 복 있다 싶고, 또 요즘 애들 치고는 다들 효심이 있는 편이었다. 돌아보니 중고교 교사로 살면서 김노인은 자식들 교육에도 나름의 정성을 기울인 편이었고, 고맙게도 아이들 모두 잘 따라주었던 것 같다. 아내에게도 고마운 마음이 크다. 서른 언저리에 결혼하여 50년 넘게 함께하고 있는 다섯 살 아래 아내도 늘 한결같이 자신을 잘 보필해주었으니, 처복도 크다 할 수 있을 것 같다. 김노인도 아내도 80대에 이르렀지만 두 사람 모두 특별히 아픈데 없이 건강이 그런대로 괜찮은 편이었다.

고등학교 교장으로 정년을 한 지 이제 20년, 김노인은 이제 80대 중반에 이르렀다. 교직을 천직으로 여기고 평생 열심히 학생들을 가르쳤고, 모름지기 선생은 타의 모범이 되어야 한다는 믿음 아래 항상 행동거지를 조심했다. 물려받은 재산 없이 오로지 성실함을 무기로 자수성가하여 지금껏 살아왔다. 그렇게 선생으로 38년을 보낸 뒤 퇴직했고, 거기서 다시 20년 가까운 세월이 흘렀다. 선생이란 직업이 돈과는 먼 직업이었으니 재산을 모으지는 못했지만, 남한테 아쉬운 소리 하지 않고 그래도 3남매 잘 키워 출가시켰고 아내와 함께 여생을 보낼 정도는 가지고 있으니 큰 여한은 없다.

가르쳤던 학생들이 사회에 나가 어엿한 일꾼으로 제 몫을 하는 것을 보는 보람이 컸다. 그중엔 지금도 가끔씩 안부를 전해오고 스승의 날 같은 기념일엔 자리를 마련해 식사를 대접하는 제자들도 있다.

돌아보니 80년이란 세월이 너무나 빨리 흘러버린 것 같아 아쉽지만, 또 그만하면 부끄럽지 않게 잘 살았다는 생각이 든다. 지금껏 무탈하게 살 수 있도록 삶의 길목 길목에서 도와준 많은 사람들이 있었다. 그들에게 정말 고맙다는 생각이 든다. 이제 앞으로 얼마를 더 살지 모르겠으나 남은 여생 크게 아프지 않게 살면서 자식들에게 부담 주지 말고 깨끗하게 떠나면 좋겠다는 바람이다. 노년의 쓸쓸함, 지난 것에 대한 회한이 왜 없을까만 김노인은 스스로에게 그만하면 됐다고, 더 이상의 욕심없이 모든 것에 감사하다고 이야기하고 있다.

하지만 딱 한 가지, 아무리 시간이 가도 지워지지 않는, 아니 세월이 가면 갈수록 김노인의 가슴속에서 더 크고 생생하게 떠오르는 아쉬움과 슬픔, 그리고 그리움이 있었다. 그것은 바로 두고 온 고향, 그리고 그곳에 계신 어머니와 누이에 대한 그리움이었다. 김노인은 이북에서 내려온 실향민이었다. 그들은 20세기 한반도의 아픈 역사를 온몸으로 관통하며 살았고, 그대로 민족의 비극, 분단의 슬픔을 고스란히 체험한 사람들이다. 김노인의 고향은 개성시 서홍동이다. 당시 많은 이산가족들이 그랬듯이 김노인도 1·4 후퇴 때 남쪽으로 피난을 온 것인데, 당시 어머니와 누이는 이북 고향땅에 남고 남자들인 아버지와 두 분의 형님들과 함께 남으로 내려왔다. 이후 분단이 되어 70년 가까이 고향에 가지 못하고 두고 온 어머니와 누이의 소식도 들을 수 없었다. 그 아픔을 생각하면 정말 피눈물 나는 세월이었다. 아버지와 형님들 모두 가슴에 한을 품은 채 돌아가셨고, 이제는 막내였던 김노인만 남은 셈이었다. 열여섯, 중학교 3학년을 다니다가 어머니와 누나를 두고 떠나온 소년은 이제 여든을 넘긴 노인이 된 것이었다.

2

올 봄 김노인은 생전 처음 한 라디오 방송에 출연했다. 상황은 이러했다. 어느 봄날, 김노인은 통일부 주관으로 치러진 경기 지역 이산가족 어르신 모임 행사에 참여했다. 그런 모임이 매년 정기적으로 있는 건 아니지만 가령 정권이 바뀌거나 남북관계에 조금 변화가 생긴다거나 하면 가끔 그렇게 이산가족 관련 모임 행사가 생기곤 했다. 비슷한 사연을 가진 실향민, 이산가족들끼리 모여 밥 한 끼 나누며 고향에 대한 이야기라도 나누면 그래도 얼마간 마음의 위로가 되곤 했다. 그래서 그런 모임이 있다고 연락이 오면 빠지지 않고 참석했다.

그 날 모임에도 의례적으로 참여자들의 사연을 듣는 순서가 있었다. 김노인이 어머니와 누님을 두고 온 사연을 이야기했는데, 그것이 나름

관계자들의 인상에 남았는지 얼마 안 있어 한 라디오 방송국에서 그 사연을 좀 더 들어보자고 인터뷰 요청을 해왔다. 그리하여 '그리운 누님에게 보내는 편지'라는 형식으로 김노인은 가슴에 담아 두었던 말들을 글로 옮겨 적었고, 자신의 목소리로 편지를 낭독하였다. 그 녹음된 사연이 라디오 방송을 타게 된 것이었다.

 - 보고 싶은 누님께. 고향에 남은 누님과 헤어진 지 60년이 넘었습니다.

김노인은 전날 작성한 편지를 읽으며 담담하게 지난 세월과 고향에 남겨진 어머님과 누님에 대한 그리움을 읽어 나갔다. 차분하게 읽어갔지만 마무리하는 대목에서는 목소리가 떨렸고 자기도 모르게 눈물이 나오고 목이 메이기도 했다.

그날 녹음된 내용은 일주일 뒤 라디오에 나왔다. 김노인은 미리 가족과 친지들에게 알렸고, 모두가 그날 그 라디오 방송을 들었다. 며칠 뒤 10만 원 정도의 출연료가 지급되었다. 주말에 김노인은 세 자녀와 손주들을 불렀다. 그리고 자신이 자주 가는 칼국수집에 가서 출연료로 점심을 샀다. 그날 김노인은 왠지 자식과 손주들에게 아비와 할아비로서 뭔가 보여준 것 같고 체면이 선 거 같아 마음이 뿌듯했다. 손주들은 할아버지 대단하다고 라디오 방송을 녹음해오기도 했다.

그날 밤 김노인은 짧은 꿈을 꾸었다. 라디오를 통해 읽어 내려간 자신의 편지가 고향땅에도 전달이 된 것인지 어렴풋이 꿈속 저 멀리에서 어머니와 누이가 손을 흔들며 반갑게 웃어준 것 같았다. 이른 새벽잠에서 깼을 때 고맙고 또 그리운 감정이 뒤섞인 채 복받쳐 올랐고, 가슴 한 켠이 아려왔다.

3

김노인은 오늘도 이른 아침을 먹고 자전거를 타고 인근 공원으로 향한다. 특별한 일이 없는 한 매일 반복되는 일과다. 정년퇴임을 하고 다니기 시작했으니, 올해로 딱 20년이 되었다. 그렇게 공원에 가서 함께 정년한 비슷한 연배의 동료 선생들과 운동도 하고 대화도 나누며 점심까지 먹고 오는 일과다. 몇 년 전까지는 우드볼을 매일 치곤 했는데, 점점 멤버도 적어지고 조금씩 힘에도 부쳐 이젠 더 이상 우드볼을 치진 않는다. 요즘엔 그저 공원을 천천히 걸으며 공원에 비치된 여러 운동기구에 좀 매달리다가 오는 경우가 많다. 평생 성실하고 부지런함이 몸에 밴 김노인이었으니 비가 오나 눈이 오나 공원 가는 걸 빠뜨리지 않았고, 결과적으로 이는 건강을 유지하는 것에도 큰 도움이 되었다. 80대 중반의 나이였지만 김노인은 또래보다 훨씬 건강한 편이고, 기력이 예전만 못하다는 걸 느끼지만 아직 특별히 아픈 곳 없이 정정했다.

요즘 들어 자주 쓸쓸하고 마음이 아픈 건 친구와 또래의 동료들이 하나둘 떠나거나 몸 여기저기가 아파 거동이 불편해진 이들이 많아진다는 점이다. 특히나 오랜 세월을 함께하며 마음을 나눴던 친구들이 세상을 떠날 땐 가슴에 구멍이 난 듯 아프고 또 허망했다. 생로병사는 누구도 피할 수 없는 삶의 이치고, 언제고 나에게도 닥칠 일이라고 굳게 마음을 먹어보지만, 가까운 이들이 허무하게 떠날 땐 그런 다짐은 힘없이 무너지기 일쑤였다. 그럴 때면 며칠씩 잠을 설치고 마음이 허해져 일이 손에 잡히지 않았다.

- 이제 슬슬 단풍이 들어가는구나.

김노인은 공원의 큰 아름드리 나무들이 조금씩 변해가는 모습을 보며 그렇게 혼잣말을 했다. 손바닥보다도 더 큰 나뭇잎의 색깔이 조금씩 갈색으로 물들어 간다. 멀리 하늘을 보니 더 높고 푸르게 보이는 것이 완연한 가을 느낌을 준다. 공원 한가운데에 있는 넓은 호수의 물빛도 더욱 그윽해진 듯하다. 그렇게 또 한 번의 가을이 찾아오는 것 같다. 매일 와서 보는 풍경이지만 질리는 법 없이 참 편안하면서도 멋지다. '아, 내가 이 멋진 가을을 몇 번이나 더 볼 수 있을까.' 그런 생각을 하니 좀 우울해졌다.

　자전거를 타고 천천히 호숫가를 돌면서 김노인은 잠시 옛 추억을 떠올려보았다. 50년 전 그 호수 변에서 김노인은 지금의 아내와 팔짱을 끼고 걸으며 데이트를 했다. 때는 바야흐로 60년대 중반이었고, 그들은 30대 초반, 20대 후반의 푸른 청춘이었다. '아, 그때 무슨 말을 주고받았던가.' 과거를 회상하는 김노인의 주름진 얼굴에 옅은 미소가 피어올랐다. 당시 김노인은 가난했지만 꿈 많은 젊은 교사였고, 아내는 공기업에 다니는 멋쟁이 직장여성이었다. 아무리 세상이 어렵고 힘들다 해도 그들은 젊었고 앞날이 창창한 청춘이었다. 그 호수는 김노인의 빛나는 과거를 기억할 것이다. 그리고 그 호수 주변에 있는 큰 아름드리 나무들도 탄탄했던 그들의 젊음을 기억하고 있을 것이다.

4

　전쟁 직후는 누구나 다 가난하고 힘든 세월이었지만, 북녘 고향을 떠나 연고도 없는 남쪽으로 피난 온 실향민들의 삶은 참으로 팍팍하고 힘들었다. 잠시 몸을 피했다가 다시 고향에 돌아갈 심산이었던 김노인의 아버지와 두 형들, 그리고 김노인의 피난살이 역시 무척 고달팠다. 실향민들에겐 의지할 고향도, 친지도, 먹고살 직장도 없었다. 그저 하루하루 닥치는 대로 살아가야만 했다. 피난 당시 김노인의 나이는 이제 막 피어나는 16살, 중학교 3학년, 꿈 많은 사춘기 소년이었다. 그가 다닌 중학교는 개성에서 가장 좋다는 학교였고, 김노인의 성적은 매우 우수한 편이었다. 그는 장래에 은행가나 학교 선생님이 되고 싶었다. 중학교를 졸업하면 개성에 있는 명문 상업고등학교에 진학할 예정이었다. 고등학교를 졸업하고 바로 은행에 취직할 수도 있고, 아니면 서울에 있는 대학에 진학을 할 수도 있었을 것이다. 그러나 중학교를 졸업하기도 전에 6·25 전쟁이 발발했고, 김노인은 고향을 떠나 아버지와 형들과 함께 남쪽을 향해 피난길에 올라야만 했다. 그리고 아무 연고도 없는 경기도 수원에 정착했다.

고향에서 김노인은 가족들과 마을 친지들에게 많은 사랑을 받던 총명한 소년, 도련님이었지만, 피난 나온 전쟁통에서는 제대로 된 보살핌을 받지 못한 채 거친 삶의 한복판에서 어떻게든 버텨 나가야 했다. 만날 수 없는 어머니와 누이를 그리워하는 한편, 당장의 눈앞의 가혹한 현실과 마주해야 했다. 수원에 정착한 김노인네 가족은 먼저 피난 나와 자리를 잡은, 그나마 사정이 좀 나은 고향 지인의 판잣집에 얹혀살면서 하루하루 연명해나갔다. 김노인의 아버지와 형들은 돈이 되는 일이라면 닥치는 대로 일했고, 김노인도 형들을 따라다니며 부지런히 도왔다. 그렇게 열심히 살았지만 하루 세 끼 밥을 제대로 챙겨 먹기가 어려웠다.

그런 어려운 상황이었지만 그 속에서도 김노인의 배움의 끈을 놓지 않았다. 당시 수원엔 피난민들을 위한 임시학교가 세워졌다. 김노인은 그곳에서 부지런히 고등학교 과정을 배워나갔다. 마침내 전쟁이 끝나고 휴전이 되었다. 학교들이 점차 정상화되었고, 김노인은 수원의 한 고등학교 3학년에 편입을 하여 졸업장을 딸 수 있었다. 당장 먹고살기도 어려운 판이었으니 가족들은 김노인의 학업을 제대로 뒷바라지 하지 못했다. 고등학교 과정을 마쳤으니 이제 김노인도 가족들과 함께 본격적으로 생활전선으로 뛰어들어야 할 판이었지만, 대학에 꼭 가고 싶었다. 가족들의 우려 섞인 시선 속에서 김노인은 대학입시를 치렀고 목표했던 대학에 합격했다. 기뻤지만 곧 등록금이며 공부에 필요한 돈이 문제가 되었고, 김노인은 정말 가난한 고학생으로 힘들게 학업을 이어갈 수밖에 없었다. 점심 사 먹을 돈이 없어 수돗물로 배를 채운 적도 많았고, 웬만한 거리는 차비를 아끼기 위해 무작정 걸어 다녔다. 그래도 꿈이 있었기에 견딜 수 있었고, 젊디젊은 청춘이었기에 어려운 현실 속에서도 희망을 품어볼 수 있었다.

군대를 마치고 대학을 졸업한 김노인은 그렇게 바라던 교사로 첫발을 내딛을 수 있었다. 그의 나이 스물일곱 살 때였다. 그 어려운 형편에서도 대학생이 되고 또 선생님이 된 김노인을 보며 아버지와 형들은 대견스러워 했다. 가족들의 격려를 받으며 첫 출근길에 나서던 그 아침을 김노인은 잊지 못한다.

　아, 수구초심(首丘初心)이라고 했던가. 김노인은 요즘 들어 부쩍 고향에 대한 생각이 많아진다. 항상 가슴 한쪽에는 고향에 대한 향수와 어머니, 누이에 대한 사무치는 그리움이 있었지만, 젊은 시절엔 정신없이 사느라 한쪽으로는 그것을 잊고 살 수 있었다. 가장으로 아이들 키우고 또 교사로 열심히 학생들 가르치면서 하루하루 열심히 살다보니 세월이 정신없이 흘렀던 것 같다. 한편으로는 지난 과거나 옆을 돌아볼 여유가 없었던 것인지도 모르겠다. 그리고 이제, 인생의 황혼기에 접어든 김노인은 시간이 갈수록, 나이가 들수록 고향이 그리워진다. 꿈에서라도 만나고픈 사랑하는 어머니, 그리고 누이, 가족들 모두가 함께 살며 행복했던 어린 시절이, 그 고향땅이 시간이 갈수록 더욱 사무치도록 그립다. 눈을 감으면 지금도 고향집이, 고향 마을의 구석구석이 손에 닿을 듯 선명하다. 맑은 물이 흐르는 시냇가, 뒷동산, 동무들과 매일 뛰어놀던 학교 운동장, 그곳을 떠난 지 70년 가까운 세월이 흘렀지만 김노인은 그 모든 것을 또렷하게 기억하고 있다.

　아아, 세상에 어찌 이런 비극이, 슬픔이 있단 말인가. 전 세계 유일의 분단국, 이 무슨 불명예인가. 천륜이라는 내 핏줄 내 가족과 생이별하여 죽었는지 살았는지조차 알 수 없이 수십 년을 살고 있으니 생각할수록 기가 막힐 지경이다. 젊은 시절에는 곧 고향의 어머니를 만날 수 있을 거란 막연한 희망과 기대를 가졌었다. 남북관계에 뭔가 조금이라도 변화가 있을 조짐이 보이면 가슴이 쿵쾅쿵쾅 뛰면서 온 신경을 집중했다. 어떻게든 편지라도 전해볼까 백방으로 방법을 수소문해보기도 했다. 한편으로는 변하지 않는 세상을 원망하고, 남북관계를 좀 더 개선시키지 못하는 남·북한 정부를 원망하며 일부러 고향을 애써 외면하며 살기도 했다. '내가 누구 때문에 이렇게 된 것인가. 왜 그리운 어머니와 누이를 보지도 못하고 소식도 모른 채 살아야 한단 말인가.' 그런 억울함과 슬픔이 크게 차오르는 날에는 술을 들이켜며 친구와 동료들을 붙들고 신세를 한탄하고 세상을 저주하기도 했다. 그때 쏟은 눈물의 양은 또 얼마나 많았던가.

'다 부질없다. 부질없어.' 김노인은 애써 담담해보려 하지만 마음은 그렇지 못하다. 눈을 감기 전에 꼭 한번 고향땅을 밟고 싶고, 그곳에 있는 친지를 찾아 어머니, 누이를 어떻게 모셨는지 꼭 들어야겠다는 생각을 하고 있다. 그리고 반드시 어머니와 누이의 묘소를 찾아 절을 올리고 가슴에 쌓인 그리움과 슬픔을 풀리라고 다짐에 다짐을 하고 있는 참이다.

6

요즘은 나이든 노인들도 스마트폰을 많이 사용한다. 기능을 좀 익혀두면 편리하게 쓸 수 있을 것 같긴 한데 김노인은 아직 선뜻 나서지 못한다. 3년 전에 아들과 함께 가서 개통한 예전 폴더식 핸드폰을 아직 그대로 사용하고 있다. 주로 전화 주고받고 문자하는 정도니 사실 아무 불편함이 없다. 그래도 다음 전화기로는 스마트폰을 사볼까 생각중이다. 그래서 보고 싶은 손주들과 화상 통화를 많이 하고 싶고, 혹시라도 나중에 좋은 세상이 와서 고향의 친지와 화상으로 이야기를 나눌 수 있을지도 모른다는 기대도 해 본다. 내 생전에 그런 날이 올까 싶지만, 한편으로는 어떻게든 잘 될거라는 막연한 희망을 결코 버릴 수가 없다.

　며칠 전 옛 제자에게 전화가 왔다. 이번 가을에도 몇몇 선생님들을 모시고 식사를 하는 자리를 마련하겠다는 연락이었다. 요즘 너 나 할 거 없이 살기가 빠듯한 시절인데도 매번 이런 자리를 만드는 제자들이 있어 기쁘고 대견스럽다. 그들도 이젠 환갑을 넘긴 장년들이다. 그들로 말하자면 1960년대 중반, 김노인이 막 서른이 되었을 때 용인의 한 중학교에서 가르친 제자들이다. 가난한 시절이었지만 청년시절의 김노인은 패기와 의욕이 넘쳤고, 학생들을 가르치는데 큰 보람을 느꼈다. 또한 당시는 아직 스승에 대한 존경이 남아있던 시절이었으니 하루하루가 즐겁던 시절이었다. 그 시절 담임을 맡았던 몇몇 제자들이 성인이 되어 사회에 나가 자리를 잡고는 스승인 김노인을 찾아왔고, 그 후로 근 30년째 보고 있는 터다. 선생은 이럴 때 큰 보람을 느끼는 법이다. 아무리 세상이 변하고 선생의 권위가 땅에 떨어졌다고 하지만 그래도 스승과 제자의 관계는 말로 설명하기 어려운 무언가가 있는 법이다. 부귀영화와는 거리가 먼 직업이지만 김노인은 자신이 선택한 교사의 길에 큰 자부심을 가졌고 누구보다 그 직업을 사랑했다. 정년한지 20년이 되어 이젠 그런 자부심이나 보람도 다 희미해졌지만 그래도 이렇게 잊지 않고 찾아주는 제자들을 만날 때면 정말 즐겁고 뭐라 형언할 수 없을 만큼 보람을 느꼈다. 내가 헛살지는 않았구나 하는 자긍심이 저 마음속에서 솟구쳐 올라왔다.

지금이야 학교보다도 집, 공원, 놀이터, 또 여기저기 곳곳에 볼 것, 즐길 것, 신기한 것들이 넘쳐나지만, 예전 김노인이 학교를 다니던 그 시절에는 학교에 모든 것이 있었다. 멋지고 아는 것 많은 선망의 대상인 선생님들이 계시고, 재미있는 책들이 있고, 아름다운 소리를 내는 풍금이 있으며, 시소와 철봉이 있는 그야말로 신기하고 즐거운 놀이터 같은 곳이었다. 김노인은 그래서 매일매일 학교 가는 것이 신나고 즐거웠고, 나중에 꼭 선생님이 되고 싶다는 꿈을 키우게 되었던 것이다.

7

　늦가을의 임진각은 고즈넉하고 쓸쓸했다. 임진각은 어린 학생들에게는 교육의 공간이기도 하고, 젊은 연인들에게는 바람 쐬러 나오는 서울 인근의 데이트 코스이기도 하고, 또한 외국인 관광객들에게는 한번 가서 보고 싶은 신기한 관광지이기도 한 모양이다. 그만큼 임진각에는 다양한 부류의 사람들이 많이 찾아온다. 어쨌든 그곳은 세계 유일의 분단국가인 남한과 북한, 그 분단을 상징하는 장소인 만큼 수많은 사연들이 얽혀 있는 곳이다. 그리고 김노인 같은 실향민들에게는 더 슬프고 야속한 장소다. 그런 동시에 조금이나마 그 아픔을 달랠 수 있는 공간이기도 하다. 매년 명절 때가 되면 많은 실향민들이 북쪽의 고향을 향해 제를 올리고, 외국 관광객들은 그런 모습을 신기하게 바라본다. 그리고 그 모든 것을 품고 임진강은 흐른다. 그 많은 세월과 아픔을 품고 아무 내색도 하지 않고 잔잔하고 평화롭게.

달리다 멈춰 선 채로 수십 년째 그 자리에 그냥 서 있는 녹슨 기차, 남북을 가로막은 큰 철장에 매놓은 수많은 리본들, 그 안에는 다양한 사연들이 적혀 있을 것이고, 통일에 대한 간절한 소망과 염원이 담겨있을 것이다.

김노인은 임진강 너머 북쪽을 바라보며 눈물을 훔친다. '아, 어머니, 누나 그립습니다. 정말 보고 싶습니다.'

8

- 아버지는 살아오면서 언제가 제일 즐겁고 좋으셨어요?

대학교수인 큰아들이 얼마 전 불쑥 물어온 말이었다. 이제 막 50대로 접어들며 이런저런 생각이 많아지는 모양이었다.

- 너희들 한참 키울 때가 제일 보람도 있고 행복했다. 힘들어도 힘든 줄 몰랐고.

김노인은 웃으며 말했다. 정말 그랬다. 인생의 말년에 이르러 돌이켜 생각해보니 그때가 가장 좋았던 때였다. 박봉의 월급에 애들 셋을 키우려니 뭐든 빠듯했지만, 그래도 다섯 식구가 옹기종기 모여 살면서 '행복이란 것이 이런 거구나' 싶은 생각이 들었다. 아이들은 모두 건강하게 잘 자라주었고 아내는 알뜰살뜰하게 가정을 잘 꾸렸다. 조금씩 돈을 모아 내 집을 마련하던 날의 그 기쁨, 아이들이 차례로 학교에 들어가 학부형이 되던 그 시절의 뿌듯함, 자주는 못 갔지만 그래도 일 년에 몇 번씩 아이들 손을 잡고 동물원이나 놀이공원에 가던 날의 즐거움, 자식들이 자라 대학에 가고 군대에 가고 또 각자 짝을 만나 시집 장가를 갈 때 부모로서 겪었던 그 기쁨들, 김노인은 그런 즐거운 시절을 떠올려 보았다. 물론 인생이란 길을 걷다 보면 예상치 못한 이런저런 어려움을 만나게 될 때도 많은 법이다. 가령 갑자기 아이가 아파 새벽에 응급실을 찾았을 때의 그 걱정스러움과 황망함도 떠오르고, 벼룩의 간을 떼어먹는다고 잘 아는 지인이 너무 급하다고 사정을 해서 큰맘 먹고 빌려준 돈을 떼였던 때의 속상함도 있었고, 첫째 애가 대학입시에 실패했을 때, 그리고 둘째 애가 실연으로 몹시 힘들어했을 때 그걸 지켜보는 아비의 마음도 참으로 아팠던 것 같다. 그런 모든 것들이 그저 꿈만 같고 지금은 다 아득하기만 하다.

그리고 남들에게는 차마 속속들이 말하기 어려운 아픔과 상처들, 이제는 다 묻어버리고 또 훌훌 털어버릴 수 있을 것 같았던 그것들이 계속해서 김노인을 흔들고 있는 것이다. 남쪽으로 피난 와서 고생만 하시다 돌아가신 아버지, 고향땅과 어머니와 누이를 그리워하다가 끝내 가보지 못하고 눈을 감은 두 형들, 그들을 생각하면 가슴이 먹먹하고 아프다. 그래서 아버지가 그립고 형님들이 그리우면 아무 때고 술 한 병 들고 묘소를 찾아 한참을 앉아 있다가 온다. 그러면 마음이 좀 진정되고 위안이 된다. 정말로 괴롭고 또 못 견디게 그리운 사람은 분단 이후 소식을 알 수 없는, 기억 속에만 존재하는 고향의 어머니와 누이다.

가끔 꿈속에서 어머니와 누나를 볼 때가 있었다. 너무나 그립고 반가운 어머니, 그리고 누나는 언제나 다정하고 따뜻한 눈길로 김노인을 바라보고 있었다. 그 꿈에서 깨어나 너무나 아쉽고 또 가슴이 아파서 가슴을 치며 눈물을 흘린 적도 여러 번이었다. 꿈속에서나마 조금이라도 더 길게 어머니와 같이 있고 싶은 마음, 누나와 하고 싶은 말을 실컷 나눠보고 싶은 그 마음, 그것을 어떻게 말로 설명할 수 있으랴. 왜 더 자주 꿈속에 나타나지 않는 것인가.

어느 덧 11월이다. 깊어가는 가을, 오늘 밤에도 저 하늘 위에는 어김없이 달이 떠올랐다. 김노인은 혼자 옥상에 올라가 달을 바라본다. 그리고 조용히 불러본다.

- 엄마야, 누나야 강변 살자. 뜰에는 반짝이는 금 모래빛...

신림동의 달

1

　3일 뒤면 민족의 명절 설날이다. 바다로 나갔던 연어가 태어난 강으로 거슬러 오듯, 명절이 되면 사람들은 모두 고향으로 회귀한다. 어렸을 때 텔레비전을 통해 그런 대규모 귀향 행렬을 볼 때면 왜 굳이 꼭 저래야 하나 싶었다. 또한 싱글벙글한 얼굴로 양손에 선물을 들고 기차나 버스에 오르내리는 모습들이 좀 촌스럽다고 생각했는데, 이제 막 서른이 되는 지금은 왜 그런지 좀 알 것 같다. 나도 양손에 선물을 들고 고향집에 가고 싶다. 하지만, 나는 그럴 수 없다. 왜냐하면 나는 아직 취업을 못한, 취준생이기 때문이다. 취준생, 언제 생긴 지도 모르는 씁쓸한 단어이다. 나 같은 경우는 공무원 시험을 준비하는 중이니 수험생, 또는 공시족이라고 불리기도 할 것이다.

물론 취준생, 공시족이라고 명절에 집에 가지 못하리라는 법은 없다. 가서 오랜만에 친척들 만나 인사하고 밀린 이야기도 나누고, 또 좀 뻔뻔하더라도 가족, 친척들로부터 용돈도 좀 받아 챙길 수도 있을 것이다. 취업을 못한 건 내 개인만의 문제가 아니라 이 나라의 사회 구조 전부가 잘못된 것이라고 항변해 볼 수도 있을 것이다. 하지만, 그러기엔 우선 내 스스로가 면목이 안 선다. 지방에서 멀리 서울까지 대학을 보내놨는데 졸업하고 서른이 되도록 취업을 못해 아직도 부모의 도움을 받고 있는 처지이니, 일단 부모님에게 무척 죄송스럽다. 그리고 누가 뭐라 하기 이전에 내 스스로가 일단 떳떳치 못한 것이다. '나는 지금 뭐 하고 있는 건가' 하는 스스로에 대한 자괴감이 계속해서 내 자신을 괴롭힌다. 설령 그런 거 다 애써 무시하고 가족 친지들을 본다 해도 대화 중에서 반드시 취직 및 경제적인 이야기가 나올 것이고, 그러다 보면 또 자격지심이 생겨날 것이며 결과적으로 스트레스를 많이 받을 것이다. 그리고 취준생의 입장에서 명절 귀향을 꺼리는 현실적인 문제가 또 있다. 즉 고향까지 가고 오는 교통비와 그 시간, 체력 소모가 상당하다는 이유도 있을 것이다. 다녀온 뒤에는 그 후유증도 막대할 것이다. 그 모든 시간과 과정들이 너무나 소모적인 것이다. 그리하여 나뿐만 아니라 집 떠나 서울이나 다른 도시에서 혼자 취업을 준비하거나, 고시, 공무원 시험 등의 시험을 준비하는 수험생들, 혹은 결혼을 하지 않은 1인 싱글족 등등은 명절에 고향에 가지 않고 홀로 보내는 경우가 많다. 해마다 이맘때면 텔레비전이나 신문 등에서 이렇게 나 홀로 명절을 쇠는 사람들을 특집으로 많이 다루는데, 그거 영 탐탁치 않고 입맛이 쓰다.

자정이 지났다. 돈을 지불하고 구독해 놓은 인터넷 강의를 듣느라 몇 시간 째 켜 둔 노트북을 끄고 자리에 누웠다. 낮은 천장이 새삼스럽게 기분을 울적하게 만든다. 2평 남짓한 공간, 앉은뱅이 책상 하나, 작은 침대 하나, 그리고 옷가지 약간하고 취업에 연관된 이런저런 책들이 이 방 안에 있는 전부다. 아, 키 180센티미터, 서른 살의 건장한 청년이 젊음을 발산하지 못하고 이런 좁은 공간에 갇혀 살고 있다니, 설상가상 미래는 또 어찌될까 막막하니, 참으로 하루하루가 답답하고 울적하다. 에라, 잡생각이 더 들기 전에 빨리 잠이나 자야겠다는 생각이 든다 그러나 오늘도 잠은 쉽게 오지 않을 것 같다.

역시나 예상대로 잠이 오지 않는다. 눈을 감고 한 시간 가까이 뒤척이다가 벌떡 일어났다. 속이 영 답답하다. 옥상에 올라가 담배라도 한 대 피워야겠다. 발소리를 내지 않으려 조심조심 복도와 계단을 걸어 고시원 건물 옥상으로 올라간다. 이처럼 5층 건물 위 옥상은 잠이 안 오거나 속이 답답할 때면 종종 올라가는 공간이다. 그래서 달밤에 체조도 하고, 고만고만하고 오밀조밀한 풍경이지만 야경도 좀 바라보다가 내려오곤 한다. 새벽 1시가 좀 넘은 시간, 날씨가 흐려서인지, 미세먼지 때문인지 시야가 영 흐리다. 그렇다 보니 달이 어디에 떠 있는지도 잘 모르겠고, 건물 앞 가로등 불빛도 희미하니 뭐랄까 좀 몽환적인 느낌이 든다. 그래서 마치 어떤 SF 영화 속의 한 장면에 들어와 있는 것 같기도 하고, 광활한 우주를 헤매고 있는 미아가 된 것 같기도 한 이상한 기분이 들었다. 담배에 불을 붙여 허공으로 크게 연기를 한 모금 내뿜으며 나도 모르게 중얼거렸다.

- 니미랄, 올해는 진짜 이 생활 청산해야 되는데...

2

스마트폰 알람소리에 눈을 떴다. 7시 40분이다. 어제 늦게 잠든 이유도 있고 또 나름 민족의 명절이 시작되고 있으니 하루 이틀은 좀 릴랙스해도 괜찮겠다 싶었다. 평소보다는 한 시간 반쯤 더 잔 셈이다. 그래서인지 몸도 좀 개운한 것 같다. 자, 이제 씻고 간단히 요기를 한 뒤 학원 도서실에 나가봐야 한다. 고시원 방은 아무래도 답답하기도 하고 방에 있으면 계속 늘어질 수 있기 때문에 공부에는 적합하지 않다. 그래서 방에서는 되도록 잠만 자거나 그냥 쉬려고 하는 편이다. 연휴지만 학원은 계속 도서실을 개방하고 있으니 거기 나가는 게 맞을 것 같다. 오늘 같은 날에도 나와서 공부하는 사람들이 있을 테니 긴장감도 유지되고 좋을 것이다. 명절에 집에 못 간다고 실망하거나 쓸쓸해하고만 있을 수는 없다. 준비하는 공무원 시험이 바로 코앞에 닥쳐있으니 말이다. 지금부터는 좀 더 전략적으로 책을 봐야 하고 공부의 밀도도 더 높여야 할 것 같다.

고시원 공용 주방에는 이용자들을 위해 김치와 밥이 늘 준비되어 있다. 그래서 컵라면이나 즉석 카레 등 여러 즉석요리를 개별적으로 준비하여 각자 간단하게 한 끼를 해결할 수 있다. 물론 전기밥솥에 한꺼번에 많이 해놓고 장시간 보관하는 밥이라 갓 지은 밥만은 못하고, 김치도 신김치일 때도 있고 안 익은 김치일 때도 있을 만큼 들쑥날쑥하지만 그래도 그게 어딘가. 오늘도 고시원 방에 쟁여 놓은 3분 짜장을 물에 데워 간단하게 아침을 해결하고 고시원 문을 나선다. 오늘도 날씨는 포근한 편이다. 사실 올 겨울은 별로 춥지 않아 겨울 느낌이 별로 안

든다. 1월이 다 지나가고 있는데 딱히 추위라 할 만한 게 없었고 겨울이면 여러 번 보게 되는 눈도 이번 겨울에는 거의 보지 못했다. 진짜 요즘은 눈다운 눈을 보려면 강원도, 그것도 스키장이나 가야 겨우 기분을 느낄 수 있을 것 같다. 하지만 스키장이 웬 말인가. 그런데 갈 시간도, 돈도, 마음의 여유도 없다.

뉴스에서는 날마다 단군 이래 최대 불황이네, 정부의 경제 정책이 실패했네 어쩌구 하면서 떠들고 있지만, 명절을 앞둔 요 며칠 세상은 특유의 활기가 돌면서 확실히 뭔가 좀 들떠 있다. 뭐 해마다 반복되는 풍경이다 보니 새로울 것도 없지만, 이런 때는 확실히 좀 마음이 더 춥고 서럽다. 서른 살의 취준생, 또는 공시족인 나, 내년 설에는 나도 좀 따뜻한 설을 맞이할 수 있으려나.

학원 자습실은 확실히 평소보다 훨씬 사람이 적다. 사실상 오늘부터가 설 연휴이니 아무리 취준생, 수험생이라도 많이들 고향집으로 간 탓일 것이다. 늘 빽빽하게 만원이던 교실이 3분의 1 정도밖에 차지 않았다. 구석 한쪽에 자리를 잡고 가방에서 책을 꺼낸다. 두꺼운 수험서가 책상 위에 놓인다. 너덜너덜까지는 아니지만 나름 때가 많이 탔다. 예전 학창 시절 같으면 그런 책을 보면 뭔가 뿌듯하고 스스로가 대견스러웠는데, 지금 내 기분은 말 그대로 참담하고 서글프다. 3년 전 이 책을 샀을 때, 1년 안에 끝내고 고물상에 넘기리라 생각했건만 벌써 2년을 지나 3년 차에 접어들고 있는 것이다. 아, 사는 게 정말 생각 같지 않다. 내가 신림동 고시원에서 이렇게 몇 년을 보내게 될 줄은 정말 몰랐다. 군대 제대 뒤 복학한 뒤에는 나도 막연하게 대기업에 들어갈 계획이었다. 하지만 잘 알려진 대로 요즘 웬만한 대기업에 들어가기란 정말 어려운 일이었다. 취업을 위해 1, 2년 휴학은 기본이고, 여기저기 죽기 살기로 다니면서 갖가지 스펙을 쌓아야 서류 통과라도 될까 말까 하고, 거의 소설쓰기에 가까운 자기소개서 쓰기는 또 어떤가. 그래도 나 역시 마음 독하게 먹고 대학 4학년 여름부터 졸업 후 이듬해까지 여러 회사 공채에 지원했다. 수십 번 지원을 하고 떨어지고를 반복한 뒤, 나는 일반 기업에 취업하겠다는 마음을 접고 공무원 시험으로 방향을 돌렸다. 적어도 공무원 시험은 준비한 만큼 공정하고 깨끗하게 결과가 나올 것이라고 기대를 가지며. 그렇게 공무원이 되기로 마음먹고 여기 신림동으로 옮겨왔을 때, 나는 더 이상 물러설 곳이 없다는 비장한 각오를 새겼다. 그리고 곧 여기를 나가 멋지고 당당한 사회인으로 거듭나고 싶었다.

오늘 점심은 길거리 포장마차에서 파는 컵밥이다. 여러 매체에 소개되어 다들 잘 알겠지만, 이 컵밥은 노량진이나 신림 등지에서 공부하는 청춘들을 위해 만들어진 간편식이다. 시간적, 경제적 여유가 없는 수험생들이 한 끼 뚝딱 빠르고 배불리 먹을 수 있게 설계된 컵밥, 나는 이 컵밥을 사랑한다. 양도 푸짐하고 나름 영양가도 나쁘지 않은, 소위 가성비가 좋은 음식이라고 할 수 있다. 종류도 다양해서 매번 다른 맛을 즐기는 재미도 쏠쏠하다. 그래서 나는 매일 한 끼 정도는 이 컵밥으로 먹는 편이다. 나도 컵밥을 먹고 있지만 많은 청춘들이 혼자 컵밥을 먹고 있는 풍경이 한편으로는 애잔하다. 다들 이어폰을 낀 채 시선은 스마트폰이나 책, 메모지 등을 향해 있다. 그리고 빠르게 반복되는 숟가락, 젓가락질이 오늘따라 좀 짠해 보인다.

점심을 먹고 천천히 거리를 걸어본다. 습관처럼 점심을 먹고는 늘

30분 정도 운동 삼아 산책 삼아 학원 근처를 걷는다. 익숙한 거리지만 그래도 걸으면서 마주하는 풍경이 늘 정겹고 좋다. 다들 바쁘게 열심히 사는 모습에서 자극도 받고 또 내 자신을 돌아보게 되는 것 같다. 명절이라 그런지 대부분의 사람들의 표정이 밝다. 그리고 시장 쪽 가게들은 물건을 사고 파느라 특히 활기가 있다. 아마도 설에 만나 주고받을 선물을 준비하는 것 같다. 과일이며 고기 같은 먹거리에서부터 옷가지와 이런저런 생활용품들이 평소보다 많이 팔려나갈 것이다. 선물을 받는 사람들은 아마 무척이나 좋아할 것 같다. 그런저런 생각에 젖다보니 왠지 나도 모르게 기분이 좋아진다.

3

다시 학원으로 돌아가는 길에 편의점에 들려 담배를 한 갑 샀다. 기왕이면 편의점 앞 파라솔 의자에 편하게 앉아 한 대 피고 싶지만, 요즘은 여기저기가 다 금연구역이라 여의치 않다. 그러다간 아마 사람들의 따가운 눈총을 피할 수 없을 것이다. 할 수 없이 건물 옆 골목 한 어귀에 서서 한 대 피울 수밖에 없다. 학원비와 고시원 방세, 그리고 생활비까지 부모님께 타 쓰는 마당에 담배라도 끊어 돈을 아껴야 하지만 그게 또 맘처럼 쉽지가 않다. 그나마 답답함과 쌓이는 스트레스를 잠시나마 잊게 해주는 마취제 같은 존재이니 말이다. 애초에 배우질 말았어야 했다.

담배가 거의 타들어 갈 때 쯤, 거리를 터벅터벅 걸어가는 한 젊은 남자가 눈에 들어왔다. 왠지 눈에 익어 자세히 바라보니, 대학 후배인 정수다. 이 시간에 여길 걷고 있다면 저 애도 십중팔구 공무원이나 무슨 시험을 준비 중일 테다. 정수도 자신을 빤히 바라보는 내 시선을 피하지 않고 받더니 이내 나를 알아보고 환하게 웃음을 짓는다.

- 아, 형 오랜만이에요. 잘 지내세요?

- 그래 이게 누구냐, 정수 아냐. 이게 몇 년 만이니? 반갑다.

정수는 대학시설 동아리 후배였다. 클래식 기타 동아리였는데 기타 실력은 둘 다 신통치 않았다. 클래식 기타를 잘 치는 건 나의 오랜 로망이어서 대학에 입학하자마자 동아리에 들었다. 선배들 중에는 실력이 꽤 좋은 이들도 간혹 있었지만, 대부분의 대학 동아리들이 그렇듯 기타 자체보다는 친목 도모 성격이 더 강해서 선후배들과 어울려 놀던 기억이 더 난다. 정수는 내가 군 제대 후 복학했을 때 막 입학한 후배로 나보다 네댓 살 어렸다. 그때 나는 복학한 뒤 1년 남짓 동아리에 나가다가 취업준비다 뭐다 해서 동아리에서 점차 멀어졌다. 그래도 정수를 또렷이 기억하고 있는 건 새내기 치고는 꽤 싹싹하게 선배들 비위를 맞춘 후배였기 때문이다.

- 근데, 군대는 다녀온거야? 왜 학교가 아니라 여기를 기웃거려?

- 그럼요. 형, 저도 이제 스물여섯이에요. 지난 학기에 복학했어요. 복학해서 다니려니까 힘들어요. 하하. 예전 저 신입생 때 형이 딱 그랬던 거 같네요. 그러고 보니.

- 하하, 그래 차차 적응하는 거지 뭐. 너 보니까 옛날 생각난다. 야, 그래도 그때 기타치고 돌아다닐 때가 좋았어. 지금 생각해보니.

그랬다. 비록 클래식 기타 실력은 별반 늘지 않았지만, 그래도 그 시절이 소위 말하는 청춘의 푸른 꿈도 있고, 크진 않아도 나름의 낭만도 있고 좋았다. 이렇다 하게 내세울 만한 연애도 아니지만 그래도 어설프게나마 마음을 나누던 여자 후배를 만난 것도 그 동아리에서였고, 나중에 멋진 노래를 만들어 그 친구에게 기타를 치며 고백을 하고 싶다는 생각도 그때 품고 있었다. 결국 흐지부지 끝나고야 말았지만 그때 또 얼마나 가슴앓이를 했던가. 이 삭막하고 쓸쓸한 세상, 그래도 그런 추억 하나 가지고 있다는 게 가끔은 눈물나게 고맙기도 하다. 아, 내가 다시 연애라는 걸 하기는 할 수 있을까. 정수를 보니 잊고 있던 대학시절이 갑자기 떠올랐다.

시간이 꽤 흘러 그 시절 풋풋했던 신입생 정수가 군대를 다녀와 이제 그때의 나처럼 복학생이 되었다. 얘기를 들어보니, 이제 슬슬 미래가 걱정되어 공무원 시험을 준비하려고 학원을 알아보러 다니고 있는 중이었다. 역시 그런 것이었다. 1년 휴학을 하고 졸업 전에 시험에 합격하겠다는 계획을 가지고 있는 것이다. 그런 후배에게 멋진 조언을 해줄 수 있는 위치에 있으면 참 좋으련만, 그렇지 못해 영 체면이 안 선다. 이제는 같은 수험생으로 동고동락하게 생겼다. 그래, 우리 같이 열심히 해보자, 또 종종 만나서 의견도 나누고 서로 의지하자는 말을 하고 정수와 헤어졌다.

4

오후 한나절 집중해서 책을 보았다. 그래도 오늘 하루 생각보다 책이 눈에 들어왔다. 시계를 보니 저녁 7시가 돼 가고 있다. 배꼽시계도 울리고 있다. 저녁으로는 든든하게 고기가 먹고 싶다. 비록 고향에도 못 가고 혼자서 보내는 명절 연휴 첫날이지만, 나도 오늘 저녁 한 끼쯤은 평소보다 좀 거하게 먹어도 되지 않을까. 그런 생각이 들자 나도 모르게 입안에 침이 싹 고인다. 주섬주섬 가방을 챙긴다.

그리하여 내가 찾아간 곳은 도보로 한 15분 떨어진 곳에 있는 고기 뷔페다. 자주는 못 가고 가끔 친구와 함께, 혹은 혼자서 가는 곳인데, 작정하고 고기를 먹으러 가는 곳이다. 15,000원 정도만 내면 두어 시간 다양한 고기를 실컷 먹을 수 있다. 고기뿐 아니라 떡볶이, 튀김, 스파게티, 돈가스 같은 다른 음식도 같이 마음껏 먹을 수 있는 곳이다. 고기의 퀄리티는 좀 떨어질지 몰라도 그만하면 대만족이고, 나 같은 사람에게는 가성비가 아주 훌륭한 곳이다. 물론 기왕이면 같이 이야기를 나누며 먹을 사람이 있으면 더 좋겠지만 혼밥이라고 나쁠 건 없다. 다른 사람들의 시선 같은 건 나에겐 전혀 문제되지 않는다. 또 요즘은 워낙 혼밥, 혼술이 보편화되다 보니 이상하게 보는 사람도 없다. 혼자서 이렇게 고기뷔페를 가도 아무렇지 않다. 모처럼 허리띠를 풀고 식성대로 실컷 먹는다. 급하게 먹을 필요도 없다. 스마트폰으로 뉴스도 찾아보고, 다른 테이블 사람들도 구경하면서 천천히 여러 번 가져다 먹는다. 명절 연휴면 다들 집에 모여 가족들하고 밥을 먹을 것 같지만 그렇지 않다. 이런 날일수록 고깃집, 치킨집, 술집이 붐비는 법이다. 옆 테이블에서 왁자지껄 먹고 마시는 걸 보니, 또 간만에 많은 고기를 앞에 놓고 먹으니 자연스레 술도 한잔 마시고 싶어진다. 평소 술을 그리 즐기는 것도 아니고, 또 공부를 하며 의식적으로 좀 멀리하기도 하는 편인데 그래도 오늘은 왠지 간단하게 한잔 하고 싶다. 그래 입가심만 하자. 종업원을 불러 맥주 한 병을 주문한다.

'띠리링-' 전화기가 울린다. 역시, 어머니다. 오늘 같은 날 객지에서 혼자 있는 아들이 어머니는 걱정되는 것이리라. 밥은 챙겨 먹는지, 아프지는 않은지 어미는 늘 자식을 걱정하고 있을 것이다. 아, 순간 콧등이 시큰하다. 급하게 컵에 담긴 물을 한 모금 마셔본다.

- 예, 엄마. 그럼요. 잘 있죠. 아버지랑 다른 식구들 다 잘 있죠? 다들 내려왔어요? 아이고, 괜찮아요. 걱정하지 말라니까요. 그럼요. 지금 친구들하고 모여서 푸짐하게 잘 먹고 있어요.

어머니의 걱정을, 아들에 대한 사랑을 나도 안다. 왜 모르겠는가.

5

책상에 오래 앉아있으니 눈도 뻑뻑하고 허리도 좀 아프다. 시계를 보니 밤 11시가 막 지나고 있다. 그래, 오늘 할 일은 다 했다. 이제 내 보금자리 고시원으로 돌아가 피곤한 몸을 누이자. 학원에서 고시원으로 가는 길은 오백 미터 남짓, 완만한 경사로다. 두꺼운 책을 담아 불룩해진 얇은 에코백을 어깨에 걸치고 터벅터벅 걸어가는데 약간 울적한 기분이 든다. 하늘을 올려다보니 오늘도 선명하지 않고 희뿌옇다. 맑고 선명하지 못하고 흐리고 모호한 하늘, 마치 지금의 내 모습 같다. 오늘 그래도 생각보다 집중해서 공부도 잘 했고, 비록 혼자 먹는 만찬이었지만 간만에 고기로 든든히 배도 채워 나름 만족스럽다고 생각했는데, 역시 이 허전하고 쓸쓸한 기분은 끝내 떨쳐내기 어렵다. 그런저런 생각을 하며 앞쪽을 바라보는데 멀리 한 상가 건물 2층의 노래방 간판이 눈에 들어온다. 매일 다니는 길이지만 거기에 노래방이 있는 건 오늘 처음 발견한 것 같다. 곡당 얼마씩 받는 코인 노래방인 것 같다. 노래방가 본 지도 꽤 오래됐는데 기분 전환 삼아 몇 곡 부르고 가야겠다는 생각이 문득 들었다.

좋아하는 노래 딱 10곡만 부르기로 했다. 발라드부터 댄스, 트로트까지 마이크 잡고 소리를 고래고래 지르니 확실히 기분이 좀 풀리는 것 같다. 역시 큰 노력 없이 스트레스 풀기로는 노래만한 게 없는 것 같다. 앞으로는 종종 좀 이용해야겠다. 긴 수험생활에서는 체력관리 못지않게 멘탈관리도 중요하니 말이다. 아무래도 작년엔 막판에 멘탈관리를 잘 못한 점도 시험에 실패한 한 원인이었던 것 같다. 아무튼 수시로 불쑥불쑥 찾아드니 이 우울감과 무력감에 중심을 잃는 일 없이 잘 컨트롤해야겠다. 돌이켜 생각해보니 예전 대학시절 방학 때 노래방에서 잠깐 아르바이트를 한 적이 있었다. 그때 중년 아저씨들이 혼자 노래방에 와서 잔뜩 폼을 잡고 자기 멋에 취해 노래 부르는 모습을 종종 보곤 했다 그때는 그런 풍경이 참 낯설고 이상했는데, 이제 나도 그때 그 아저씨들의 심정을 조금 알 것 같다.

노래방을 나와 다시 하늘을 올려다보았다. 미세먼지와 밤안개로 뿌연 하늘가에 달이 떠 있다. 다시 보름쯤 지나 정월 대보름이 되면 그때는 꼭 휘영청 밝은 대보름달을 볼 수 있으면 좋겠다.

〈작가의 말〉

어찌어찌하다 보니 박사학위를 받고 대학에서 학생들을 가르치며 학자의 길을 걷고 있다. 돌아보니 지금껏 적지 않은 책을 읽고 또 글을 써 왔다. 나에게 책과 글은 익숙하고 친숙한 친구이자 또한 때로는 피하고 싶은 징글징글한 대상이기도 하다. 그런데 가만히 생각해보니 어린 시절 글을 배워 책을 읽기 시작한 때부터 선생이자 학자로 살고 있는 지금까지, 가장 많이 읽은 책은 전공 서적이 아니라 문학서적, 그중에서도 소설인 것 같다. 아마 대부분의 사람들이 그렇지 않을까. 나의 문학서 독서기를 생각나는 대로 나열해보자면 대략 다음과 같을 것이다. 유년시절의 『이솝 우화』, 『탈무드』, 『시튼 동물기』, 『파브르 곤충기』 등을 시작으로 소년시절 책 읽는 재미를 제대로 느끼게 해주었던 『명탐정 홈즈』, 『괴도 루팡』, 『톰소요의 모험』 등이 그 뒤를 잇는다. 그리고 초등학교 고학년쯤부터 멋모르고 읽기 시작한 소위 세계 명작소설 전집, 또한 중·고등학교 교과서를 통해 접한 『소나기』, 『감자』, 『운수좋은 날』 같은 한국의 근현대 소설이 기억난다. 조금 더 머리가 커진 고등학교 때부터 탐독했던 이문열, 황석영, 최인호 등의 국내 유명작가들의 소설, 또한 그 숱한 고교 자율학습 시간을 흥미진진함과 재미로 채워주던 『삼국지』, 김용의 무협소설, 일본 대하소설 『대망』 등도 빠뜨릴 수 없다. 그리고 중문학을 전공하게 되면서 읽어나갔던 노신, 노사, 파금 등과 같은 기라성 같은 중국 작가들의 소설들, 그리고 그때그때 화제가 된 국내외 소설들까지 다양한 소설들을 적지 않게 읽었다. 나는 그것을 통해 울고 웃으며 수도 없이 감정의 카타르시스를 맛보았고, 인생과 세상에 대해 적지 않은 것을 배웠다.

자, 이번엔 내가 그동안 써 온 글들에 대해 잠깐 이야기해 보자. 소위 학자의 주요 글쓰기라 할 논문부터 다양한 매체에 발표한 칼럼, 비평, 그리고 책의 형태로 출판한 전공 관련 교양서적, 에세이, 그리고 번역서까지 다양한 형식의 글을 써왔다. 책만큼이나 좋아하는 영화의 시나리오도 여러 편 썼다. 나는 평소 말과 글을 다루는 학자라면 어떤 형식, 장르의 글이라도 다 소화할 수 있어야 한다고 생각했다. 물론, 그동안 가장 많이 읽어왔고 또 애정을 가지고 있는 장르인 소설도 틈틈이 써 왔다. 자, 다른 형식의 글들은 완성되는 대로 주저하지 않고, 겁 없이 과감하게 발표해왔다. 그런데, 소설만큼은 그러지 않았다. 꽁꽁 싸맨 채 컴퓨터 폴더 깊숙한 곳에 보관하고 있었다. 아마도 좀 더 무르익고 또 좀 더 시간을 두고 천천히 손질을 해서 볼만한 정도가 되면 그때 가서 내보이리라 하고 생각했던 것 같다.

동양에서 소설(小說)이라는 용어는 약 2000여 년 전 중국에서 처음 사용되었다. 그 유명한 『莊子』에 최초로 보이는데, 대도(大道)와 상대되는 소도(小道), 즉 '보잘 것 없는 말'을 의미하고 있다. 이후 역사서

『漢書』에서는 소설가를 두고 "그들은 대개 패관(稗官)에서 나왔고, 항간에 떠도는 소문이나 저잣거리에 도는 이야기들을 듣고 글을 썼다." 라고 기록하고 있다. 즉 당시의 소설이란 요컨대 '사소하고 보잘 것 없는 이야기'라는 의미를 가졌다. 이는 물론 서구의 현대적 의미의 소설 (novel)과는 좀 다른 개념이라고 할 수 있지만, 또 한편으로 생각해보면 이미 소설이라는 장르의 특징을 정확하게 담아내고 있다고도 할 수 있을 것 같다.

어쨌든, 세상의 모든 소설가들은 재미와 함께 그 안에 시대와 세상을 투영하는 깊이 있는 시선과 감동을 담아내고 싶어할 것이다. 물론 그것은 결코 쉬운 작업이 아니어서 누구나 가닿을 수 있는 성취는 아닐 것이다. 또한 작품은 홀로 빛나는 것이 아니고 독자들과 행복한 조우를 할 수 있어야 한다. 독자들과 폭넓게 공감할 수 있으려면 작품도 물론 좋아야 하고 타이밍도 맞아야 하며 또 행운이 뒤따라 주어야 하는 것이다.

이제 부족한 대로 나의 소설을 세상에 선보인다. 나에게 큰 감동과 배움을 안겨주고 나아가 나도 소설을 꼭 써야겠다는 동기를 준 많은 소설 작품들에 감사한다. 그리고 바라건대 나의 소설 또한 누군가에게 재미와 감동, 그리고 작은 위로를 전해줄 수 있으면 정말 좋겠다. 앞으로 더 나은 작품을 써서 계속 발전해 나가겠다는 다짐으로 작가의 말을 대신하고자 한다.

무협영화를 보는 밤

초판 1쇄 발행일 2020년 4월 14일

지은이 이종철
펴낸이 박영희
편집 박은지
디자인 최소영
마케팅 김유미
인쇄·제본 제삼 인쇄
펴낸곳 도서출판 어문학사
　　　서울특별시 도봉구 해등로 357 나너울카운티 1층
　　　대표전화: 02-998-0094/편집부1: 02-998-2267, 편집부2: 02-998-2269
　　　홈페이지: www.amhbook.com
　　　트위터: @with_amhbook
　　　페이스북: www.facebook.com/amhbook
　　　블로그: 네이버 http://blog.naver.com/amhbook
　　　　　　다음 http://blog.daum.net/amhbook
　　　e-mail: am@amhbook.com
　　　등록: 2004년 7월 26일 제2009-2호

ISBN 978-89-6184-948-7 (03810)
정가 13,000원

이 도서의 국립중앙도서관 출판예정도서목록(CIP)은 서지정보유통지원시스템 홈페이지
(http://seoji.nl.go.kr)와 국가자료종합목록 구축시스템(http://kolis-net.nl.go.kr)에서 이
용하실 수 있습니다. (CIP제어번호 : CIP2020012392)